徳 間 文 庫

触 法 少 女

ヒ キ タ ク ニ オ

目次

【触法少年】

14歳未満で刑罰法令に触れる行為をした少年（少年法3条1項2号）。
刑法41条は「14歳に満たない者の行為は、罰しない」と規定し、
刑事未成年者である触法少年を処罰対象から除外している。
なお、少年法、刑法における「少年」は男女を問わない。

プロローグ

事件翌日

お誕生日、おめでとう。

僕から君に最高の誕生日プレゼントを送るよ。

何度も君に何が欲しいかを訊（き）いたけれど、君は答えてくれなかったね。

僕は君を見ながら考え続けたんだ。そして、君が一番欲しかった物を見つけたよ。

でも、それが何かは、まだ、秘密さ。

僕は、君のためならどんなことでもできる。君の気分を害する人間は僕が排除する。君が悲しむ顔を僕は見たくないんだ、決してね。だから、僕は何でもするよ。僕になら、君を助けることができるんだ。どんなことをしてでも君のためになるつもりだよ。

なぜなら、君は僕の神なんだ。

君の僕（しもべ）より

第一章　気配

事件九日後

取調室の椅子に座っている少女を渡辺は見ていた。

渡辺は警視庁生活安全部、少年事件課の班長刑事で階級は警部補である。

少女は明け方近くに渋谷の路上で仲間数人と共に警視庁機動捜査隊に検挙された。

少女は北区在住の村田愛美（あいみ）一七歳、未成年で「犯罪傾向が進んでいる」ということから警視庁の少年事件課へと回されてきていた。

オレンジに染められた髪、ビーズが編み込まれたエクステンションと呼ばれる付け毛が、左右対称になって外に向かって突き立ち触覚のように見えた。

愛美の容疑は薬物事犯だった。取調べの始めは態度が悪く、はぐらかすように容疑を否認していた。しかし、取調べを進めるうちに証言の辻褄（つじつま）が合わなくなった。そして、愛美は関係者の名前と自分のやったことをすべて自白し、覚醒剤所持で緊急逮捕された。

愛美は泣き始めていた。その泣き声は甲高く掠れ始め、耳の奥に突き刺さってくる。アイメイクのマスカラが涙に流され頬に黒い筋を何本も作り、毒々しい色彩の装飾品や触覚のような髪と相まって、愛美の姿はまるで毒虫のようだった。

取調室がノックされ部下の山下が対応した。

「渡辺さん、母親が来ているようです。どうしますか？」

「わかった、対応しよう」

渡辺は取調室のドアを開けた。廊下の先に、女性警察官の亀山に付き添われた母親の姿があった。渡辺は亀山を呼び、取調室に入るように言った。

「山下、逮捕状の請求をしてくれ。亀山君はここでこの子を頼む」

渡辺は二人に告げ、山下とともに廊下に出た。愛美の泣き声は、廊下にまで漏れ聞こえていた。

渡辺は母親に挨拶をして、取調室からなるべく遠ざけるように廊下を移動した。

「いったい！　何が、あったんですか？」

母親の興奮した大きな声が廊下に響いたが、取調室までは届かないだろう。

「愛美さんは、覚醒剤所持の容疑で緊急逮捕されました」

「まさか、うちの子に限って……」

常套句（じょうとうく）だった。以前、渡辺は、捜査第一課、第三強行犯捜査第五係にいた。職業的犯罪者と呼ばれる、犯罪を犯すことで糧を得ている人間たちを相手にしてきたが、少年事件課に移って一〇年、取調べを取り巻くものが一変した。その最たるものは、親の存在だった。我が子が犯罪を起こし警察に駆け付ける親は、まだ、いい方なのだろう。そのとき、多くの親は、うちの子に限って、と漏らしてしまう。

「愛美さんのハンドバッグの中から、覚醒剤が見つかりました」

「そんなこと何かの間違いです！　もう一度、調べてください！」

「二名以上の警察官の立ち会いのもと、愛美さんのハンドバッグを開け、その中から覚醒剤らしきものが見つかり、科学捜査研究所での検査の結果、覚醒剤であることがわかりました」

渡辺は静かな声で言った。

「愛美ちゃんがそんなこと……ちゃんと育ててきたんですよ！　何かの間違いです！」

母親の声は狼狽（うろた）えていた。

ちゃんと育てたか……。これも常套句の一つだった。取調べの中で愛美は、友人の家に泊まりに行く、と嘘（うそ）を吐（つ）き、派手に着飾り人目を惹（ひ）く格好で渋谷に遊びに出た、と供述した。それがどれほど危険で誘惑が多いことなのか、この母親はわかっていない。こんな毒虫のような子を作り上げ、世の中に解き放つことを、ちゃんと育てている、とは言わないだろう。

　鑑別所や少年刑務所に収容されている少女たちの大半は、覚醒剤の経験者である。少年の場合は、少女に比べて覚醒剤経験者は極端に少ない。何故か。それは売人の男がタダで覚醒剤を少女に与え、見返りとして肉体関係を求めるからだった。愛美は所持してた覚醒剤は、男友だちから貰ったものだと自供している。

「物的証拠があって、愛美さんの供述もあるので、逮捕に踏み切りました」

「でも……逮捕って、未成年者は逮捕とかされないんじゃないんですか？　一七歳ですよ、愛美は！」

「お母さん、一七歳の人間は逮捕できないなんていう法律は世界中のどこを探してもありませんよ。一七歳の人間が法律違反を行えば、逮捕され、刑罰に処されます」

　さすがに渡辺は強い物言いになった。この手の未成年者は罰せられない、という間違った情報は、まだ根強く残っていた。

「逮捕なんて……そんなことになるなんて」

　母親の声から力が抜けていった。

「お母さんのできるのは、いままでのことを、娘さんとゆっくりと話すことだと思います」

渡辺にはそれしか言うことがなかった。以前、逮捕された子どもの母親に、いかにして子どもを犯罪に走らせないかの助言をしたことがあった。しかし「うちの子のことをよくわかっていない刑事さんの説教なんて聞きたくありません」と怒りのこもった声で返されてしまった。自分の子どもが何をしているのか、知ったような気になっている親は多い。

「何とか……何とかなりませんか？　愛美は、いい子なんです」

「残念ですが……」

母親に頭を下げ、渡辺は取調室に向かった。

取調室に入ると愛美の泣き声は小さくなっていた。

「母親と雑談でいいから話をして、落ち着かせてから帰すように」

渡辺は亀山に言うと、その場を代わり取調室の椅子に座った。

「君のお母さんが来られた。申し訳ないが、君は、まだ取調中で会えないことになっている。お母さんに会えるのはもう少し先だけど、そのときは、ちゃんと謝って、今後のことをよく話し合うんだね」

渡辺がそう言うと、愛美はしゃくり上げ、泣き声は大きくなった。

このあと、愛美は女性警察官に監視されながら尿検査を受ける。愛美は昨夜の行動を供述しているが、覚醒剤使用はほぼ間違いない。尿検査によって陽性反応が認められれば、覚醒剤使用の罪でも逮捕されることになるだろう。

しばらくして、荒々しく取調室のドアが開き山下が戻ってきた。

「逮捕状の請求は終わりました……。渡辺さん、緊急な案件が上がってきています」

山下は真顔になって小声になると取調室から廊下に出た。

「重大事案か？」

渡辺も取調室のドアを開け放したまま廊下へと出た。廊下から愛美の姿は確認できる。愛美の泣き声が小さくなった。

山下の顔を見て渡辺は嫌な予感がした、嫌な予感は必ず当たる。山下は渡辺の問いに大きく頷いた。

「人死にが出ています。杉内警視の方から先ほど話がありました」

山下の口調に緊張が滲み出ていた。

「杉内警視が？」

「はい、杉内警視からの特別命令になる模様です」

山下は極秘の朱印が入った書類を手にしていた。

「どんな事件だ？」

「それが……いまのところ、詳細はわかっていません。事故である可能性と事件である可能性が五分五分であると」

「それで何故、重大事案なんだ？」

「刑法に抵触する犯罪を犯した未成年者が関係している可能性があるということです。もし、この事案が事件であったなら、社会に対しての影響が大きいと考えられます」

「未成年か……それで警視庁生活安全部に話が回ってきたんだな。場所は？」

「神奈川県警、中原警察署の管轄内です。神奈川県警の機動捜査隊が行った初動捜査では事件か事故かの判断はついていません。そこで未成年者の存在が浮かび、居住区域が東京都杉並区だということで、詳細が神奈川県警から警視庁へと伝えられたようです」

「こんな早い段階で神奈川県警と警視庁との合同捜査になるのか、これは余程のことだな」

「しかも現場である中原警察署には捜査本部は置かれることはなく、警視庁内の会議室に秘密裏に作られるようですから、合同とは名ばかりですね」

「事故か事件かが確定していない段階で捜査本部か……異例なことだな。捜査本部長はやはり、杉内警視か？」

「そうです。神奈川県警からこっちに事案を引っ張ってきたのも杉内警視です。それと、警視庁ではなく、警察庁生活安全局付けで、犯罪抑止、少年保護の観点から、今事件は極秘事案扱いとし、特Ａレベルの箝口令(かんこうれい)が通達されるそうです」

　山下の口調は緊張から興奮へと変わっていた。

「警視庁ではなく警察庁からの全国レベルの通達か……。それと、警察庁が、神奈川県警と警視庁をくっつけたようだな」

　渡辺は呟くように言った。警察庁は、警視庁や神奈川県警のような各都道府県に設置された警察本部を監督し指揮するところであり、事件の捜査などはやらない。

「いろいろと異例なことだらけですね」

「刑法に抵触する犯罪を犯した未成年者が関係している可能性があるというのだから、この段階でマスコミ対策をやろうとしているようだな。さすが、杉内警視は賢明だ、警察庁を巻き込んだか……」

「そのようですね」

　山下は真っ直ぐに渡辺を見ている。

「これからどうしたらいいんだ？」

　渡辺が訊くと山下は極秘書類に目を落とした。

「捜査本部の開設の後、合同捜査会議になってます。行きましょう、渡辺さん」

「ちょっと待て、山下」

　渡辺は取調室の椅子に座った愛美に視線を送った。愛美はいつの間にか泣き止んでいた。

「そうでした。この子は取調べもひと段落したら、尿検査受けさせるんでしたよね。君、尿検査のために、いまから女性警察官を呼んでくるから、ここで待っていてくれるかな」

　山下が愛美に向かって言った。

「山下、まさか被疑者を一人残して行くつもりじゃないだろうな?」

「取調室は、施錠もできるんですから大丈夫でしょう。もう泣いてませんし、大人しくなったんですから……」

　山下は、そう言いながら途中で気付いたのか声が小さくなっていった。

「被疑者から決して目を離すな、刑事の鉄則だ」

　取調室で緊張を解いてはいけない。それは被疑者の逃亡防止だけではない。取調官と被疑者の身体の安全をも含んでいる、だからこその鉄則だった。

「……すみません、軽率でした」

　山下は頭を下げた。

「代わりの者を呼んでおくから、交代するまで、おまえはここに残れ」

　渡辺は手を出した。山下は手にしていた極秘資料を渡した。

「あの子にハンカチぐらい貸してやれよ」

　愛美の涙は乾いたようだったが、頬を拭ったのか、マスカラの黒い筋は顔をまだらにしていた。山下は携帯用のウェットティッシュをスーツの内ポケットから出し、少しだが自慢げな表情を見せた。

渡辺は歩きながら資料を捲っていた。廊下には、ゆっくり歩く渡辺の靴音だけが響いている。

山下も極秘事案なだけに愛美に聞こえてしまうことを想定して、関連者の名前等は口にしなかったようだ。

資料の中には、杉並区にある中高一貫教育の『私立善寺川学園』の名前が記され、そして、その下に、刑法に抵触する犯罪を犯したとされる未成年者の名前が『深津九子』とあった。

「少女か……」

渡辺は思わず呟いていた。しかも、妙に頭に残る変わった名前だった。

大きな事件に発展しそうな気配が、資料から立ち上ってくるようだ、と渡辺は感じていた。

第二章　下僕

事件三カ月前

深津九子は机に肘をついて、ぼんやりと黒板を眺めていた。

三塚はグラフと図形を黒板に描いている。数学を教える三塚は、九子のクラス二年B組の担任で、九子の下僕候補の一人でもある。

「深津、聞いてるのか？」

三塚が教壇でにんまりと笑っている。下らないちょっかいを出してきているようなものだった。九子は面倒臭そうに返事をした。

三二歳、妻子ありの三塚は、守るべきものがあるということだ。それは強くもなれるけれど、妻子にバラされると困る秘密を持つだけで極端に弱くなるということでもある。そこに違法性がなくても女生徒に対して恋愛感情を抱く行為だけで——家庭崩壊の危機になり——それは大きな秘密を握られたことになる。

九子は三塚の秘密を握っている。三塚が、また、視線を送ってくるけれど、九子はそれを無視する。三塚の視線が九子を追ってきていることを、九子は目の端で捉えていた。男は馬鹿な生殖器官を持っている。昼日中に大きくなったりして、いやらしいことを考えていることを周りに開帳してしまうような、間抜けな器官だ。教卓の後ろに隠れた三塚の下半身はどうなってるんだろう、と考えるだけで笑えてくる。

九子が笑いを堪えていると、斜め横の方から視線を感じた。三つ離れた席から九子の顔を盗み見るようにしていたのは、西野だった。西野は九子の下僕の一人だ。この男は、かっこいい台詞を吐きたがるガキでしかない。

守るべきものもなく、羞恥心だけが強い。そこを突けば脆くて弱い存在でしかない。一度、九子のことを携帯のカメラで撮ったときに、「その携帯を夜中に開いて、私の写真で変なことしたりするの？」と九子が訊いたら、図星だったらしく大袈裟に否定して耳まで赤くしていた。三日後、九子は西野の携帯を取り上げ、九子の画像をすべて消去した。そのときの西野の呆気にとられた顔は悲しげだったが、知らないうちにこっそりと撮っていた自分の横顔とかの画像があったら消すのは当然でしょう、と言うと西野は仕方なく頷いていた。

九子は首を傾け、わざと西野の顔をじっと見た。西野は困った顔をして下を向いた。クラスには下僕の男子生徒はあと二人、武井と若林がいたが、いまは無視して突き放している。武井と若林が、渇望し頭を低くして擦り寄ってきても、返事をしない。これは戒めを与えているからだ。戒めは永遠に続くと思わせないと意味がない。九子は一生、この二人と話さなくてもいいと思っていた。

九子は斜め前の席の井村里実に視線を移した。里実は背中を丸くして黒板の数式を写しているようだった。里実は、引っ込み思案で勉強も運動も普通、垢抜けない雰囲気の子だ。里実は下僕ではなく、九子の心酔者と言っていい。この授業が終わったら、早速、紺ソックスを里実からゲットしよう、九子は考えていた。

三塚は教室を出て行くとき、また、九子に視線を向けた。まったく、三歳になる女の子が可愛くて仕方がない、とか言ってる癖に、その子の肌質は九子と良く似てるとか、男性器を硬くしながら言ってるのは、人間失格だと九子は思っていた。男は幾つだろうが男性器を持っている限り女には勝てない。いや、里実は無理か……男には勝てないだろう。垢抜けない子が男に勝つには相当な武器がいるけれど、里実は何も持っていない。

「里実ちゃん、ちょっと来て」

九子は里実に声を掛けた。里実は短い手足を振って跳ねるように席に来た。

「何？　九子ちゃん」

「あのさあ、学校指定の紺ソって何足持ってる？」

急にくれと言ってはいけない。

「どうかな、わかんないけれど、一二足ぐらいあるかな」

「すっごーい。さすがぁ」

何がさすがなんだか、って感じだけど里実は、話に乗ってきたようだった。

「紺ソが、どうかしたの？」

「私、施設の決まりで紺ソって三足しか支給されないの、だから、毎日、手洗いだからすっごく面倒くさいんだよね」

九子は伝家の宝刀である施設を使った。九子は児童養護施設で暮らしている。施設という言葉を使えば、同情が集まる。特に里実なんて、施設で育っているのに頭が良い、と九子に言ったことがある。里実の頭の中では、施設には孤児が集められ、恐くて意地悪な職員に虐待され、児童同士の深刻ないじめがあり、なんてことになっているんだろう。

それは、安っぽい少女漫画とかドラマにあるステレオタイプな設定が巷に蔓延しているからだろう。九子の施設では、職員によるいじめなど聞いたことがなかった。

しかし、そんな大昔のステレオタイプな施設像を鵜呑みにしてる人間に対しては、施設という言葉を出せば同情が買え、物事がうまく運んでくれることもたくさんあった。

「手洗いって……大変だよね。三足に決められてるってひどいよね」

「そうだよね」

施設内には規則はたくさんあるけれど、紺ソが三足なんて嘘だった。しかし、里実はまるで疑ってはいない。里実にしてみれば、施設で辛い思いをしている九子に対し同情したいのだ。

「たぶん、家に買い置きの新品のが何足かあるから、それあげようか？」

あはは、単純だな、里実は、九子は心の中で少し笑っていた。

「そんなの悪いから、古いのでいいからくれるとありがたいな。手洗いが間に合わないときの予備にするから」

九子はそう言った。施設の子がもっともしてはいけないのは、お金をせびることだ。施設では学年によってお小遣いの額が決まっていてちゃんと支給されるが、実際は、普通の家庭の子どもが足りないと感じているのと同様に満足できる額にはほど遠い。しかし、お金をせびってばれたときには、ほら、見たことか、施設の子は、と言われてしまう。それは我慢のならないことだった。

「それなら、ママに言わないでもいいから、あげるよ」

里実は嬉しそうに、そして、少しほっとしたように言った。

「助かったぁ、穴のあいたのでもいいからね」

九子は里実の手を握った。施設で健気に育っている九子に施しを与える友だちの図が出来上がった。

そんな施設で育っている九子が、中高一貫教育、大学までエスカレータ式の私立の善寺川学園になぜ通っているかというと、それは授業料入学金免除、奨学金ありの特待生として合格したからだった。奨学金は出るけれど、それはお小遣いとして支給されることはなく、善寺川学園内で使用される学用品の支払いに使われる。善寺川学園は中高は中の下、大学は底辺レベルという図式で、優秀な人間は善寺川学園大学には進まない。学園全体の評価を上げるのには、善寺川学園から優秀な他大学への進学というのが一番だということで、特待生制度が出来上がっていた。勿論、九子はいい大学を、それも国立大学を受験するつもりだ。九子は学年で五番以内をキープしていた。生徒のレベルは高くはないが、勉強のできる特待生も一〇人はいるので、そう簡単にはトップはとれなかった。

里実が初めて九子に話しかけてきたのは二年になったばかりの頃だった。施設を卒園した勉強のできる先輩に貰った数Ⅲの教科書を、休み時間に開いていたときだった。

「すごいねえ。数Ⅲって高校三年の理系組が勉強するんだよね。もうそんな勉強してんだ、さすが特待生」

　里実は尊敬の眼差(まなざ)しだった。

「高校三年になったら国立理系に進もうと思っているから、里実ちゃんは？」

「私は私立文系。弁護士になるのが夢なんだよね」

　里実が言った。九子は里実を見て思った。女の幸せってのには縁遠そうだから、一生独身でも食いっぱぐれないようにと考えたんだろう。

「弁護士か……法律って不完全だから、私はいまいちだな」

「不完全？　どういうこと？」

「国によっても違うし、抜け穴があったりしてさ。やっぱり数式の方が、揺るぎないから好き」

「そっかあ、言えてるけどね。それで三年になったら理系コースに進んで、国立大学を受験すんだよね？　国立の理系すっごく難しいんじゃないの？」

　里実は言った。この顔は施設で暮らしていると知っているな、と九子は思った。別に隠してはいないけれど、知っている人は顔でわかる。同情と好奇が混ざった表情をしている。

「施設で暮らしてると、私立大学は無理だからしょうがないよ」

里実は施設という言葉を九子から聞いて、少しどぎまぎしていた。

「施設なんだ……。やっぱり施設って大変なの？」

どぎまぎしていたくせに、里実の目は好奇心でいっぱいになっていた。そうやって、九子は里実と話すようになった。


「ねえ、里実ちゃん。紺ソのことだけど、どうせなら、家に紺ソを取りに行ってもいい？」

里実の家には行ったことがなかった。

「ごめん、バスケの部活があるから、遅くなるんだ。それでもいいなら、いいけど……」

里実はちょっと困った顔をした。

「遅くって？」

「後片付けとかあるから、八時ぐらいかな」

「三塚先生に呼び出されてるから、少しぐらい遅くてもいいんだけど、それはちょっと遅いからいいよ。ごめんね、施設って門限があるんだ。部活やってれば遅くてもいいんだけど、私は帰宅部だから」

九子は言った。生徒間での会話でも九子は必ず、先生、君、さんを付けることを忘れない。

「今度、時間が合うときに遊びにきてよ。それより、呼び出しって？　何かしたの？」

「わかんないよ、嫌だな……」

九子は怯えたふりをしていたが、三塚を呼び出したのは九子の方だった。里実は納得して、明日、紺ソを持ってくることを約束した。

放課後、九子は準備室に入った。三塚は先に来て待っていた。以前に三塚と九子がいるところを盗撮するために西野にカメラを仕掛けさせ――三塚は西野が仕掛けたことを知らない――その写真を匿名で三塚に送った。それ以来、九子が送りつけたのではないか、と疑っているようだ。でも、それを九子に問いつめたりはしないのは、やましい所が幾つもあるからだろう。

九子が無防備なふりをしただけで、擦り寄って来たのは三塚だった。それは三塚が九子の担任になって二カ月ぐらい経ったゴールデンウィークが終わった頃だった。

九子は数学好きな女子生徒として三塚に気に入られていた。何度か教科書を持って数学の質問をしに行っていた。最初は教室の教卓に教科書を広げていたのだが、その日は三塚が準備室に九子を連れていった。

九子は三塚のある視線に気付いていていた。それは座っているときに九子の膝頭とその下の足に視線を向けることだった。男は何にも知らない、女は物心付いた頃から、本能で膝頭辺りに視線を感じるセンサーが作られ始めることを。

スカートを穿き下着を見せないように、日々努力すればするほど、膝頭のセンサーの感度は良くなっていくのである。

その日、教科書を開いて質問をしながら、九子は機会を狙っていた。たまに座りにくそうに身を捩らせる。パイプ椅子が金属音を小さく鳴らす。何度目かに三塚が、その音に気付き「どうかしたのか？」と訊いてきた。九子は、今日の体育の授業で、裸足になってマット運動したときに、足に棘が刺さったのかもしれない、と答えた。

「痛いのか？」と三塚は訊いたが、たぶん、見てやろうかとは言わないだろう。いや、言えない。それは見たくてしょうがないからだ。九子は無邪気な感じで「先生ちょっと見てよ」と言って空いているパイプ椅子を三塚の前に置いた。九子は立ち上がると上靴を脱ぎ片足で立ちながら紺ソックスを脱いだ。三塚は無言で、唾を飲み込む音が聞こえてきそうだった。そして、スカートの裾を摘んで下着が見えないように座ると、パイプ椅子の上に足を乗せた。三塚の顔が、吸い寄せられるように裸足の足に近付く。

三塚の黒目がすーっと小さくなるのが、見下ろしている九子のところから見えた。三塚はぎゅっと焦点を合わせている。三塚が拳を握っている。触りたいけれど我慢している。

理性と欲望が三塚の中で闘っているのがわかる。

「どこが痛いんだ……」

三塚の冷静を装った声が悲しい。

「親指の腹のところ、赤くなってない？」

九子が言うと、もっと近付いていいと許しを得たかのように、三塚がより顔を近付けた。生暖かい鼻息が掛かってくすぐったくなったが、九子はじっと我慢をした。我慢は三塚の方が強いようで、拳がより堅くなり白くなっている部分が見えた。触ったら、先生の負けだよ……と九子はゆっくりと親指を動かした。

その瞬間だった。三塚が九子の足の指を舐めた。

生暖かく湿ったものが九子の親指に触れた。突然のことで、九子は小さな悲鳴を上げ足を引っ込めた。予想以上の効果が表れた。「違う違う違う！　違う違う違う！」三塚は自分の行動に驚き狼狽えた声を出した。九子も驚いた顔に怯えた表情を混ぜ「先生が私の……足を舐めた」と言った。「違う違う違う！　これは、違うんだ」三塚は言うが、何が違うんだ。先生が女子生徒の足を舐めたのは事実なんだ。三塚は黙っている九子に向かって必死に言い訳をした。その言い訳はくだらなくて笑いそうになった。傷口に唾つけたり舐めたりするだろう、消毒するみたいに、母親とかが、なんてことを言って直ぐに、九子が施設にいることを思い出して黙ってしまったり、と、もう狼狽えた大人の男は哀れだった。

九子は口を噤んで、三塚を見ていた。部屋の中が静かになった。

先生と私だけの秘密にしてあげる、と九子が言ったときの安堵を浮かべた三塚の表情は忘れない。これで、こいつは九子の担任教師から下僕候補に成り下がった。

いつの日にか、足を舐められたときのような決定的な場面の写真を撮りたいと思っている。足の指を舐めてしまっただけで、三塚は九子にいいように使われてしまっている。これに決定的証拠でも加われば、三塚を下僕候補から本当の下僕にすることができるだろう。

「感謝してほしいよね。西野のお母さんから学校に連絡が入ったんだぜ」

三塚は九子の横に移動してきた。馴れ馴れしい口調とおじさん特有の体臭に虫酸が走った。

「何て言ってきたの？」

二人っきりのときに、ため口になってやると三塚は喜ぶ。

「同じクラスの子が何度も家に来て困ってるから、どうにかしてくれだってさ。おまえ、西野と付き合ってんのか？」

三塚が九子の肩に触れた。九子はその手をゆっくりと振り払った。

「まさか、西野君と私が？　勉強を教えてくれって言われたから、行っただけ」

九子は西野に頼んだ盗撮写真をプリントアウトしに行っていたのだけど、部屋に上がったのは数回だった。そのとき西野の母親にはちゃんと挨拶した。でもやっぱり、母親という名の馬鹿女は、女の子はみんな自分の息子を誘惑しようとしていると思ってしまうようだ。阿呆らしい限りで、あんたの不細工なガキの方がない知恵絞って私の気を惹こうとしてんだよ、と九子は言ってやりたくなった。

「ぴったり一緒の答えだったな。施設がどうのこうのって、西野の母親が言うから、深津九子は、勉強ができる優等生で、成績も学年のトップクラスです。たぶん、勉強を教えてほしいとか西野君の方からお願いしたんじゃないですか、と言っておいた」

三塚が自慢げに言った。九子を守るために三塚は存在している。理由をつけては二人で会いたいと懇願し、紺ソを褒美として貰いたかったようだ。

「西野君って、私のことをこっそり写真撮ったりしてんだよね。そのことを母親に言ってもいいんだよ」

三塚は、九子の一番でありたいと思っているんだろう。

「何！　盗撮か？　嫌なガキだな。あの母親もいけ好かない糞ババアだしな」

三塚は簡単に乗ってきた。

「何とかしてよ」

「わかった。任せてくれよ。へこませてやるさ」

三塚は教師とは思えないような言葉を吐いた。九子を喜ばせようとしているのだろう。足フェチの変態教師の三塚は、二人が共通の秘密を持ったことで、九子と付き合っていると錯覚していた。三塚が世間知らずな男である証拠だった。

翌日、里実から貰った紺ソを三塚を呼び出して進呈した。穴もない、ゴムも伸びていない新品に近いような紺ソだった。その場で脱いで渡さない理由は、帰りが裸足になるからとか、恥ずかしいからとか、適当に九子は言って三塚をじらした。褒美はじらして渡さないと効果がない。三塚も、そう考えているだろう。三塚は、硬い性器を押し付けたくて仕方がないんだ。大人の男の暴力には用心しないといけない。

しかし、九子は三塚に負ける気はしなかった。何故なら経験が違うからだ。

大学まで当たり前のように進み、教職課程の単位を取り、教員免許を二二歳で取得し安定することを前提に一生を決めてしまった人間だ。三塚は子どもの頃は家庭に保護され、生徒として学校に保護され、そして、先生として社会に保護されている。三塚は安定の上に胡座をかいて安心し過ぎてしまって、壊れ始めているのだろう。

クラスを担当する教師は王国を築く。生徒を絶対服従させることでクラスを安定させようとする。でも、その絶対優位である教師が、成長しようともしないで、安定だけを求める人間だったら、安っぽい暴君にしかならない。三塚はそういう〝場所〟を築いていた。

学校から施設に戻ると、児童相談所の人たちが施設から帰るところだった。社会福祉法人有逢園園長の佐伯がエントランスに出て見送っていた。

「園長先生、新しく入所したの？」

「九子か……。まだ、小さい子だよ。すごく疲れているから優しくしてやってくれよ」

佐伯は沈んだ表情を見せていた。

「はい、わかりました」

九子は答えた。喜んで施設に入所してくる子どもなどいるはずはない。人間のレベルの低い大人に嫌な思いをさせられて、疲れ切って施設にやってくる。

「九子は、明るくなったなあ……。良かったよ、本当に。良い友だちができたからなんだろうねえ」

佐伯は頷きながら言った。佐伯はいい人だ。初めて会った教養を身につけた大人だ、と九子は思っている。佐伯は施設の中でもっとも権力を持っている。いうなれば佐伯王国のようなものだ。三塚が作り上げたクラスという王国と佐伯の作った王国はまるで違う。それは、佐伯が一番に考えているのは子どもたちのことだからだ。もしも、その考えがインチキであったなら、直ぐに化けの皮が剝がれるだろう、子どもは、そんな部分には敏感だからだ。でも、佐伯は皮を何枚剝いでも同じ顔が現れてくるように子どもたちは感じているようだった。

施設の中に入ると瀬田華蓮が声を掛けた。瀬田華蓮は名前から中国人によく間違えられるけれど日本人だ。都立高校通信制の四年生で、卒業と同時にこの施設を出ていかなければならない。佐伯が良い友だちと言ったのは華蓮のことだ。

「今日、一人、入所したね」

九子は華蓮に言った。華蓮はリビングの床に座り、四歳になる哀音を抱いていた。

施設では若くなればなるほど、DQNネーム、キラキラネーム率が上がっていき、読みも当て字が多くてより難しいものになる。

昔は児童養護施設のことを孤児院と呼んでいたそうだけど、いま、入所している子どもで、不運な事故で両親ともが死んじゃって親戚の引き取り手もなかった完全な孤児というのは数は少ない。いまは、子どもを育て保護するはずの家庭が崩壊してしまった、というのがほとんどの入所の理由だ。両親の離婚による経済的な育児困難、親の失踪や刑務所などに収監されての一家離散など。これらは好き勝手に生きている親の犠牲になったということだ。

結局、施設の子は愚かな親を持ち、考えの浅い名前を付けられた子が多いということだった。哀音は半年前に入所したが、虐待されて、身体も精神も疲労困憊していた。

哀音は非道い虐待を受け心因性の失声症になっていた。失声症は、言語を司る脳の器官の障害とかで話せなくなる失語症とは違い、心的外傷や過剰なストレスなどの心因性の原因で喋れなくなるというものだ。幼児虐待によって失声症になってしまう子は多い。治療はカウンセリングによる心理的ストレスの解消や安定剤などの投薬などで、入院する必要はないらしい。

哀音が入所して、九子は一度も声を聞いたことはない。哀音という名前が、どこか皮肉っぽくも聞こえた。

「いくつの子?」

華蓮はそう訊くと、あやすように哀音を膝の上でとんとんと上下させた。哀音は笑うでもなくぼんやりとテレビに視線を向けていた。

「小四の女の子。マップ候補みたいだね」

「哀音がマップ7号だから、8号ってことになるね」

九子は哀音の頰を触った。入所時はガサガサの皮膚だったが、いまではふわふわになっていた。マップというあだ名は、身体中に虐待を受けた傷跡、火傷跡、などいっぱいで、裸になるとまるで地図を広げたみたい、ということで九子と華蓮が作ったものだった。

華蓮はマップ1号で、九子はマップ4号だった。

それは、崩壊した家庭の中で、虐待に耐えて死なずに生き延びてきた証の名前だ。PTSD（心的外傷後ストレス障害）のような後遺症に悩まされる子も多く、施設での深夜は、悪夢にうなされる声が飛び交ったりする。哀音は、よくあるパターンの若い母親、転がり込んできた義理の父に虐待され、いまだに若い男が近付くと怯えておしっこを漏らしてしまう。

でも、崩壊した家庭でいじめ抜かれ施設に引き取られた子どもは、施設に保護されたことでほっとしている。

定時に出される三度の食事、温かい布団、毎日の入浴、洗濯された清潔な下着、決して暴力を振るわない先生という指導者、自分より大きな身体の人間に叩かれることも蹴られることも、大声で怒鳴られ罵られることもない。

前の家庭が非道いものだったので、施設は楽園だと思える子どもが多かった。九子もそうだった。温かい布団で眠るのが、こんなにも幸せだと感じられてしまうのだ。

らいだね」

「マップ8号候補が小四ってことは、九子、あんたがここに保護されたときと同じぐらいだね」

　華蓮が同意を求めるように九子を見た。

「そうだね。あの頃のことを思い出すと頭の芯の部分が痛くなってくるな……でも、あの頃、私の家ってそれほど変わってないと思ってたんだよ」

「そういうもんだよ。子どもって他の家庭なんて知らないし、親が言ってることを一〇〇パーセント信じちゃうからね」

　非道い目に遭わされマイナスの経験豊かな年上の人間との生活はいい勉強になる。学校に通うようになり、自分の家が少し変わっていることに気付くけれど、子どもは、なぜかそれを隠そうとして、発覚が遅れる。そして、どうしようもなくなって事件として発覚し保護される。施設に入ったことで、初めてほかの家庭の話を聞いて、いままで自分が暮らしていた家庭が、まったく普通ではなく非道いものであったことを知る、などという事実は多くある。

「こんなへんな格好させられても、まだ、わかんないんだよね」

　九子は哀音の頬にまた触れた。哀音が着ている服は、家から持ってきたものらしいが、いつも黄色のキャラクターがついたものだった。

「下着から上着から帽子までも、みんなこのキャラクターらしいよ。それも家から持ち出したものは全部って、ちょっと異常だよね」

　華蓮は哀音の服のいたる所に描かれた黄色いキャラクターを指で弾いた。

「ねえ、華蓮さんのところもきれいな服っていうか、可愛いの着せられてたんだよね？　確かピンクフリル」

　九子がそう言うと華蓮は頷いた。

「虐待する親には多いみたいだよ。うちはギャル系ピンクで、フリフリの服ばっかりだったけど、汚れんだよね、レースとかフリフリは。化粧させられたりマニキュア塗られたりして、嫌だったけど言えなかったな、叩かれるから」

　華蓮のいまの格好は、無地のスウェットの上下だ。

「何で着飾っちゃうんだろうね」

「母親にとって自分が産んだ子どもは自分の分身なんだってさ、特に娘はね。大人が自分自身のことを自慢するのって変に思われるじゃない？　だから、娘を自慢するのよ。それで褒められると楽しくて堪らないんだってさ。だから過剰に着飾ったりして褒めて貰おうとすんのよ。自分は年とっちゃって、もう、可愛いなんて誰からも言われないからね」

「ペットみたい」

「それが正解かな。外で褒められようとして、家の中で躾けるんだから、洋服着て散歩してる犬ってことだね」

華蓮は昔を思い出すように笑っていた。昔の虐待の思い出は、華蓮ほどになると笑って話すしかない、と以前に九子は聞いたことがあった。ただ、華蓮の笑い方はちょっと変わっていて口角を上げ笑顔になるけれど声が出ていない。「声なし笑い」と九子たちは名付けているけれど、たまに、こんな笑い方をする人をみかける。

「猫じゃなくて、踏んづけたら死んじゃいそうな小っさい犬」

「そうだね。ねえ、九子。アイドルの子とか水商売のホステスさんとかが小さい犬飼うのってなぜだかわかる？」

「子どもの代わり？」

「ちょっと近いようなんだけど、本当は凄く違うんだよね。何でも言うことを聞く自分の下の位置の存在が欲しいのよ。アイドルもホステスさんも誰かの絶対命令で働いているから」

「私のところは、母親に対しての絶対命令者なんていなかったのに……」

「そうか、九子のところは母と子の二人だけだったね。だったら単純に王国を築いていたいだけなんじゃない。それも底意地の悪い王様が築いた王国かな。幼児虐待に理由なんてないんだろうな」

華蓮は、また声なし笑いになった。九子も突き放したような華蓮の素振りに釣られて笑ってしまった。

華蓮独特の〝王国〟という考え方だ。家庭は誰かの王国で、虐待と王国は密接な関係がある。九子が施設に保護されて、華蓮に従うようになったのは、この王国の概念が、九子がずっと考えていたことと同じで、すごく納得できたからだった。ここにも王国に住まわされて非道い思いをさせられた人間がいたことをうれしく思った。

九子の母親は瑠美子(るみこ)という。九子は瑠美子の王国の住人だった。逃れようなんて考えることさえできないほど幼かった九子は、王国の中で小さくなって生きていた。

父親の記憶はまるでなかった。名前も知らないし写真は一枚も残っていない。瑠美子に父親のこと訊いても、嫌な顔をされるだけだった。小学校の低学年にもなれば、瑠美子が働いている様子のないことは薄々わかってくる。しかし、そんなことは訊けなかった。

瑠美子は毎日のように夜に出かけた。

そのとき、九子はいつもロープに繋(つな)がれて寝ていた。確かオシメをしていた記憶もあるから、随分と小さいときからだろう。

なぜ繋がれるかというと、瑠美子が言うには危険だからだということだった。部屋の中にある危険がよくわかっていない子どもを一人残しているのだから、何が起こるかわからない、と瑠美子はそう言いながら九子をロープで繋いでいた。

ロープを結ぶときの瑠美子は優しかった。怪我とかしないように九子のことをちゃんと考えていると何度も言い、歌を唄ってくれたり、おどけて九子をからかったり、まるで遊んでるように九子の身体を縛った。一端を柱に括りつけ、一メートルほどの余裕を持たせる。毛布が置かれ下着をつけず、おしっこは柱の横に置かれたバケツにする。「こぼさないようにね。トイレまで行かなくていいからラクチンだねえ」とか出かけるときは楽しげに言うけれど、翌日の朝、バケツにおしっこをしているのを瑠美子が発見すると、途端に機嫌が悪くなり、ロープを解かれた九子にトイレに捨てに行けと、忌ま忌ましげにバケツを押し付けた。

不機嫌になったときの瑠美子の顔は、表情がなくなり平べったくなったように見えた。九子は瑠美子の機嫌が悪くならないように、おしっこを我慢するようになった。

ある夜、我慢に我慢を重ねて、どうしようもなくなって慌ててバケツに跨がってしまいバケツを倒した。出始めたおしっこは止まらない。じょんじょろりーん、じょんじょろりーんと音を鳴らしながら、おしっこが出続け畳に吸い込まれていく。うまくできなかったことが情けなくて、畳に吸い込まれたおしっこを拭くこともできず、九子は声を上げて泣いてしまった。

翌朝、おしっこのシミを発見した瑠美子は九子のことを見下ろしながら平べったい顔で「何でこんな簡単なこともできないの、駄目な子ね」と怒鳴って、九子の背中を捻り上げるように抓る。瑠美子のデコレーションされた長くて尖った爪が皮膚に食い込む。ビンタされたり蹴飛ばされるよりも抓られるのが一番痛かった。抓られる時間が長いと痛みが永遠に終わらないような気がしてくるからだ。

九子は「ごめんなさい、お母さん、ごめんなさい、お母さん」と抓られている間中、壊れた機械みたいに何度も謝り続ける。瑠美子が抓ることで気が済むのか、謝られて了解してくれるのかはわからないけれど、不機嫌な顔はしばらくすると、すっと治まってくれる。

瑠美子は九子に下着を穿かせ洋服を着せる。靴から頭の先のリボンまで、キャラクターのイラストが入ったピンク色の可愛いもので統一される。外に出てコンビニに向かう。すれ違うお婆さんが可愛いと褒めてくるのを瑠美子は笑顔で受け答えた。

コンビニで甘いパンを買ってくれるのだ。「九子ちゃん、どれがいい？」と機嫌が良くなった瑠美子は友だちのように楽しげに訊き「瑠美ちゃん、私はこれがいい」と九子は答える。怒られて謝るときはお母さん、普段のときはママ、そして、瑠美子の機嫌がいいときは、瑠美ちゃんと呼ばなければいけない。最初は瑠美子がそう呼びなさいと言ってきたのだが、機嫌が悪いのかどうかを判断するのは九子で、いつも瑠美子の顔色ばかりを窺って生活するようになった。王国の王様の顔色だ。

瑠美子の王国のルールは、瑠美子の顔色と同じでころころと変わった。友だちのように接したり急に恐い母親の顔になったりと、そして、ころころと変わるものはもう一つあった。それは家にやってくる男たちだった。男たちはころころと変わった。

男出入りが激しかった。だけど、誰も新しいお父さん候補ではなかったようだった。幼い九子にとっては、家に遊びにきた大人の男の人だった。しばらく家にいる人もいれば、ちょっと立ち寄るみたいな感じで数時間だけとか、九子の姿を見て帰っていく人など、それは様々だった。

家にやってくる男の人たちは、いろんな人がいた。若い兄ちゃんもいれば、お爺ちゃんに見えるような人、身体中に刺青を入れて、まるで動物みたいに見える人までいた。でも、共通しているのは九子のことを見ていない、九子の存在を認めていないような感じがあった。愛想良く話し掛けたりするけれど、どうでもいい感じだった。だからなんだろう、いつも、訪ねてくる男の人たちは九子に優しく――それは瑠美子の前だけではあったが――接してくれていた。

瑠美子と二人の夜は大きなベッドがある寝室で寝る。瑠美子が夜出かけるときは、柱にロープで繋がれていたが、男の人がやってくると九子はリビングのソファーで寝る。男の人が来てソファーで寝るときは柱で繋がれるよりも断然楽だった。瑠美子に夜出ていかれるより九子は男の人が家に来てくれることを望んでいた。

瑠美子は男の人の前でぶったりはしない。たまに、九子がぐずってしまったときなどは、お尻を強く抓られたりしたけれど、真っ暗な中でロープに繋がれて寝るよりは楽だった。

華蓮から話を聞いて納得がいった。ペットを躾けていいのは飼い主の王様だけで、お客は、そのペットを可愛いと褒め続けなければならないんだ、ということ。家の王様は瑠美子で、男の人たちはお客で、九子はペットだった。

お客が来ているときは、ただただ大人しくしているに限る。しかし、調子に乗ってしまうときだってある、子どもだから。そんなときは瑠美子に抓られるんだ、男の人が見てないところで。九子は、そんなときでも声を上げない。もっと、抓られるからだった。

男の人がよく家に来ていた、という話を施設に入って華蓮と仲良くなった頃に話した。すると、蓮華は顔をしかめ「何かされた？」と訊いた。「何もされてはいないけれど、変なものを見た」と九子は答え話し始めた。

男はスーツを着た痩せた人だった。夜になって瑠美子と痩せた男が寝室へと入った。九子はソファーでタオルケットをお腹にだけ掛けて寝ていた。夏の暑い夜だった。深夜に寝室のドアが開きリビングが少し明るくなった。男は全裸でリビングに入ってきた。九子は薄目を開けて見ていた。寝室から瑠美子の声が聞こえてきた。男は慌てた感じでソファーに近付き、ソファーの横にある棚に置かれた薬箱を手にした。そのとき、男のお腹の下の辺りから内臓がはみ出しているのが見えた。内臓は堅そうでお臍の方に向かってはみ出している。九子は、だから男は慌てて救急箱を取りに来たんだと思った。病気かなにかだと思った。しかし、その姿はどことなく間抜けで悲しげに見え、九子はタオルケットを被って笑いを堪えていた。

いまでは、痩せた男の飛び出した内臓が、何であったのかも、救急箱に探しに来ていたものが何であるかも察しが付いている。

そんな話を華蓮にしたところ、「勃起した性器が、飛び出してしまった内臓に見えたって！　コンドーム探しに勃起したままって！　馬鹿じゃないの、その男！」と笑った。

「そんとき、慌てた歩きに合わせて、飛び出した内臓がピコンピコンって動いてたんだよ！」と九子が言うと、華蓮は声なく顔をくしゃくしゃにして笑った。

「でもね、九子。大人が子どもに性器を見せるっていうのは、それだけで幼児虐待になるのよ」

華蓮の声が低くなったような気がした。

「そうなんだろうな」

九子は答えた。勃起した性器イコール滑稽なものとして九子の頭に刻み込まれてしまった。

華蓮と話していると本当に楽しい。

「ねえ、九子。あの三塚って馬鹿教師の写真、新しいのは撮れたの？」

「まだ、昨日とかも、ちょっと怪しんでいるみたいだったから」

「ほら厨二病（ちゅうにびょう）をいまだに引き摺（ず）っている西野ってガキに新しい盗撮の方法を考えさせればいいんじゃない？　脅せば、頭絞（しぼ）って新しい盗撮の方法を見つけてくるよ」

九子は何でも華蓮に相談をする。すると華蓮はいろいろとアイデアをくれる。三塚と九子が一緒のところを盗撮するといい、と言ったのは華蓮だった。

「でもね、西野の母親が私が家に行くのを嫌がってんのよ。言ったでしょう？　三塚に苦情を言ったみたい」

華蓮の前では、西野を君付けで呼ぶことも三塚を先生と呼ぶ必要もなかった。華蓮と九子は一心同体のように、お互いを信頼している。

「馬鹿親ね。ヒステリーとか起こすから行かなきゃいいよ。だから、犬にも馬鹿にされるのよ。西野に何か用事を言い付けるときは、外でやればいい。それと西野には、二度と母親に苦情を言わせないようにって釘（くぎ）を刺しとかないとね」

華蓮は声なし笑いになった。西野を馬鹿にしている犬の話も、華蓮は憶（おぼ）えていた。

「どうするの？」

「そうだな……あんたの背中の傷跡を写真に撮って西野に見せる。そして、ちゃんとやんないと、こんな写真をあんたに無理矢理に撮られましたって、あんたの母親に送りつけるよって言うんだよ。被写体が被写体なだけに迫力はあるから効き目はあるよ」

「でも、西野が私の作った嘘だって言ったら？」

「絶対に人に見せたくない虐待の傷跡を女の子が自分で撮るとは思わないよ、大人は。それにガキってのは、女の子の背中いっぱいにある本当の傷跡なんか見せられたら、直ぐびびるから大丈夫だよ」

「今度、西野の携帯をちょっと借りて撮影すればいいね。西野の携帯のフォルダーにも保存できるし」

　華蓮に訊けばいろんなことが解決する。

「三塚は使えるから、写真は絶対に押さえとくべき」

　華蓮は軍人のようなきりっとした表情になった。九子はおどけて敬礼して見せた。

　哀音がむずかって身体を捩った。華蓮があやしながら哀音を抱いたまま立ち上がった。乾いた金属の音が軋んだ。華蓮は哀音を抱いたまま何度も小さな高い高いをやってあげているけれど、それに合わせて歪な金属音がリビングに響いていた。

　それは華蓮の音だった。

西野を九子の下僕にすることを考えたのも華蓮だった。西野から厨二病丸出しのラブレターを貰ったのがきっかけだった。

厨二病は、思春期の中学二年生が喋りたがる青臭い言動のことを、中二病という言い方をしていたのが変化したものだった。思春期の中学生が背伸びした言動や妄想をしてしまうって意味だけじゃなく、社会人とか大学生なのに中学生みたいなこと言ってる、大人になれよ、ガキみたいだよ、という使われ方の方が多くなり、台所の厨房の厨の字で厨二病と変化した。そのうち廃れて誰も言わなくなるだろうが、西野のそれは真っただ中の臭いが香り立っていた。

九子がそのラブレターを華蓮に見せると、華蓮はチンポの臭いがしてくるような文章だと吐き捨てた。華蓮からの指示は、西野と九子の名前を消し、宛名と送り主を様々なクラスの男女に置き換えて――それも西野の友だちや同じクラブの人間たち――ラブレターの複製を幾つも作る、というものだった。そして、それを靴箱や宛先の子の机に置いておいた。

一週間ほどで、西野は、自分が書いたラブレターと同文のものが、そこいら中に出回っていることに気付き始める。西野は訳がわからない。まさか、九子がやったのか？　なぜそんなことを？　もしかしたら誰か他の人間が？　といろいろ考え続けるに違いない。不安で堪らないだろう。華蓮は、その一定期間の不安が大事なんだ、それも、自分の理解の許容範囲を超えることに対しての不安だ、と言った。不安は渇望を生むんだそうだ。渇望って何？　不安を取り去るために差し出される救いの手を求める気持ち、それが渇望だ。華蓮は施設に保護されて一年間で施設の中にある図書館の本を全て読破した。九子はそれに倣（なら）った。華蓮は心をえぐるような親からの虐待という経験の後に、人間のことを書かれた書物を濫読（らんどく）した。

両親の庇護（ひご）のもと優しく育てられ、痛い思いも、悲しくてどうしようもない長い夜をロープで繋がれることなどまったくない、当たり前の子どもの西野のような奴（やつ）に負けるわけはないんだよ、と華蓮は九子に向かって念を押した。

二週間後、へとへとなのか、やっと西野は、九子に向かって呼び出しを掛けてきた。他の人間に相談なんてできなかっただろう、西野自身の恥部を誰かに使われたのだから……西野は生まれて初めて悪意というものに接していた。九子は華蓮の言い付け通り公園を待ち合わせの場所に指定した。

「……なあ、おまえさあ、俺が書いたやつを、誰かに渡した？」

公園で二人になった西野はまだ余裕を持っているようだった。なぜ？　余裕が持てるのか？　西野と九子は同じ歳（とし）、でも、経験値はまったく違う。どんな目に遭って生き延びてきたかを西野に話せば、こいつは九子の前に平伏するしかないだろう。それと、西野の頭の中にあるものは、親から受け継がれた男尊女卑の考えだろう。大人しい女の子は、男に勝てない、なんて教育が西野の身体に染み込んでいる。馬鹿らしい限りで、西野の母親が経験もないままに王国を築いているだけで、それは簡単に崩れる砂で作られたような王国でしかない。

「俺の書いたやつって何？」

九子は西野の問いに質問で答えた。

「……俺がおまえに送ったやつだよ」

「送った？　何のこと？」

九子が答えると西野の頬が引き攣ったようにちょっとだけ上がった。優しい家庭は子どもの不安を、直ぐに解消してくれるんだろう。ちゃんと話せば不安は解消できる、なんて考えている西野のことが九子には間抜けに見えた。

「靴箱に入ってただろう！」

西野から苛ついた声が出た。

「ああれか、漆黒の闇の中の住人が、可憐なる聖少女のことを欲しがるって話？」

「そっそうだよ……。心の叫びだ」

西野が言った瞬間に九子は真剣な顔を作った。ガキをずたずたにしたくなっている。でも、まだ、大人しくて静かな女の子を演じていた。肩まで掛かった黒髪に学校指定のスカート丈、ツケマも制服の加工もしない女の子だ。西野は、九子のことをどうにかできると思っているようだった。

「ねえ、西野君、漆黒の闇って何？　西野君がひどい目に遭っているってことなの？　私にはそんなふうに見えないんだけど、どういうこと？」

九子は、まだ抑えている。

「社会だよ。教師とか親とか、すべての大人たちに虐げられた僕らは、漆黒の闇に突き落とされてる。そんな僕が救いを求めたのが君なんだよ」

「虐げられた僕ら？　それって私もその部類に入っているの？」

「当たり前だよ」

「何かおかしくない？　闇の中の僕が救いを求めたんだから、私は闇の外にいるってことじゃないの？」

九子は真っ直ぐに西野を見て言った。西野から小さな舌打ちが聞こえた。

「いや、そういうことじゃなくて、九子の境遇だって……」

「私の境遇？　施設にいることが闇の中ってこと？」

九子は静かな声で言った。

「まあ、そうかな……」

西野は、聞き間違いかな、というふうに九子を見ていた。

「西野君さあ、施設内で理不尽にいじめられたりするくだらない漫画とか、施設の先生に復讐するってテレビドラマとか観て誤解してんでしょう。施設は天国なのよ」

九子は西野から目を逸らさない。西野の目が泳いでいる。自分が想像していた展開とはまるで違っていて狼狽えているんだろう。

「施設が天国？　馬鹿じゃねえのおまえ」

虚勢を張った声が西野から出てきたが、まるで恐くなかった。

「施設に保護されるまでの家庭が本当の闇なんだと思うよ。虐待されたりするから」

「おまえ……虐待とかされたのか？」

西野の声のトーンが下がった。

「うちは虐待とネグレクト、育児放棄ね。それで施設に入所したの。毎日三度、ご飯が食べられるとか、温かい布団に寝られるとか、それは天国ってことじゃない？」

「……まあ、そうかもな」

西野は目を伏せた。

「虐待を受けてるときの家庭は地獄なの、誰も助けてくれない。それはそうよね。子どもにとって唯一保護してくれるはずの親が加害者になるんだから。闇っていえば、施設に年上の友だちで華蓮さんっているんだよね。それで、この人からたまに金属音がするんだけど、何でだと思う？　ヒントは闇に関係もしてんだよ。さあ、なんでしょう？」

「わかんないよ……」

西野は視線を合わせない。

「華蓮さんの虐待は、暴力的ですごかったの。母親と父親の機嫌が悪いと叩かれたり蹴られたり、それはもうぼろぼろにされたんだってさ。虐待されてたのは、華蓮さんが子どもの頃だったんだけど、子どもってぐずったり、食べ物こぼしたり、物を倒したりと失敗しちゃうでしょう？　そんなときって、躾ってことで正座させられたの。親の機嫌で正座が夜から朝までだったり、膝の裏のところに木刀を挟まれたりしたんだって、ひどいよね。それで投げ飛ばされたり、階段から突き飛ばされたりして、足を捻挫しちゃったの。それでも、躾って正座をさせられてたんだって。それで、両親が児童虐待で逮捕されて、華蓮さんが保護されたときには、左足は壊死を起こしてしまっていて、結局、切断することになって義足になったの。だから、たまにカシュッキシュッて金属の音がするのね。正解は義足だからってこと。ねえ、西野君。施設じゃなくて、それ以前の家庭が闇ってことでしょう？」

「……そうだな……」

西野は元気のない声で答えた。

「私もそうだったな。闇って思うよ。私って虐待もあったけど、一番は母親に棄てられたってことかな。そんとき、西野君が言う闇ってのをすっごく感じたな。私の母親って夜出歩くのが好きでさ、そんなとき、私をロープで縛って柱に繋いどくのよね。ほら、幼稚園ぐらいだったら、一人にしとくと危ないじゃない。火もあるし、ガラスの食器を落としたりさ。それで動きを制限しておいたのね。それで小学校の二年生のときだったな。母親がロープで繋げなかったの？　何でだと思う？　ヒントはいまの話の中にあるんだよ」

九子は西野の顔を覗き込んだ。

「……棄てられたからか？」

「すっごい、正解。西野君、頭いいじゃん。帰って来ないつもりだったみたいで、さすがにロープに繋いだままだと死んじゃうとでも思ったんだろうね。ロープはしなかったの。だけど、電気代を払ってなかったのか、ブレーカーを落としてたのかわからないけれど、電気が点かないのね。夜は暗い中でたった一人、やっと朝になっても母親は帰ってこない。そして、次の日も次の日も……。棄てられたなんてわかんないから、じっと待ってるのね。でも、先生とかにも言わないで、何か子ども心に恥ずかしいんだよ。それで、だんだん不安になってくる。夜が恐いんだよ。暗くて寂しくて、自分がどうなるんだろうって……そう、恐くてしょうがないの、闇を恐がるのは太古から人間の本能なんだよ。それで、私、どうしたと思う？　自分からロープに繋がれて眠るようになったんだよ。そうすると、どっかに連れて行かれないって……それで少しだけ不安が解消されたな。ねえ、西野君、これって漆黒の闇に対する恐怖だよね？」

九子は小さく笑って見せた。

「……ああ」

西野は九子の話を聞いていないのではない。十分過ぎるほど聞いて、内容に対してうまく反応できないでいるだけだ。自分の書いた厨二病を引き摺ったままのラブレターをばらまいた犯人を見つけ、追及することなど、まったくできないどころか、頭の隅っこに追いやられてしまっているようだった。

「やっぱりわかるんだね、西野君は漆黒の闇の中の住人だから。私は抜け出せて天国の施設にいるけど、まだまだ、西野君は闇の中か……。ねえ、西野君、PC持ってるよね？」

九子は話を変えた。

「持ってるけど」

「施設にもPCはあるし、私のメールのアカウントもあるけど、順番だったりデータが変に残ったりするから使いにくいんだよね。いま、調べたいものがあってさ、西野君の家に行っていい？」

「調べたいものって、何だよ」

「消息不明になっている私の母親のこと」

九子の言葉を聞いて西野は口ごもった。

「……そう」

西野は力なく答えた。西野が圧倒されていくのが九子にはわかった。

九子が両手を合わせると、西野は仕方がなさそうに頷いた。

「ねっ？　ねっ？　お願い」

「……まあいいか、今日はお袋もいないし」

九子は吹き出しそうになった。西野は「お袋」と言ったが、たぶん、家では「ママ」と呼んでいるんだろうと思った。

「やった。じゃあ、西野君の家に行く前に、駅のそばの電気屋さんに寄っていくから」

九子の命令に、西野は素直に頷いた。

安売り家電の量販店のＰＣ売り場で、九子は記憶媒体を一通り見た。西野は最新のノートブックＰＣやタブレットの説明を九子にしてくれた。

店を出てＪＲに乗ってふた駅先の三鷹で九子たちは降りた。西野の自宅は三鷹駅から自転車で五、六分のところにあるらしい。九子は、自転車の荷台に乗せて、と西野にせがんだ。西野は、最初は少し渋っていたけれど、結局は乗せてくれた。西野は悪い奴ではない、ただシャイなガキなんだ。

九子は荷台に跨がって乗ると西野の腰に両手を回した。

西野の手紙による告白に対して、九子がいい返事をしていたのなら、彼女と彼氏の関係の自転車の二人乗りになっていたはずだったのだ。しかし、西野にとっては腑に落ちない展開のままペダルを漕ぐはめになっていた。西野は初めて女の子と二人乗りしているのだろうか、どこか緊張しているように九子は感じた。腰に回した手に、ぎゅっと力を込めた。西野は何も言わないが、急に、やっぱり、家に来るのはやめにしない、なんてごねる可能性もある。そんなときのために、九子は先手を打っておいた。

「ねえ、西野君、ちょっと、そこの公園に入って止めて」

西野は命令通りに公園に入って自転車を止めた。

「どうしたんだよ？」

「携帯を貸してくれない？　ちょっと連絡するところがあるの」

「施設で禁止されてんのか？」

「毎月年齢に合わせてお小遣いも支給されるし、施設の園長先生が保証人にもなってくれるから携帯買うの大丈夫なんだよ。高校生はみんな持ってるけど、私は、大して使わないから」

九子は自転車を降り手を出すと、西野はスマートフォンを手渡してくれた。施設には、ガラパゴス携帯といわれる旧式のものから、最新型のスマホまでありとあらゆる機種が集まっていた。九子はどの機種の操作も把握していた。九子はスマホの電源を入れると設定をカメラにした。

「そうだ、西野君。プレゼントがあるのブレザーの左のポケットの中を探ってみて？」

西野はポケットに手を突っ込むと、少しばかりごそごそと動かして出した。左手にはパッケージに入ったＵＳＢメモリスティックが握られていた。西野は不思議そうにＵＳＢメモリを見ている。九子はその瞬間をカメラで撮影した。そして、直ぐさま、画像を施設のＰＣに送信した。

「プレゼントって……どういうこと？　これを俺にくれんの？」

「違う違う、これは西野君が私にプレゼントしてくれるの」

九子は西野の手からＵＳＢメモリを摘まみ上げた。

「……何言ってんだよ、どういうことだよ。これって、お前が入れたんだろう？　いつ入れたんだよ」

西野は狼狽えている。

「西野君がPCの説明を自慢げにしているとき、横から私が入れといたんだけど。西野君が気付いてないくらいだから、店員さんにはわかんないよね」

「それって万引きじゃん！」

西野は一歩後ろに下がった。

「共犯だね。128GBのUSBメモリって高いから、ショーケースに入っているところが多いけど、あの店は手に取って見られるんだよね」

「ざけんなよ！」

西野はとうとうキレてUSBメモリを奪い取ろうと手を伸ばした。九子はUSBメモリをブレザーの内ポケットに仕舞うと、スマホの画面を西野へ向けた。

「この写真を私のアドレスに送信しといたの、わかる？　あんたがUSBメモリを手にしてる写真よ。あんたが万引きした証拠。この写真をあの店に送ったらどうなるんだろう？」

「何だと！　送ったらただじゃ済まねえぞ」

西野は凄んで見せているようだけど、ただのガキがきゃんと叫んでいるだけにしかみえなかった。

「ざけんな、済まねえぞ、とかって言い回し、あんたに全然似合ってないよ。どこで覚えたの？」

「うるさい！」

西野はいまにも摑み掛かってきそうな顔をしていた。

「あんたが私に暴力を振るおうとしただけで、いま、いろんなとこで回ってる青臭いラブレターは、あんたが私に送ったもんだってばらしちゃうよ。それとも、あんたのママ？　違うか、お袋だっけ？　に送りつけようか？　添え書きに、あなたの息子さんが、チンポ硬くして言い寄ってくるから恐いってさ」

九子は牽制し、そして、突き刺さる言葉を吐いた。西野の目が大きく見開かれた。

「ううううう……」

西野から歯ぎしりのような妙な音が聞こえてきた。生まれてきて初めてのことが幾つも襲いかかって、西野はどうしたらいいのかわからなくなっているんだろう。

性善説というのがある。「人の本質は善であり悪を行わない。だからこそ、人を信じるべきだ」というようなこと。しかし、これって楽天主義的な考え方の人たちによって、都合良く捩じ曲げられて広まってしまったらしい。性善説の本当の意味は「人は生まれつきは善だが、成長すると悪行を学ぶ」ということ。非道い目に遭わされながら成長せざるをえなかった九子には、こっちの方がしっくり来る。九子は生きていく上で悪いことを憶えた。これが九子の経験値なんだろう。

西野は、まだ、人を信じてるんだろう。そう考えると笑えてくる。

「ねえ、西野君？　私の言うこと聞くしかないよね？　西野君のバレたらとんでもないこと二つも握っているからね」

言っていることは非道いけれど、九子は優しい声を出してみせた。

「……そんな……」

「取り敢えず、一〇万持ってきて。お年玉とか貰って貯金ぐらいしてるでしょう。なかったら、親の金取ってくればいいのよ。貯金通帳と判子って、親の部屋のタンスの引き出しとかに入ってるから、簡単に見つかるよ」

「そんなことできないよ！」

西野の声は悲鳴に近かった。

「冗談よ。お金なんていらない」

お金は欲しいけれど、お金をせびるのは一番危険なことだ。お金の移動は証拠が残りやすくて見つかる可能性が高くなる。しかもバレたときには、一方的に恐喝したとされ言い訳のしようがない。やるなら、万引きさせたりする方が証拠は残らない、このことをわかってないと、非道い目に遭わされてしまう。

「……なら何だよ」

「私の言いなりになればいいのよ」

「俺に下僕になれと言うのか……」

「下僕？　いいよ、それ！　さすが厨二病を引き摺ってると変な言葉を使うんだね。あんたは私の下僕ね。わかった？」

西野は少し抵抗するように九子の視線を外した。九子はこのとき、下僕というお気に入りの言葉を入手した。

「西野君、返事は？　下僕と言ったって、家に私を連れていってPCを使わせてくればいいいんだから」

九子がそう言うと西野は少しほっとしたような顔をした。

「わかったよ、なればいいんだろう」

「返事はしたよね。このこと忘れないで。もし忘れたら、嫌なことがじわじわ起こり始めるんだからね」

九子は言い聞かせた。西野は小さく頷いていた。九子は西野の自転車の荷台に乗ると「さあ、ペダルを漕いで」と命令した。

三鷹の高級住宅街にある西野の家は、そのなかでもひときわ大きく、屋敷と言った方がよさそうな構えだった。スライド式の大きなステンレス製の門の横に、同じ材質のドア――このドアも相当に大きい――があって猛犬注意のプレートが貼(は)ってあった。

西野は鍵を開けて入ると、低くて太い音で犬が吠えた。金属の格子の嵌った犬舎があり、大きな犬が牙を剝いて西野と九子に向かって吠えていた。西野が「ジャックス！うるさい、静かに！」と怒鳴ったが、ジャックスは、なおも執拗に吠えた。

「躾がなってないみたいね？」

「俺のこと舐めてんだ。腹立つな」

西野は威嚇するように黒い石の道を靴で踏みならしてみせるけれど、ジャックスは、小馬鹿にしたような顔で余計に吠えた。犬は飼われている家の中で順位を付けるらしい。ジャックスは、西野のことを自分の下位にいるものと認識しているようだった。

「お金持ちなんだね。お父さんって何してんの？」

「会社の役員。何やってる会社かは、俺は把握してない」

西野は妙な言い回しで言った。

「ジャックスはお父さんの言うことは聞くんでしょう？」

「ああ、親父の命令しか聞かない」

ああ、本当はパパって呼んでんだろうな、と九子は思ったけれど口には出さなかった。

これまた大きな木の玄関ドアを開けて屋敷内に入り、絨毯敷の長い廊下を歩いて西野の部屋に入ると、九子はくらくらしてしまった。

そこは西野の王国だった。

ショーケースに入ったロボットのフィギュアには小さな照明が当たり、新品の数十種類のスニーカーはオブジェのように置かれ、天井まで伸びた本棚には漫画が巻数順に並べられ、デジタルカメラや三脚などの黒い機械とゲーム機が数種類、アニメのＤＶＤと共に棚にディスプレイされていた。

しかし、それらの影を薄くさせてしまうほど存在感のあるものが部屋にはあった。巨大な水槽である。中には見たこともないような大きな魚が悠々と泳いでいた。

「これ何ていう魚なの？」

「アロワナ。淡水魚の観賞魚としては、最大らしいな……」

西野は楽しくもなさそうな声を出していたけれど、その声こそが自慢なのだと、九子には思えた。

西野が欲しいものを好きなだけ買ってもらえるのがわかる。誕生日、正月、クリスマス、テストでいい点を取ったときや親の機嫌がいいとき……西野の欲しがるものを親が買い与えて来た結果、出来上がった西野の王国だった。

九子は猛烈に嫉妬した。瑠美子も誕生日やクリスマスなどに、九子に様々なものを買い与えてくれたけれど、それらは、九子の欲しいものではなく、瑠美子が九子を着飾るために瑠美子が欲しいと思った品々だった。天使の羽の生えたドレスなんて九子は欲しいと思ったことなど一度もない。

もし、九子がこの家の子どもだったら、と考えても、欲しいものが何かはわからない。どんな物が欲しいかなんて考えることなどなかった。九子は瑠美子の顔色を見て暮らすことで精一杯だったからだろう。欲しいものを見つけられ、しかも、それを自由に買ってもらえる、というだけで、腹立たしくて堪らなくなった。西野の王国に並んだ物に対してではなく、西野の状況に九子は嫉妬した。それは西野を殺してやりたくなるほどだった。

九子は液晶パネルが三つ並んだ西野の机に座った。PCは最新の音を鳴らして起動し、九子は戦利品のUSBメモリを突き刺した。背後のベッドに座った西野が心配そうな視線を送っているのを感じる。

「西野君の好きな漫画の本を、そこで見てて。ベッドから出たら駄目だからね」

九子は振り返ると言った。下僕に成り下がった西野は頷いた。命令すれば飲み物とお菓子ぐらいお盆に載せて持ってきそうだった。西野は本棚に手を伸ばし、漫画を手に取った。九子は西野が胡座(あぐら)をかいて股(また)のところで広げた漫画に視線を落とすまで、じっと西野を見ていた。

これでやっとPCを使って瑠美子を探すことができる。

瑠美子は、小学校の二年生のとき一度九子を棄て、そのときは一カ月後に瑠美子は連れ戻された。

そして、小学校四年生のとき、九子は本格的に棄てられた。九子は保護され、瑠美子は半年後に幼児虐待容疑で逮捕され、九子は児童養護施設の住人となった。瑠美子は逮捕されたと聞いた。九子が施設に収容されて以来、瑠美子には会っていない。

どうして、瑠美子を探したいのだろう、と九子は自問自答していた。会って文句を言いたいのか、自分を棄てた理由を訊きたいのか、殴り掛かってしまうのか、それはわからないけれど、九子は瑠美子を探し始めていた。

施設の先生に訊いたところ、瑠美子からの連絡はないらしい。もしかして、まだ刑務所にいるのか、失踪しているのか、九子との繋がりは切れていた。

九子はネットの中の情報で、行方不明になった人間を探す方法を調べていた。


ちょっとむずかった哀音をあやすように華蓮は、膝を上下させた。義足の金属が軋んだ音を鳴らした。

「それで九子、母親を探す方は大丈夫なの？　西野の所のＰＣはもう使えないんでしょう？」

「西野の家には行かないようにするけど、方法はだいたいわかったから、西野は呼び出していろいろと使うようにするつもり」

「それが正解だね。母親という名の糞ババアは、勝手な思い込みで、必ず何かをしでかすからね」

「わかってる」

西野の母親とは何度も顔を合わせていた。大人とそつなく話すことは慣れている。出しゃばり過ぎず控え目だけど、敬語をちゃんと使う。これだけで、大抵の大人はどうにかなった。でも、西野の母親は、やはり、若い息子の女親で、もう、それだけで、疑心暗鬼になった視線で女の子を見ている。

華蓮の言う糞ババアそのものでしかない西野の母親は、物を買い与えることで自分に息子の視線を向けようと必死だ。だから、息子の視線が、自分以外に向けられると、抵抗して物事を引っ掻き回してしまう。若い牝猫（めすねこ）が子どもを産んで、人間がそこを覗き見したりすると、牝猫は脅えて、子猫を取られると思って、子猫を食べる、そんな錯乱した愛情を示してしまう。それが、母親だ、と九子は思っていた。同級生の男の子たちは、いとも容易（たやす）く扱えるけれど、その母親のほとんどは厄介な存在だった。

「九子……やっぱり、探したいの?」

華蓮が真顔になった。

「まあね。華蓮さんは、お母さんを探すこと馬鹿らしいと思ってる?」

九子が母親を探したいと思っているのを、華蓮は不思議に思っているようだった。

「馬鹿らしい、とは思わないけれど、九子の何かがかわるのなら……」

「かわる？　どういうこと？」

「九子の中の決着みたいなもんかな」

華蓮は、また、得意の声なし笑いを顔に浮かべた。

第三章　友だち

事件一七日後

善寺川学園の応接室の窓から昼の太陽が降り注ぎ、晩秋とは思えないほど部屋の中は暖かくなっていた。

「井村里実さんだね。私は渡辺、こっちは山下刑事。井村さん、これは、捜査や取調べではなくて任意の調査だから、恐がらなくていいからね」

渡辺は警視庁生活安全部少年事件課に配属されてから作り上げた青少年向けの優しい声音で話しかけた。里実は視線を渡辺にちょっとだけ向け、また、俯いた。里実の短い髪に太陽の光が当たり茶色く透けていた。

渡辺は胸の内ポケットにある警察手帳に手を伸ばそうとして止めた。山下に向かって小さく首を振ると、山下も手を下げた。警察手帳規則という公安委員会規則がありその第五条には、「職務の執行に当たり、警察官、皇宮護衛官又は交通巡視員であることを示す必要があるときは、証票及び記章を呈示しなければならない」と定められている。しかし、渡辺は警察手帳の提示を思い留まった。

路上での職務質問や捜査時に玄関先で手帳を提示するのは、警察官に対して嘘を吐いてはいけない、という威嚇でもあり相手を脅えさせて話を優位に持っていく効果もある。しかし、井村里実に対しては、それが逆効果になると考えられた。青少年でもチンピラや素行不良者には、恫喝や少々手荒なことをやる方が、取調べはスムーズに進む。しかし、思春期の青少年、特に至極真っ当な生活態度の女の子の場合は、脅えて口を閉ざしてしまうと簡単には口を開かなくなる。

「深津九子さんを知っているよね。君はクラスで仲が良かったと、担任の三塚先生から聞いているけれど、間違いないかな？」

渡辺が訊くと、里実はちらっとこっちを見て頷いた。

「九子ちゃんが……何かしたんですか？」

「何かした、というのは？　井村さん、深津九子さんが何かした、という心当たりでもあるかな？」

渡辺は里実の質問に対して質問で返してしまった。

「そんなの何もないです！　私、なんにも知りません！」

里実が慌てた声を出した。知っていますと言っているようなものだと、渡辺は思った。しかし、取調べのようにここで核心へと進むと、「何も知りません」が「何も話しません」に変わってしまう可能性が大きい。今回は調査でしかなく、強く取調べられない。

「井村さん。君が知らないことは何も話さなくていいから、大丈夫だよ」

素行不良傾向もまったくなく、平凡な家庭で育った里実にとって、刑事という職種の人間に会うのは初めてのことだろう。世の中のほとんどの人間が、テレビドラマや映画で俳優が演じる颯爽（さっそう）とした刑事しか知らない。

「安心していいよ、君を捕まえるために尋問しに来たわけじゃないんだから」

山下が口角を上げ白い歯を見せた。毎食後三〇分経（た）ってからフッ素入りの歯磨剤を使って丹念に歯を磨いている山下の歯は、若い子を安心させる効果があるようだ。里実は山下に向かって笑顔を返した。

「君の、その髪型というのは、やはり、運動部に在籍しているからなのかな？」

渡辺が訊くと里実の笑顔は直ぐに引っ込んだ。

「女子でその短さは球技かな？　僕が学生の頃は球技関係の女子は、そんな髪型だったな」

山下は微笑（ほほえ）みながら訊いている。こんな笑顔は、警視庁の第三強行犯捜査の刑事の頃には、まったく必要のないものだったな、と渡辺は山下の横顔を見ていた。

「バスケ部でした」

里実は答えている。

「過去形ということは辞めてしまったのかな？」

山下の笑顔を真似てみたが、里実は一瞬だけ渡辺を見て目を伏せた。渡辺は山下と顔を見合わせた。

「大変だからね。体育会系の部活は辞めちゃったみたいだね。どうして？」

山下は、また、優しい声を出した。

「つまんなかったから辞めたんです」

里実は山下に向かって言った。どうやら、この場で渡辺は何も話さない、訊かない方がいいようだと思えた。

「つまんないからか……もうすぐ三年だったのに勿体ないね。もう少し続けな、とか先輩に言われなかったのかな？」

山下が訊くと里実の表情が硬くなった。

「補欠で公式戦には一度も出たことなかったから、そんなふうには言われなかったけど……辞めるのは大変だったんです」

里実は、ちらっとだけ渡辺を見て山下に向かって言った。未成年者は大人の顔色を見ている。この人物は自分に対して危害を加える可能性があるか、自分の言うことを聞いてくれるか、などを観察している。渡辺は、里実の視線に、もしかすると渡辺のことを嫌悪して避けているのではなく、山下のことを与しやすしと感じているのかもしれないと思った。

「でも、辞めたんだね」

山下が訊いた。

「……九子ちゃんが助けてくれたんです」

「深津さんが？　それはどういうことかな」

山下が促すと、里実はぽつりぽつりと話し始めた。

里実は授業が終わり部活へ向かう準備をしていた。

「バスケの部活って面白い？　辞めちゃえばいいのに。レギュラーになれる可能性ってあんの？」

九子が声を掛けてきた。

「……全然ない、一〇〇パーセントないな。私、下手だし背も高くないから」

里実は笑ってしまった。釣られるように九子も笑っている。可愛い子が笑うとまじ可愛くて羨ましい。里実は家の鏡の前で九子の表情を真似てみたことがあった。背格好は同じなのに、鏡に映った顔は同じ女の子であることが信じられないほど違っていてげんなりしてしまった。

「だったら、辞めようよ」

九子はまだ笑っている。九子は何度か部活辞めたら、と里実に言っていた。行きたくなさそうに準備しているのが顔に出ていたのだろうか。

「私だって辞めたいんだけど、そんな簡単には行かないんだよ」

「何が？　たいして強くないんでしょう、うちのバスケ部って」

「こないだ都大会の一回戦で、ダブルスコアで敗退……」

「滅茶苦茶弱いじゃん。それなのに里実ちゃんは万年補欠って……それ人生を無駄にしてるようなもんだよ」

「先輩とか恐いんだよね、辞めるって言うと」

「何それ？　だって、三年生はエスカレータで上の学校に進めるから、受験なんてしないし、全然、引退してくれないんでしょう？　ずっとこき使われるだけだよ。辞めよう、いま直ぐ辞めよう。私が付いて行ってあげてもいいよ」

九子は真面目な顔になった。

「何で一緒に来てくれんの？　悪いよ。それにさ、恐いよ、先輩って」

「先輩っていったって、たかが三年生でしょう。私、一つ年上の同性なんて、全然恐くないから。それに、ちゃんと話せば大丈夫じゃない。里実ちゃんが、戦力になってないなら引き止められないよ」

九子に押し切られるようにして、退部届けを二通書かされた。里実が、どうして二通いるのか、と訊いたところ、九子は、担任の三塚経由でバスケット部顧問の先生に退部届けを出す、と言い、どうしようもないくらいに揉めたときのために保険を掛けとくのよ、と続けた。九子は里実の書いた一枚目の退部届けを畳んで、職員室へ向かった。

しばらくして九子は職員室から戻ってきて、里実は一緒にバスケット部の部室に向かった。九子は意気揚々というわけでもなく、いたっていつも通りに歩いている。里実の心臓は驚くほど早く鼓っていた。体育館は二階建てになっていて、一階に運動部の部室が並んでいる。一番奥まったところに女子バスケット部の部室はあった。

九子はずんずんと部室に近付いて部室のドアの前に立った。里実は、やはりやめとこう、九子を制止しようと思った瞬間、九子は何の躊躇もなく部室のドアを開けた。里実は九子の背中を見ていた。殴り込みでも掛けているような、そんな荒々しさが漂っていて、ドラマを見ているようだな、と里実は感じた。自分は当事者なのだが、九子の背中を前にして後ろにいると、ドラマをもっとも間近の席で観ているような気分になった。九子と一緒にいるときの方が、バスケ部にいるときよりも数段面白くどきいことばかりしていてはいけない、と先生や親は言うけれど、部活の苦し何にもなるんだって、思っていた。試合にも出ず、ゲームで勝つ喜びも味わえず、ボールを磨いて先輩のユニホームを洗濯して、コートの周りを走ってばっかり、何にも楽しくなかった。そんな話を九子にしたことがあった。そのときも、つまんないなら、辞めれば？　と九子は言っていた。

勢いよく開けられたドアに部室の誰もが顔を向けた。着替え中で下着のままの子もいる。部室のドアを開けるときはそれなりの手順があった。ノックし名前と学年を名乗りゆっくりとドアを開けると教えられてきた。九子は全部それを破った。

「キャプテンってどの人ですか？」

九子は部室の中央まで進んで仁王立ちした。部室はそれほど広くはないけれど、三年生が陣取る最奥から順に、二年生のスペース、会議をするテーブルを挟んで、奴隷として扱われる一年生の空間であるドア付近の前室がある。

「私だけど何？」

深部からキャプテンの原口が声を出した。原口がいてくれて里実はほっとした。原口は悪くない人だ。

「井村里実の退部届けを持って来たんだけど、いい？」

九子が言うと、深部から面倒臭そうなのが顔を出してきた。一番恐くて暴力的な笹（ささ）

崎だった。猪首という言葉を知識の中に入れたのは笹崎のお陰だった。丸い背中に寸詰まった太い首のことを猪みたいな首と言うらしいけれど、笹崎はそのままだった。意地が悪くて身体が堅太りの笹崎は一、二年生から疎まれている先輩だった。

「あんた、何？」

笹崎は九子と対峙した。里実は思った、顔で言うと、自分は笹崎側だ。昭和の演歌歌手のような短髪とずんぐりむっくりした身体付きだからこそ、可愛い後輩にきつくあたるんだろう。ブスな女の子の容姿を凝縮させて、運動部に入れると笹崎のような女が出来上がる。

「深津九子。里実のクラスメートで、退部届けを持って来たんだけど、キャプテンに渡してくれる？」

九子は中央に立って言った。周りは敵に囲まれているようなもんだった。里実は九子の背後から移動して、思い切って笹崎と九子の横に入った。

笹崎がいきなり九子の頬を平手で打った。乾いた音が響いて、部室の中の部員は動けなくなった。

「二年なんだろう！　敬語使えよ！」

笹崎は怒鳴った。真横で見ていた里実は身体が畏縮した。

「何で、あんたに敬語を使わなくちゃいけないの？　私はあんたの世話になってないし、あんたのことを尊敬なんてしてないよ」

九子はそう言うと、一歩前に出て笹崎に近付いた。笹崎は、強い力で九子の頬を平手打ちした。部室は凍り付いたように静かになった。

「二年だろう！　おまえ」

笹崎が苛ついた声を出して、また、掌を振り上げた。九子の顔が反転した。しかし、九子は打たれた後、もう一歩前に出て笹崎に近付いた。笹崎の表情が変わったのを里実は感じた。

「二年だよ。ほら、殴りたいなら殴ればいいよ。そんなことでへこんで、あんたの言いなりになったりしないから」

九子は、真っ直ぐに笹崎を見ながら顔を近付ける。笹崎は、も一度、九子の頬を打った。

「やめてください！　もういいよ、九子ちゃん」

里実は叫んで九子と笹崎の間に分け入ったが、九子に強い力で押し戻された。

「ほら、殴りなよ。気が済むまで。私は親に棄てられて施設で暮らしているから、暴力には馴れてんの。袋叩きにされたり、爪剝がされたり、拳で殴られるんだよ。私がされたことと同じことを、あんたがされたら泣いちゃうんじゃないの？　あんた、拳で殴ってみなよ、ほら」

九子は笹崎の顔にギリギリ顔を近付けた。笹崎は後ずさった。

「ふざけんなよ、おまえ!」

笹崎は、九子を平手打ちしたが、それは力がなく音はひしゃげたものになった。

「拳でって言ったのに、何にも痛くないし、心なんて折れない。あんたは、もう、いいから、向こうに行ってて、私はキャプテンにこれを渡したいだけだから」

九子は笹崎の胸を手で押した。笹崎は力なく後ろに下がったけれど、顔は怒りまくっていた。その顔を見て九子は、からかうように顔を前に出して見せた。

「もういいよ。辞めたいってことなんでしょう。その理由を聞くから、どういうことなの?」

原口が里実を睨み付けながら前に出た。里実は目を伏せた。

「里実ちゃんは、つまんないから辞めたいみたい。試合にも出られないし、雑用ばっかりだったらあんただってつまんないでしょう? だから辞めたいってだけ」

九子が言うと原口の顔は少し引き攣った。

「そんな理由? 運動部って、みんなで盛り上げて試合に出るのが、チームプレイのあり方でしょう? つまんないじゃ理由にならない」

原口は部室の中を見回した。部室の中を味方に付けようとしている。九子もゆっくりと部員の顔を見回し、里実の顔を最後に見た。

「チームプレイってレギュラーが試合のときに使う言葉でしょう？　あんた、キャプテンとかいってるけど、あんたは試合に出て楽しんでるんでしょう？　それこそチームプレイとか、チームの絆とか言って。でも、里実ちゃんみたいにバスケが下手な子は、試合にも出られない。それでその他大勢であんたらが楽しんでいるのを応援して、あんたらが楽しむためにボールを拾ってんのよ。何がチームなのそれで？　あんたの作っている王国の中で里実ちゃんたちのような子は、つまんない思いをさせられているのがわかんないんでしょう？」

九子の言葉に里実は納得していた。他の下級生部員も拍手こそしなかったが、同じ思いがしているんだろう。たった一年先に生まれただけで、これほどまで絶対服従しなければならないのか、その理由を聞いたことがなかった。原口は言い返せないで黙っていた。部室は静かなままだ。

「もうわかったから、井村、あんた辞めていいよ。部活に出ない代わりに部室の掃除を毎日するのを引退までお願いすることになるけど、それでいいよね」

原口は里実に向かって言った。

「何それ？　馬鹿じゃないの。それじゃあ、辞められてないじゃん！　もっとひどい状況になるってことじゃない？　質悪いよね、それ。あんたみたいな奴が一番嫌いだな」

九子は原口を睨んで怒鳴った。

そのとき、笹崎が拳を握って九子に殴り掛かった。九子は避けなかった。笹崎の拳が九子の頰に食い込んだ。九子は後ろに吹き飛ばされロッカーに背中からぶつかった。大きな金属音が部室の中に響いた。

「やめて！　やめてください！」

里実は声を上げたと同時に涙が溢（あふ）れた。何度も叫び声を上げて泣き叫んでいた。

「泣かなくていいよ、里実ちゃん。泣いたら負けだからね」

九子は言うとスカートの汚れを払いながら立ち上がった。九子は頰に手をやるとカクカクと顎（あご）を動かし原口と笹崎の前に立った。抵抗されたことがなかったのだろう、二人の顔に怯（おび）えが浮かんだ。九子は原口と笹崎を交互に見ながら顔を近付けた。

「わかった……でも、もういいよ、九子ちゃん」

里実は涙を拭（ぬぐ）った。

「ここで引いたら駄目。ここにいる二年とか一年が、殴られても黙ってんのは、都大会とかに出られなくなるのが嫌だからでしょう。里実ちゃんも同じでしょう？　でも、私は関係ないから殴られたってバラしてもいいんだよ。どう？　もっと殴る？」

九子はまったく動じていない。原口と笹崎は後ずさる。

「……何それ。脅してるの？　最低……」

原口は吐き捨てるように言った。

「脅してなんかいない。別にお金をくれとか言ってないし、私は退部届けを受け取ってくれ、と要望しているだけ。恫喝して暴力振るったのはそっちだからね。どうなの？　この退部届け受け取ってくれない？」

九子は退部届けを突き出した。

「……わかったよ」

原口は忌ま忌ましげに退部届けを受け取った。

「じゃあ、引退まで部室の掃除ってのもなしってことで、よろしくお願いします。ほら、里実ちゃん、お世話になりましたって頭下げて」

九子は里実の後頭部に手をやり頭を下げさせると、輝くような笑顔を見せた。里実もそれにならったが、九子とは印象が違う、と思えた。前者は勝利宣言の笑顔で、後者のは原口たちと同じような怯えが加味された笑顔だったのだろう。

帰り道、里実は九子を家に遊びにこないかと誘った。九子は快く受けてくれて、二人で帰ることになった。里実としては帰り道が恐かったからだった。しばらくは九子と一緒にいないと、必ず三年生たちから報復されると里実は思った。九子は、いつも一人だった。一人でいることで不安になったり、いじめられたりするんじゃないかと思ってしまうけれど、九子は違うようだった。女子同士でトイレに行ったり、休み時間で群れたりはしない。それは強いからだったんだな、と里実は思った。

「九子ちゃんは強いんだね。私なんか最初のビンタ一発で号泣しちゃうよ。しかも、一人で殴られてんだからね。いつも、全体責任とかだから、少しは我慢できるけど、あんなに抵抗できる女の子を初めて見た」

　里実は並んで歩いている九子に言った。

「里実ちゃんは、ビンタされたら痛くて泣くの？　注射だって痛いけど泣かないでしょう？」

「そうだけど……恐くて泣くのかな」

「泣いたら負け、向こうが調子に乗るから。そう思えば泣かないよ」

「わかっているけど、それができないんじゃん」

「赤ちゃんって泣くのが仕事って言うじゃん。それは言葉が喋れないから、泣いて意志を伝えているの、生きるためにね。だから、大人は本能的に赤ちゃんの泣き声に反応するんだって。でもね、幼稚園に入るぐらい、言葉を憶えてからぐらいの幼児の泣き声にほとんどの大人は苛つくんだよ。私、虐待されたからわかるんだ。泣けば泣くほど苛つかせて、ひどい目に遭う。だから、私はその時期から泣くのをやめたんだ。強いから泣かないんじゃなくて、これ以上ひどいことにならないようにって泣かないんだ。今日だって、私が泣いたら、あいつら嵩に掛かってやってくる。泣いて良いことなんか一つもないってわかってんだ、私……」

九子の話は里実の身体の芯に突き刺さってくるようだった。自分とまったく違う場所で生きてきた女の子、と感じた。

「九子ちゃんのことわかる、なんて簡単に言えないけど……。街中で尖った声で子どもを怒鳴ってる母親がよくいるよね。聞いてると、子どもは大したことしてないんだよね。ちょっと歩くのが遅いとか、道から少しはみ出して危ないとか、そんな他愛もないことなのに、そんなにひどい声でキーキーと怒らなくていいのにって思う。それって、自分が不機嫌になって怒ってるだけなのかな？」

「駅とかで怒鳴りながら子どもの手をぐいぐい引っ張ってる母親がいるけど、あれ、見てる方が嫌だよね。私の場合は、怒鳴られるっていうより、背中を抓られるんだ。そんなとき、痛くて泣いたらもっと抓られる。堪んないよね」

九子は、力なく笑った。

「……堪んない。でも、それで九子ちゃんは強くなったんだね」

里実は引き攣った笑いしか出なかった。

「強いって……意味ないけどさ」

「でも、それで私を助けてくれたんじゃん。本当にありがとう。でも、何であんなにがんばってくれたの？」

里実は訊いた。

「友だちじゃん」

九子は当たり前のように言った。そんなことを言われたのは初めてのことだった。

里実は嬉しいというか、どこかこそばゆいような気持ちだった。


「そういうことがあったんだね。深津さんは強い子だな」

山下が言った。

「他にも深津さんに関して何かないかな？　例えば、深津さんと喧嘩になっていた人とか、深津さんが嫌だなと思っていた人とか、心当たりないかな？」

渡辺が里実に質問しているうちに、やはり表情を強張らせた。

「私、やっぱり、九子ちゃんの不利になるようなことは、話したくありません」

そう言うと渡辺を睨み付けた。もっともまずいパターンに入ってしまった。

「不利とは？　君が何を話すと深津九子さんがどういうふうに不利になるのかな？　不利になるかどうかは、話を聞いてみないと判断できないからね」

渡辺は訊いた。里実はしまった、という顔を見せた。

「判断しなくていいです……」

里実は呟くように言った。これが取調べならば、机の一つでも叩いてしまっていただろうが任意の調査という名目になっている。しかも、ここは学校の応接室であり未成年の生徒が相手だ。本当は教師が付き添うのが原則なのだが、刑事との折衝などの経験の少なそうな担任だったので、うまくあしらって個別に調査をしている。

「深津さんは友だちなんだね。それは親友ということなのかな？」

山下が訊いても里実は視線を上げなかった。テーブルの下の手はぎゅっと握られているのだろう、全身で拒絶を表しているように見えた。

「山下……親友かどうかなんて、相手のあることだから、そんな簡単に訊くものじゃない。自分一人が親友と思っていても、相手がそう思っていないことがわかったら、それはつらいんじゃないか？」

渡辺が山下に視線を向けたとき、渡辺は目の端で里実が顔を上げたのを捉えた。反応が見えた。何かを話したそうにしているのがわかるが、今日は諦めた方が良さそうだった。面談は何度でもやることができる。犯罪者の供述でもいくつかのパターンがある。喋るまいときつく栓を閉めてはいるが、一度、取っ手を捻ってしまえば水が溢れ出るように供述する水道型、社会経験の未熟な未成年者や、意志の弱いタイプに見られる供述のパターンだ。ギュウギュウと締め付け、恫喝し怒鳴り合いすることで、少しずつ供述が得られる歯磨粉型は、粗暴犯や職業的犯罪者などに多い。

まだ、何度でも調べることはできる。今回はこれまでかな、と渡辺は固く閉ざしてしまった井村里実を眺めていた。

今日は八人の生徒と教師の面談をしている。深津九子と親交があると思われる生徒の数はそれほど多くはない。朝から善寺川学園に入っている。廊下や校庭から聞こえてくる音は、昼休みのもので、生徒の楽しげな声や校内放送の音などが、渡辺を少しばかり懐かしい気持ちにさせていた。

「施設での調査とは、随分、感じが違いますね」

山下が大きく伸びをして言った。前日、前々日には、施設で子どもたち――施設では子どもと呼んでいるようだった――と職員や園長などと面談をした。

「そうかな。どう違うと思ったんだ？」

「施設の子たちは、深津九子のことをあまり語りたがりませんね。無反応というか、深津九子に関しての情報を感情込めて話すようなことはなかった。職員から聞いて仲のいい子どもを選んだんですけどね」

山下は腑に落ちないようだった。

「推論でしかないが……。山下、おまえは入院したことはあるか？」

「中学生の頃ですか、盲腸になって一週間ほど入院しましたが、それがなにか？」

「入院しているとき、個室であるのか、二人部屋であるのか、大部屋という六人から八人ほどの部屋であるのかで、自分をどれくらい受け渡すかが変わってくるというんだな」

「受け渡す？」

「二人部屋なら自分の半分をもう一方の入院患者に受け渡し、八人部屋なら自分の八分の一を渡す、個室ならゼロということだな。入院は衣食住が同じ生活のようなもので、一緒にいる他人に対して配慮しないといけない。受け渡すというのは、自分をそれだけ出す、自分の半分、自分の八分の一ぐらいを、他人に差し出すんだな。そうすると入院生活がうまくいく、あまり差し出しすぎるとつらくなる、そんな話だ。施設というのは他人同士の集団生活だから、なるべく自分を多く差し出さない方が暮らしやすいともいえるんじゃないか？　他の子どもにあまり干渉しない方が得策だろう」

「寝食を三六五日ともにするんですから、べったりと張り付かれるとつらいっすね。でも、渡辺さん、深津九子が施設でもっとも親密な関係にあると言われた瀬田華蓮は異常でしたね。何を訊いても無反応で、何の情報も得られませんでした。職員は姉妹のように仲がいいと言っていましたが」

山下はメモのページを捲って眺めた。

「まあ、瀬田華蓮に関しては仕方がないだろう」

「しかし、反応があってもいいはずです。僕は、まさか、耳、聞こえないんじゃないかと疑りましたよ」

「瀬田華蓮の拒絶こそが大きな反応ということだろう。さっきの井村里実は、最も感情が表れていた。いまのところこの二人が過剰に反応していたと言えるな」

渡辺が言い終えたところで、応接室のドアがノックされた。渡辺は時計に目をやり、資料に目を落とした。次は九子の同級生の西野勇大だった。

「西野勇大君だね。そこに座ってください。緊張しなくていいからね」

渡辺が言うまで入口のドアの前に立っていた西野は、緊張した面持ちで椅子に座った。西野は、勇大という名前とかけ離れた筋肉がまるでない痩せた身体付きをしていた。

「西野君は、クラスメートの深津九子さんと仲が良かったと聞いているけれど間違いないかい？」

山下が優しい声を出した。

「俺……、別に……仲良くはなかったっすよ」

少しふて腐れたような態度に見えたが、男子生徒の思春期にやってしまう行動パターンの一つであることを渡辺は少年事件課の刑事として経験していた。

「仲良くはなかったのか、だったら、深津さんに君は嫌われていたということなのかな？」

　渡辺が先制パンチを入れてみた。思春期の男子生徒は自尊心だけはやたら強い。

「嫌われてなんかねえよ。あいつの方が俺に話しかけてくるから」

　西野が言うと山下が笑いを堪えるように顔を顰めた。

「ほう、西野君はモテるんだねえ。それはやっぱり、カメラとかが得意で、ＬＩＮＥとかＳＮＳでの堕天使ぶりが人気なのかな？」

　山下が、前もって調査していた西野の情報をもとにして言った。自己顕示欲というには薄っぺらだが、ネット上で、自らのことを発表しているお陰で、西野に関してはもっとも調べやすかった。

「別に、モテないっすよ」

「そうかあ、モテないかあ。やっぱりモテないよな、盗撮とかするんだから、嫌がられるんだろうね」

　山下は立ち上がって西野の顔を覗き込んだ。盗撮に関しては、担任の三塚からの情報だった。

「深津がチクったんすか？」

「チクった？　それはどういう意味かな？　組織暴力団が密告することをチクるなんて隠語で話すけれど、西野君のそれは、安物のドラマとか漫画の影響かな？　そういうふうに言いたがるのは。盗撮の件は、深津さんがチクったんじゃないな。彼女はカンモクしているからね。西野君、カンモクってわかる？　完全黙秘のことだよ。昔、学生運動というのがあって、左翼の連中が捕まったときに、警察という権力者に対してカンモクするってのがステータスだったんだな、それで流行った隠語だね。彼女はね、我々を前にして名前さえも名乗らない時期があったよ」

山下は苛ついている。西野はその声に怯えているのがわかった。

「……盗撮なんて、してないです」

「してるよ。君は、深津九子を盗撮して、その画像を何に使ったんだ？　変なことに使ったんじゃないのか？」

西野の調査に関しては、山下は年が近い怖い先輩のような役、渡辺は優しい役、そういう役割分担になっているが、少年法によって両手を後ろに結ばれて戦わされているようなもので、山下の苛ついた声は本物のように聞こえていた。

「変なことって何ですか？　そんなことしてません」

西野が怯えた声を出した。

「深津九子を盗撮して、その写真を見ながら、君は、せんずりこいてんだろうねえ」

渡辺は優しい声を出して言ったが、西野は身体をぴくりと動かし呆気にとられたような顔を渡辺に向けた。

「携帯を机の上に出してくれるかな？」

山下は機械的な感情を殺した声を出した。取調べではないので、身体検査や所持品検査することを強制はできない。西野の自由意思で携帯を出させる。西野が机の上に置いたのは、ＣＭ戦略で若者に絶大な人気を博した最新のスマートフォンだった。

警視庁生活安全部の少年事件課では若者が好む最新鋭の機械を使いこなせなければいけない。

「なあ、西野君、不思議に思わないかい？　スマートフォンは電話のフォーンなのに、縮めるとスマホと変わる。この場合はホーンのホなら楽器のホルン、スピーカーとか拡声器のホーンになってしまうのかねえ」

渡辺は言いながら、西野のスマホを手に取った。私用で持っている携帯は、旧態依然とした折り畳みのものだが、スマホの扱いは熟知していた。それは新しい道具として操作方法を練習するために刑事部屋にスマホやタブレットなどが置かれているからだった。犯罪者は新しい道具を使いたがる。刑事は時代に合わせ、その道具を使いこなせるように訓練するのが常だが、近頃は、その道具が目まぐるしく変わる。

渡辺は画面を開くと、手慣れた仕草で画面をタップして撮影された映像のフォルダーを出した。「9」という名称のフォルダーを開いた。少しずつ背景や角度が変わった深津九子の横顔、後ろ姿が並んでいた。

「やっぱり、出てきましたねえ。これはカメラのレンズに視線を向けているものがほとんどないな。こっそり撮影したんだろう？」

山下は西野の顔を覗き込んだ。

「ということはシャッター音を消してある可能性があるな……」

渡辺はそう言いながら西野のスマホを操作した。盗撮防止のために撮影時のシャッター音を消せないようになっているが、その設定を外すアプリもネット上に出回っている。案の定、そのアプリも西野のスマホには組み込まれていた。

「渡辺さん、盗撮魔、確定ですねえ」

山下は渡辺からスマホを受け取ると、西野の目の前でアプリの存在を示しながら、カメラのシャッターを押した。スマホは無音で僅かにプラスチックの軋む音だけが聞こえた。

「西野君、迷惑防止条例違反になるから、こういうことはやめた方がいいねえ。もしかして、他のフォルダーにはもっといかがわしい画像が入っていると問題は大きくなる」

渡辺は山下からまたスマホを受け取った。西野にとって、自分にしか扱えないはずであるものが、他人にいとも簡単に動かされているのを見て、相当に挫折しているのだろう。

「……やめて」

西野はスマホを見ながら弱々しく言うと泣き出した。渡辺は決して優しくない。ぴーぴー泣く西野は世の中の大人は決して優しくない、ということを知らない。

ただ、子ども、しかも男の子はすぐ泣くから簡単だった。優しいふりを見せればいいだけだった。

「嫌みたいだね。だったら、他のフォルダーは開かないようにする。ここは君の犯罪を立証する場所ではないからね。そこで交換条件なんだが、フォルダー『9』の画像を我々に提供してくれれば、ほかの画像は不問に付す、言うなれば、司法取り引きみたいなものかな、さあ、どうだろう」

渡辺が言うと西野は顔を上げて直ぐさま頷（うなず）いた。この手の世間知らずな少年――いわゆる、厨二病（ちゅうにびょう）というやつか――には司法取り引きなどという大人の、しかも、プロが使う専門用語が威力を発揮して簡単に乗ってしまう。泣いていたはずの西野は、刑事と対等にやり合う犯罪者になったような顔で、自分のスマホにケーブルを繋（つな）ぎ情報を吐き出し、まずいと思われるフォルダーをすべて消去した。

これで深津九子の顔写真を入手することができた。調査段階で未成年者の顔写真を撮影して、それを捜査資料として使うことははばかられる。入手できた顔写真は、あくまで、善意の第三者の提供ということになった。

昼過ぎ授業のない担任の三塚との面談を行う。三塚は、取り立てて変わったところのない中堅どころの教師といったところか、生徒からの受けは、良くも悪くもないようだった。

「深津は、とても成績優秀な生徒ですよ。素行不良の徴候はまるで見られないですし、勿論、補導歴等はありません。深津は手の掛かる生徒ではありませんでした。私も深津から相談を受けたりしたこともなかったですね」

三塚は深津九子の成績表と内申書のようなものを手許(てもと)に置いて受け答えしていた。三塚には、事件の内容はまだ知らされていない。刑事が出向いてきたことである程度緊張をしているのだろうが、事前の電話と朝の段階で、口外できない事案であることと、深津九子の欠席の理由を病気ということにしてほしい、と伝えてあった。

「友だちは少なそうで友好的な生徒ではなかったようですね。三塚先生、朝に教えて貰(もら)った西野という生徒との問題のようなものが、他の生徒との間にはありませんでしたか？　例えばいじめられていたとか、あるいは、誰かをいじめていたとか」

西野の盗撮に関しての情報は、三塚からもたらされたものだった。

「それは聞いたことありません。ただ、担任とはいえ、生徒間の、それも女生徒の仲の良し悪しはなかなかわからないものです。やはり思春期の女生徒は、扱いにくいもので、男性教諭は煙(けむ)たがられる存在でしかありません」

三塚は冷静な口調のままだが、渡辺は少なからず三塚に違和感を覚えていた。

「そうでしょうねえ。私も思春期真っ盛りの高校生の娘がいますが、厄介なものですし、どんな友だちがいて、どんな遊びをしているのかなど、皆目見当が付きませんよ」

「深津は優等生でしたからね。一体、何を？　教えてもらえませんか？」

「……いや、それはまだ口外できないので申し訳ないです」

「しかし、私の生徒が拘束されていて、それがなぜなのかは教えられないのでは……こっちもどう対応したらいいのか、困るんです」

「いえ、深津九子は警視庁に拘束されているわけではありません。お間違えのないように。三塚先生、ちょっと疑問に思ったのですが……、男性教諭は女生徒から煙たがられる存在であるにもかかわらず、どうして、相談を受けたことのない深津九子の盗撮の件を知り得たのでしょうか。まさか西野勇大が自分から先生に告白するわけではないだろうと、思えるんですが、どうなんでしょう？　深津九子さんからの情報ではないんでしょうか？」

　渡辺は話をずらすために、疑問をぶつけてみた。これが妙な当たりで三塚はどぎまぎした表情になった。

第四章　オセロゲーム

事件二カ月前

九子が西野のＰＣで調べたのは、いなくなった人間を捜す方法だった。

一年間で警察に家出人捜索願いが届けられ、受理された件数は、八万件から一一万件辺りを行ったり来たりしている。それだけの数が警察に寄せられ捜査をすることは不可能だろう。事件事故に巻き込まれた可能性がない限りは、捜査はされないらしい。

世の中では、青少年の家出、中年サラリーマンの蒸発、多額な借金による夜逃げ、もしかすると事件に巻き込まれたかもしれない消息不明など、様々な人間が様々な理由で日常生活を放棄し逃亡するようにいなくなっている。そして、失踪者（しっそうしゃ）の家族、友人知人、債権者などが警察を頼らずに様々な方法で人捜しをしていた。

家出人捜索のサイトなどがネットの中には多くあったけれど、九子が参考にしたのは、始末屋と呼ばれる債権回収業をやっていた人間のサイトだった。借金をなかなか返済しない人間からどうやって金銭を回収するかとか、借金を踏み倒して消えた人間の捜し方などが、網羅（もうら）されてあった。

サイトには、夜逃げした人間は、人生を懸けて逃げている、とあった。そう簡単には見つけられない。しかし、夜逃げした人間は、クジラが息継ぎをするために海上に潮を吹き上げるように、必ず浮いてきて顔を出す。その瞬間、その場所を予想することから人捜しは始まる、と書いてあった。そして、失踪したときのことに立ち返って、その付近のことを洗え、とあった。

九子は瑠美子が失踪したときのことを調べ始めた。

瑠美子が、九子を家に置き去りにしたのは、小学校の四年生のときだった。それまでに何度か短い置き去りはあったけれど、それが最後で、そこから瑠美子には会っていない。

当時、九子が住んでいたのは練馬区のマンションだった。練馬区を管轄しているのは新宿にある東京都の児童相談所で、九子はそこに一時保護された。小学校の四年生だったが、精神的ショックが大きかったんだろう、当時の記憶は曖昧（あいまい）というか断片的にしか九子には残っていない。

九子は児童相談所を訪ねた。受付で学生証を提示し、自分が育児放棄され、児童相談所に一時保護されたことを告げ、その当時のことを聞きたいと伝えた。そんな相談は珍しいのか、受付の女の人は「あなたが、その本人なの？」という驚きの声を上げ、直ぐさま当時の関係者を探しに行ってくれた。

　しばらく受付で待たされ、相談室という名前のパーティションで区切られた部屋に通された。

「深津九子さんね。あら、あなたきれいなお嬢さんになったわね」

　当時の関係書類を携えて部屋に入ってきた児童福祉司の金沢は、九子の顔を見るなり言った。中年過ぎのおばさんで、九子たち親子の担当だったようだが、九子はまったく憶えていなかった。

　切迫した相談ではなかったので、金沢は気さくな感じでいろいろと質問に答え、当時のことを話してくれた。九子が訊きたいこと、それは瑠美子が何の仕事をして生活していたかだ。始末屋のサイトが頭に浮かんでいた。失踪者の捜し方には、失踪者の職業を把握しろ、とあった。どこに逃げようと、日々の糧を得なければならない。失踪するときまでやっていた職種を続ける可能性は大ということだ。

「私の母ってどんな仕事してたのかわかりますか？　私、知らないんです」

「仕事？　何だったかしら……。確か美容師免許を持っていたみたいだけど、無職と書いてあるわね」

　金沢は分厚い書類を捲った。髪はいつも瑠美子に切って貰っていたが免許を持ってたなんてことは知らなかった。

「無職？　それはちゃんとした職業がないということですか？」

もしかすると瑠美子は違法な仕事をしていたのでは、という疑問があった。

「そういうことではないと思うけれど……そうだ、思い出したわ。私が、瑠美子さんと面談しているときに、雑談でそんな話をしたのね。生活保護を受けているわけでもなく、無職なのに、どうやって生活してたのって。そしたら答えはね。亡くなったあなたのお父さんの生命保険の受取金で生活していたようよ。気楽でいいわねえ、と私が思わず感想を漏らしたら、お母さんは、変わった運命でしょう、と言って笑ってたわね。その答えが本当に気楽な感じがしたのを憶えているわ」

金沢は咎めるふうではなかったけれど、九子は瑠美子の言い方を、ちょっと恥ずかしく思った。

「父の記憶はまったくないんです。母もほとんど話してくれなかったし。父は何で亡くなったんですか？」

父親の写真は見たことはない。しかし、父親のことを訊くと瑠美子は機嫌が悪くなった。だから、九子は父親のことをまったく知らない。

「それは記録にはないわね」

金沢は、当時の相談の担当だったが、それほど多くのことは知らないようだった。

「結局、母は逮捕されたんですよね」

九子が訊くと、金沢は話しても大丈夫かどうか、九子の様子を確認するように見た。

「……そうね。学校からの相談であなたを一時保護したとき、お母さんは、私たち児童相談所から警察への通報で逮捕されました。罪状は児童虐待防止法に抵触するということで……残念なことね」

金沢は書類に目を落とした。

「刑務所にはどれくらい入ってるんですか？」

九子は訊いた。それ以来、九子は一度も瑠美子とは会っていない。まさか、まだ刑務所に入っているのか、という疑問もあった。刑務所を出所すれば施設に面会に来るだろうと思っていた。

「刑務所？　確か……お母さんは、あなたを置き去りにして数カ月後に逮捕はされたけれど……」

金沢は書類を捲っていた。

「……お母さんは、逮捕されたけれど釈放されて、一〇日後に起訴猶予処分になっているわね」

「起訴猶予処分って何ですか？」

「起訴猶予処分というのは、罪を犯したことは確かであるけれども、その犯罪が軽いものであったり、被害者にちゃんと謝罪し示談している場合とか、取調べ中に罪を十分に反省している姿が見られるなどの事情を検察官が考えて、起訴して裁判をする必要はないでしょう、ということ。それが起訴猶予処分ということね」

金沢は書類から顔を上げた。

「無罪なんですか？」

「無罪ということじゃないの。この場合は、罪を認めて十分に反省しているということかな……。不起訴処分の理由等は、この書類には記載されていないからわからないけれど、他に事情がある場合もあるかもしれないわね。でも、起訴猶予は前科は付かないけれど無罪ではないの」

と言ったけれど、金沢もどこか腑に落ちないような顔をしていた。

「被害者にちゃんと謝罪して示談しているって、被害者って私ですよね。母が、私を置き去りにして、一度も会っていません」

「それ本当のこと？　まさか、一度も施設に面会に行っていないなんて」

金沢の書類を捲る手が早くなった。金沢は書類を確認すると、ちょっと待ってて、と言って席を外した。

金沢は困った顔で戻ってきた。

「施設の方に確認を取ってみたけれど、一度も連絡は入れていないわね。こっちにも何も記録は残っていない。記載された住所の電話も不通だったのよね……ちょっと問題だな」

金沢は顔を顰めた。

「また、棄てられたんですね、私は」

予想はしていた。だけど、刑務所に長く入れられているから、会いに来られないんだ、と思いたい気持ちが九子にはあった。

「そんなふうに思っては駄目！　お母さんを恨んだりしては駄目よ。お母さんには何か事情があるのよ」

金沢は強い口調だった。九子は黙った。その事情を教えてくれるのは、瑠美子でしかない。

「あの……。母が、もう住んでいなくてもいいんです。わかっている最後の住所を教えてください」

九子は言った。失踪者の捜し方に、失踪者の痕跡はどんなものでも集めておけば必ず使える、とあった。

「それは教えることは可能だけど、なぜ、そんなことを知りたいの？　まさか、お母さんに会おうとしているんじゃないの？」

金沢は、書類を見せた。九子はそれをメモ用紙に素早く書き写した。九子の知らない住所だった。

「そういうわけじゃないです」

捜そうとしていると、必ず止められるだろうし、邪魔される可能性だってある。住所を訊いたことを金沢に早く忘れさせようと九子は思った。

「お母さんと会うときは、児童相談所で児童福祉司立ち会いの元、会うようにしないといけないわ」

金沢はやはり探させたくないようだった。メモを返しなさいと言い出しそうでもあった。

「それは、どうしてなんですか？　親子なのに会えないなんて」

「まだ、子どもに会うべきじゃない親もいるということ。子どもと会っていいのか、まだ駄目なのかは、児童相談所が面談して決めるということになっているの。それに子どもが親を恨んでいる可能性もありえるの」

「私は、母のことを恨んでなんかいません」

「でも、まだ、会う時期じゃない」

「時期って……行方不明になっているでしょう？　金沢さんは、母を捜してくれるの？」

「瑠美子さんを捜すのは私たちの仕事ではないわ。あなたのお母さんが自発的にここに出向いたときが、その時期になるかもしれないわね」

　金沢は、融通の利かない教師のような顔になった。学校には必ずいる、規則を最優先し、規則を守ることが自分に与えられた使命と考えている頭が固い教師。腹が立つけれど、学校では教師が生徒より優位な場所にいる。ここでもそうだった。

「そんな時期なんて、自分で作らないといつまで経ってもやってこないじゃないですか」

　九子から苛立った声が出たようで、金沢は眉間に皺を寄せた。

「やっぱり……メモはさせるんじゃなかったわね。そのメモを返しなさい」

　金沢は手を出した。九子はメモを持ったまま走って帰ろうかと思った。しかし、たぶん、所員たちに取り押さえられてしまうだろう。九子は頭をフルに回転させた。

　九子はゆっくりメモ帳を取り出しページを開くとテーブルに置いた。九子の書いた文字を目に焼付ける。

「金沢さん、メモはあげます。でも、その前にちょっとだけ、話を聞いてくれませんか？　この話で金沢さんが納得いかなかったら、メモを破り捨ててください。私の施設では、よく使われるんですけど、アニー幻想って言葉を知ってますか？」

　九子は話を変えた。施設という言葉に金沢は職業柄反応を示している。九子は一気に喋り終えると、頭の中で焼き付けた文字を反芻した。

「アニー幻想？　私は聞いたことないわね。あなたの施設で言ってるの？」

金沢は九子の目を見て言った。九子は視線をメモに向けられなかった。

「そうです。施設の子どもたちが持つ幻想があるんです。ミュージカルのアニーって観たことありますか？」

「孤児院を舞台にしたお話だったわね。でも、実際のミュージカルは観たことないわね」

金沢は少し話に食い付いてきた。九子は額に手をやって視線を隠してメモを見遣った。

「アニー幻想って、いまは施設で暮らしているけれど、親が、いつか施設に自分を迎えにくると思っているんです。親に棄てられた子どもというのは、親に棄てられたことを認めたがらない。他の子は棄てられたんだろうけど、自分だけは違うって思いたがっているんです。決して棄てられたのではなく、何かの間違いで施設に保護されているだけだとか、児童相談所の人間と警察の誤解によって離れ離れにされた、とか、そんなふうに考えてしまうんです」

「そう考えてしまう子どももいるわね」

「アニーは、施設を脱走し本当の親を捜しに行くんです。どう思います？　ここに恨みなんかあると思いますか？」

「それは、人それぞれでしょう。あなたみたいな人は、どうなの?」

言い捨てるような金沢の口調に少し腹が立った。人それぞれだ、と言いながらも、この子は恨んでいる、と金沢は九子のことを決めつけているように感じた。

「私、母のことを恨んでなんかいません」

「本当に、虐待を受けていた当時でも?」

「当時? あの頃はまったく恨んでなんかないです。だって、母と二人だけで暮らしてたんですよ」

「二人だけだから、虐待されても逃げ場がなかったんでしょう? ひどいことされたら恨みに思うのが普通じゃないの?」

しかし、話を逸らしたつもりだったけれど、金沢の決めつけのような考えが九子を引き止めていた。

「二人っきりだからこそ、母が喜ぶことをしようと必死になって、母がこっちを向いてくれているだけで嬉しくって、母が怒ったときは、必ず私が駄目なことをやったときだと思ったんです。たった一人しか目の前にいなくて、その人が理不尽なことをしている、なんて子どもにはわからない。私にとって母がすべてだったんです。その当時に恨みに思うことなんて、考えられなかったんです」

嘘ではなかった。人を恨むという感情さえまだ持ち合わせていなかったのだろうが、いま、思い出しても、当時は母親のことが大好きで堪らなかったのを覚えている。奇妙な気持ちだった。金沢との会話で、当時の感情が蘇っていた。

「……そういう捉え方もあるのね。とても参考になりました。でも、やっぱり、時期が早いと思うのね、だから、このメモは返してもらうことにします」

　金沢は机の上にあるメモをさっと取った。その速さと有無を言わさない言葉とが、幾人も出会った融通のきかない大人たちと同じような顔だと思えた。

「わかりました。棄てられたと思いたくないからこそ、ハッキリしたくて親を捜しに行きたいんだと思います。でもね、金沢さん。施設では話だけが先行していて、誰も本当のアニーを観たことないんです。だから、アニーの結末を知らないんですよ」

　九子は立ち上がると金沢に向かって丁寧にお礼を言った。もう、メモの住所は頭に入った。ここにはもう用はない。頭の中ではメモの住所が反芻されていた。

　施設に戻って児童相談所での一部始終を華蓮に話したら、また、声なし笑いが返ってきた。いつものように華蓮の膝に座らせている哀音が、その笑いに合わせて少しだけ揺れた。

「駄目だな、そのおばさん。進路相談とか、児童相談とか相談って名称が付くところにろくなものはないね」

華蓮の声なし笑いは続いていた。

「相談に行ったわけじゃないからいいんだけど、納得いかない気持ちになったな」

九子の脳裏に金沢の突き放したような言い方が蘇った。

「他人の問題を解決できる、って看板を掲げて仕事にしているってことが信じられないよ。たまーにちゃんとした人がいるけど、多くの人は自分の浅い経験の中で私たちのような人間のことを勝手に決めつけてんだよね、最初っから。それで相談に乗ろうとするから、最後には相談ってより、説教みたいな強制になっちゃうんだよ」

華蓮は昔のことを思い出したのか嫌そうな表情を見せた。

「必要なものは手に入ったからいいんだけどね」

九子は相談所を出てから頭の中にある住所を改めて書いたメモを華蓮に見せた。膝に乗った哀音がメモを取ろうと手を出した。九子は哀音の手を握り、メモを華蓮に渡した。

「どうせ、ここには住んでいないんだろうね」

華蓮がメモを一瞥(いちべつ)して九子に返した。

「大丈夫、この住所を取っ掛かりにすれば見つけられるの……。近いうちに区役所に行くの」

九子はメモを仕舞った。

「どうしたの？　言葉に詰まったよ。捜すの難しい？」

「難しくはないんだけど、ちょっとね。児童相談所のことがあったから……区役所とかって相談所に似た感覚でしょう？　揉めると嫌だなって。ねえ、華蓮さん、一緒に行ってくれないかな？」

九子が訊くと華蓮は俯いた。

「悪い……無理よ。ほとんど外に出てないんだから足手まといになるだけ。それに私だって未成年なんだから、力にはなれない」

「そうか……」

「だったら、こないだ話してた里実って子を誘えばいいんじゃないの？　純情そうだし、使えると思うよ、西野って馬鹿なガキより。区役所みたいな公的機関ってのは真面目そうな女の子が二人って方がすんなりいくよ」

「その手があったか、さすが華蓮さん。里実ちゃんならバッチリだな。真面目そのものだし」

九子も里実はどうかな、とは思っていたが、華蓮に言われたことで納得できた。華蓮の意見はありがたい。里実の部活を辞めさせた方が利用できる、と助言したのも華蓮だった。

「ねえ、九子。また訊いて悪いけど、本当に会いたい？」

華蓮は心配そうな顔になった。

「……華蓮さんは、私がお母さんと会うことが不安なの？」

華蓮は以前にも私を止めた。

「それはそっくり私があんたに返すよ。九子、あんたが不安なんじゃない？」

図星だった。華蓮の言葉は、まるで自分の頭の中から飛び出してきたもののように九子は感じてしまった。

「大丈夫だよ、私は。いろんな目に遭ってきたから、結構、強いつもり」

九子は自分に言い聞かせるように言った。恐くてしょうがない。瑠美子がどんなふうになっているかもわからない。非道く哀しい目に遭わされるかもしれない。恐くてたまらない。もしかすると、感動の再会になるのかも……。区役所に一人で行くことよりも、本当に怯えているのは瑠美子に会いにいくことなのだろう。

不安でたまらない、また、華蓮に背中を押して貰ったようだった。

前日に施設のPCから里実にメールを打っておいた。相談事があると予告することで、その相談事を想像させるためだ。そして、里実の想像を超える相談事であれば、より効果的だ。母親を捜すのを手伝ってほしい、という九子の相談に里実は、しばらく考えて協力することを約束してくれた。里実は、人から頼まれごとをしたことは初めてだと驚いた表情を見せ、しかも、それが当たり前の生活の中では考えられないことに興奮しているようだった。

学校の帰り九子は里実と連れ立って、電車を乗り継ぎながら世田谷区役所へと向かった。

始末屋の人捜しサイトによると、犯罪者が逃亡している場合や、闇金(やみきん)などの違法な組織から多額の借金を踏み倒して、取り立て屋の前から姿を消している場合でもない限り、住民票を捨てることはない。成人を過ぎた失踪の場合、新住所で新しい生活を始めるときは、住民票を移していることが多いとあった。住民票を持っていなければ、新住所での健康保険証の取得も運転免許証の更新もできず、生活は困難になる。そこに住んでいなくてももっとも新しい住民票から転出先を追っていけば、現住所に近付く可能性は高くなる。

通常、意思能力がない者などからの住民票の交付請求を役所は受理しない。意思能力の認定は単純に年齢によって決まり、行政では、民法上の規定を参考にして、一五歳以上とする市町村や未成年者の場合は要審議とするところも多かった。

しかし、意思能力というものはあやふやで、個人によっても違いがあるということで、一五歳以下の年少者、未成年者からの申請を受理するかは、各市町村の役所の判断になる場合がある。ということは、身分証提示の必要はあるが、未成年者の場合は公共機関、役所で応対をした人間がその場で判断するということになる。

「役所って変だよね。結局、未成年者の場合は、役所で対応した職員が、申請書を持ってきた未成年者の見掛けと受け答えで意思能力の有無を判断するってことじゃない。それがわかってたから、私は里実ちゃんに付き合ってもらってんだよ」

申請書を書いている九子の手許を覗いている里実に言った。

「私がいるとどういいのかな？」

「里実ちゃんが真面目そうな女子学生に見えるからじゃない。スカートの丈も標準だし、そんな子が一緒なら、ちゃんとして見えそうじゃん。だって、見掛けで判断されるんだよ」

「私も何か訊かれるのかな？」

「そんときは、友だちが心配だから付き添いで来ました、って言ってくれればいいよ」

九子は申請書を書き終え受付に向かった。受付には二〇代後半ぐらいの男性職員がいた。職員は九子と里実を交互に見比べながら申請書を受け取った。九子は善寺川学園の学生証も一緒に職員に渡した。男は不審そうにしているわけではないが、奥にいる上司に書類を持って行って見せている。上司も振り返って私たちに視線を送った。

しばらくして九子は男に受付に呼ばれた。里実は九子の斜め後ろにぴったりとついていた。

「深津九子さん、深津瑠美子さんとは、親子関係であるわけですね……。深津瑠美子さんはこの住所から転居されてますねえ」

職員は学生証を返し、台帳を開きながら言った。年齢的なもので揉めるかと思ったが、職員は未成年者であることに何も触れなかった。

「そうですか……」

九子はそのことを知っていたが、心配そうな顔を作った。

「一緒に住んでおられない、というのは……」

「私は事情があって母と離れて施設で暮らしています。母の消息がわからなくなったので探しているんです」

九子が言うと職員の喉の奥から驚いた声を引っ込めるような音が聞こえた。

「……転居先は、練馬区の大泉の方になっていますね。本当なら教えるのには別の手続きが必要なんですけど、今回はそういう事情があるのなら特別に……」

職員は小声になると台帳を開いたまま置き目配せをした。九子は、メモを取り出して転出先の住所を書き写した。メモを取り終えるのを確認すると直ぐさま台帳を閉じた。九子と里実は職員に頭を下げた。

「あのお兄さん、目がハートマークだったね」

世田谷区役所を出た瞬間に里実が言ってきた。

「なにそれ？」

「きれいだと得だってことを、初めてこの目で確認しちゃったな」

里実は少し羨(うらや)ましそうな声を出していた。

「きれいだから得かどうかはわからないけれど、若い女の子ってのは、うまく立ち回れば、若い男は扱いやすいんだよ。だから今日も受付ではおばさんを避けて、あの男の人が受付になるまで待ったんだよ」

本当はきれいな方が得だと自信を持って言える。里実は少し羨ましそうな声を出していたけれど、九子はある程度、そのことを期待して行動している。里実には悪いけれど、里実と一緒にいることで、引き立て役を横に連れていることになる。

それは一〇〇メートルを一〇秒で走る人間や偏差値が七〇以上ある人間の方が得をするのと同じだ。

「はは、おばさんは女の子に厳しいよね」

里実は楽しげな声になった。里実が横にいてくれたお陰で、うまく立ち回れ、職員が扱いやすかった。今日は遅くなったので、練馬区役所に行くのは明日にする。明日も里実に付き添ってもらう約束を交わした。

少し揉めたりもしたけれど、九子の申請は通り、瑠美子が住民票を移した新しい住所はわかっていった。

練馬から、瑠美子の移転先は三度変わっていた。九子は、母親を捜す健気な少女として、区役所の人間の同情を受けながら情報を集めることができた。三度の移転は、瑠美子の男が三回以上変わっていることを意味しているのだろう、と九子は思った。里実は、探偵か刑事にでもなって犯人を捜しているような気分だと面白がっていた。

瑠美子の現住所がわかった。川崎市中原区の武蔵小杉駅が瑠美子の新しい住所の最寄駅になっていた。電話帳に名前は記載されておらず、電話番号はわからなかった。

「どうやら見つかったんだね」

華蓮はいつものように哀音を膝の上に乗せてあやしている。

「見つかった。案外、近い住所が幾つかあったんだよ」

九子は移転を繰り返した瑠美子の住所履歴を見せた。

「逮捕されて刑務所でもなければ、遠い場所で会いに来るのが大変だとか……ってこともなかったんだ。それで会いに行くの？」

華蓮は住所履歴を九子に戻した。

「そのために捜したんだから、会いに行くよ」

「恐いの?」

「恐いよ……」

「だったら、里実を連れて行けばいいよ。区役所を回ったときも使えたんでしょう」

「里実ちゃんは、何もしなかったけど、少し安心できたみたい……。華蓮さんが言うなら、二人で行ってみようかな」

「それがいいよ、それがいい」

華蓮はなぜか二回繰り返した。それは九子に言い聞かせているようにも聞こえた。

事件五〇日前

里実は驚いた顔を見せたけれど、瑠美子との再会の時に同行することを快諾してくれた。再会の感動の場面になるか、残酷な見せ物になるか、わからないけれど、里実のような第三者にとっては、面白いものが見られるのだろう。

「初めて来るな、ここの駅」

里実は武蔵小杉駅に降り立って駅前を見回した。里実は、ここまでの電車賃も区役所回りのときと同様に受け取らなかった。

「ごめんね、こんなところまで付き合わせて」

「いいって。でもさ、電話もしないで突然訪ねて、お母さんが、いなかったら、どうするの？」

里実は、少し興奮しているように見えた。

「また、行けばいいかなって」

九子はそう行ったが、本当のところでは、電話番号を調べ連絡して、もし、来ることを拒否されたらつらい、と思ったからだった。

武蔵小杉駅から徒歩一二分ほどの距離にある賃貸マンションの五階が瑠美子の住まいだった。平凡な住宅街を地図を片手に里実と他愛ない話をしながら歩いた。

マンションのエントランスに立ち階上を見上げたとき、九子はとても恐ろしくなった。晴れ渡った真っ青な空が爽やかで、ファミリユースのマンションは、どこか幸せそうに見えた。それが九子には触れてはいけないことを犯しているような気持ちにした。

大きく息を吸ってエレベータに乗り五階に上った。廊下に仕舞い忘れた三輪車を目にして、九子はより恐ろしくなった。瑠美子に、もし、子どもがいたらどうしようか、という思いが頭を過っていた。玄関の前に立った。表札には「深津」とあった。

目の前のチャイムに手が伸びない。このまま回れ右して帰りたいという気持ちになる。里実の視線を九子は横顔に感じていた。九子は里実を振り返った。里実が一回頷(うなず)いた。九子も頷くとチャイムを押した。

ドアの向こうの奥から記憶にある瑠美子の声が聞こえた。もう一度、チャイムを鳴らすとドアは解錠する音もなく開き瑠美子が顔を出した。

変わっていないな、と九子は思った。瑠美子は、家にいるときは、いつも鍵を掛けなかった。

九子は成長し身長も随分伸び、顔つきも変わっているだろう。しかし、久しぶりに会う瑠美子は以前とまるで変わらなかった。

瑠美子は一瞬怪訝(けげん)な顔になった。

「あれえ！　九子ちゃん？　ここの住所、よくわかったねえ！」

瑠美子は、まったく当たり前の顔で笑った。

「調べたから……」

九子は言ったけれど、うまく声が出なかった。

「入んなよ、いまは、誰もいないから。そっちは友だち？　ほら、入って」

瑠美子に促され九子と里実は玄関の中に入った。里実も呆気(あっけ)にとられているようでまごついた声を出している。

九子が置き去りにされたときも、ちょっとそこまで買い物に行くような、どこか当たり前の顔で、瑠美子は出て行った。そして、九子は施設に保護されそこで育てられたのだが、瑠美子はその長い時間を感じさせない顔だった。それはまるで、瑠美子が出ていったドアが急に現れ、そのドアを開けると、時間が切り取られたように瑠美子が顔を出したように九子には思えた。九子はぎこちなかったが、瑠美子は以前と同じように話している。

九子と里実は室内に招き入れられた。二人でリビングのソファーに座り里実が簡単な自己紹介をした。瑠美子がテーブルにアイスコーヒーを載せる。アイスコーヒーを出されたことが、時間の経過を感じた。小学生の頃は、コーヒーは飲ませてもらえていなかったからだ。

「何か、すごく大きくなったね。ちょっと、九子ちゃんか、どうかわからなかったわ。すごく美人になった」

瑠美子はアイスコーヒーの横にプラスチックカップ入りのシロップとミルクを置いた。

「そう……。背が一五六センチになったよ」

九子は背筋を伸ばした。

「すごい！　前見たときとは、違うはずだわ」

瑠美子は満面の笑みだった。エアコンが効き、しっかりと掃除された室内には、生花がいけられ清潔な匂いがしていた。

「お母さんは、変わらないね」

「若い？」

「うん……若いよ」

九子は答えていた。以前はよくこんな会話をしたことを思い出した。瑠美子が美容院に行って戻ってくると、きれい？　と訊き、九子がきれいになったと答える。瑠美子がダイエットすると毎日のように、私、痩せたでしょう？　と訊き、九子は痩せたと言わなければならなかった。

少しはしゃいでいる瑠美子を前にして考えていた。瑠美子に対して憎しみがあるわけでもない、瑠美子のことを責めるつもりもなかった。しかし、久しぶりに再会し、瑠美子のように楽しそうな声を出す気にもならなかった。

涙声で瑠美子が謝ったとしたら、どうなっただろう。そんな展開を期待などしていなかったが、頭の中には、安物のテレビドラマなどで観た涙の再会のシーンが刻まれていた。

瑠美子は他愛ない世間話をしている。九子は頷いて話を聞いていた。

長い空白が切り取られ、また、以前と同じ主従の関係になっている。

九子は瑠美子の前で畏縮していることに気付いた。

瑠美子は、変わっていないのだ。それは見かけだけでなく、瑠美子という人間自体が長い年月を経ても変わっていないということだ。

どうしても聞きたいことが九子の身体の中に大きく膨らんでいる。どうでもいいことなのだろうが、それを聞くことで、親子であることを実感できるのかもしれない。施設の中では、自分の名前の由来を知っている子は少数派だった。

本当のところでは「どうして私を棄てて出ていっちゃったの？」ということだが、瑠美子の答えを聞くのが恐い。連れていくのは邪魔だったから、などと平気で言われてしまう危険がある。瑠美子は何を言い出すかわからない、と思っていた。

「ねえ、お母さん。私の九子って名前はどうして付けたの？」

思い切って訊いたが、瑠美子には、そんな思いなど感じないのだろう。

「どうしたの急に？　カワイイから付けたのよ。九子ってカワイクない？」

瑠美子は笑っていた。

「そうじゃなくて、私が訊きたいのは、九子という名前の由来みたいなもの。お父さんの名前から一字取ったとかなの？」

「九子ちゃんのお父さんの名前って何だったたっけ？」

「知らないよ。教えてもらってないし……。お母さん、名前の由来を憶えてないの？」

「急に訊くから……何だったかなって思っただけ。そう、九子ちゃんがお腹にいたときに、観てたテレビだったかな」

瑠美子の瞳（ひとみ）は記憶を辿（たど）るように彷徨（さまよ）った。

「テレビって……」

「大丈夫よ。再放送だったんだけどテレビアニメですごく面白かったんだから」

「なんて名前のアニメ？」

「名前はよく憶えてないんだけど、思い出したらメールするよ、九子ちゃん。メアドを教えて」

瑠美子は携帯を取り出した。九子は携帯を持っていない。そのことがとても恥ずかしいと思った。

「じゃあ、ここにメールして、題名を私の名前にしてくれたらいいよ」

九子は、メモ用紙とペンを貸してもらい暗記しているアドレスを書いた。施設にあるPCのメールは共有になっている。

「何これ？　変なアドレスね、これ。もしかして九子ちゃん、携帯持ってないんじゃないの？」

瑠美子が笑った。

「うん、持ってないけど、インターネットはできるから」

「買ってもらいなさいよ、携帯ぐらい。いま、安いのいっぱいあるじゃん」

瑠美子はあっけらかんとして言った。安いとか高いとかの問題じゃなくて、決まったルールなのだ。買い与えてもらうものではなく、支給されたお小遣いを貯めるか、アルバイトなどして自分で購入することが許されるだけだった。だから、それほどいらないのなら、無理して買わなくていい。しかし、そんなことを瑠美子に話したとしても理解できないだろう、と思えた。

「アニメの題名わかったら、直ぐメールしてよ」

お願いごとはさらっとでないと瑠美子はへそを曲げる。面倒臭いと言って思い出すことを拒否するかもしれない。いつも瑠美子のご機嫌を窺っていた。久しぶりに会っても変わっていない。

「わかった。メールする。それと九子ちゃん。ここの電話番号と携帯の番号教えておくけど、九子ちゃんが電話して、男の人が出たら、親戚の子ですって言ってね」

「親戚の子って？」

「そうね……。九子ちゃんの父親と私が従兄妹だって言ってね」

瑠美子は言った。

「どういうこと？」

「いま、一緒の人は、私に子どもがいるって知らないのよ。だから、バレるとまずいんだよね。そう、里実ちゃんもその点をお願いね」

瑠美子は両掌を合わせて見せた。九子は頷いていたが、里実には二人の会話はどう映っているのだろうか、心配になった。

「うん……」

九子は小さく返事をするだけだった。瑠美子は簡単なお願いごとのように軽く言ったが、九子にとっては、自分が軽い存在に思えてくるようなお願いであり、里実の前で恥ずかしい場面を見られたような気分になった。

九子が瑠美子との再会のことを詳しく話すと、華蓮の声なし笑いは長く続いた。

「すごいね、瑠美子は。反省の色は無色透明」

華蓮は瑠美子と呼び捨てにして、また声なし笑いになった。九子は声に出して瑠美子と呼び捨てにできない、瑠美子の目の前で畏縮してしまうのも身体に刻み込まれた感情から来るものだと思えた。

「そうだね。ずっと当たり前の顔だったよ。施設の話とか学校の話とかしてるときも、昔と同じ顔」

「九子を棄てていったときのことなんて話しはしないんだろうね？」

「聞けないよ……」

九子は答えた。

「でも、九子の名前の由来は訊いちゃったんだね。しかも、忘れてるってすごいね。ねえ、九子。あんた、瑠美子の前で畏縮してたんじゃない？」

華蓮の顔を九子はまじまじと見てしまった。

「図星……。畏縮してるなって感じながらお母さんと話してた」

「まあ、しょうがないよね。子どもの頃に身体に刻み込まれたものだからね。ねえ、九子、回答がメールで送られてきてるかもしれないから、ＰＣを見に行こうよ」

華蓮と九子は壁に掛けられた時計を見上げた。

「そうか、そろそろ、華蓮さんの時間だもんね」

施設には集団生活を送る上でのルールがたくさんある。施設に二台あるＰＣは、一人一日六〇分まで——特別な場合は一二〇分——使用することができるが、三日前から予約可能でＰＣの横にあるホワイトボードに予約を書き込むようになっている。華蓮はいつもだいたい同じ時間に予約するので九子は時間を把握していた。九子と華蓮、そして、華蓮に手を引かれた哀音でＰＣのある学習室に入った。

華蓮はもう一脚椅子を持ってくると座り哀音を膝に乗せると、「あんた使いなよ」というふうにＰＣを顎(あご)で指し示した。九子はＰＣの画面を開いた。メールをチェックすると、瑠美子からの九子宛メールが届いていた。九子と華蓮は顔を見合わせ、早速、メールを開いた。

アニメの題名を思い出した、ということが書かれた絵文字がたくさん貼(は)られた瑠美子からのメールだったが、ＰＣと携帯の絵文字の互換性は悪く、絵文字部分はすべて添付ファイルとして、メールに貼り付けられていた。

テレビアニメの題名は『陰陽(おんみょう)戦士☆オロン☆拳聖(けんせい)』というもので、字面からは、どんな話なのかまるでわからないものだった。九子は、お礼のメールを瑠美子に送り早速、アニメをネットの中で探し始めた。

レンタルビデオ店を回ってビデオ化されたアニメを探さなければならないかと思っていたが、ネットとアニメは相性がいいようだった。十数年前に再放送されたアニメ番組であるにもかかわらず、画像や当時の動画、資料等は随分とヒットした。インターネットの動画サイトを検索して情報を集め、アニメの動画や画像もインターネット上には見つかった。文字情報としてはアニメの原作の漫画が一九八〇年代後半に出版され、そして絶版になっていることがわかった。

『陰陽戦士☆オロン☆拳聖』の資料として画像動画などいろいろ集まった。内容としては、現代の陰陽師が妖怪(ようかい)を退治するという子どもだましな内容だった。そして、九子という名前のキャラクターは、瑠美子の言う通りに漫画の中に存在していた。漫画の中の九子は、取り立てて重要な役でも、活躍する役でもなかった。九子は、どうしてこのキャラクターに思い入れし、生まれてくる子どもに名前を付けたのかが理解できなかった。

「瑠美子は、何で九子って名前にしたんだろうな……」

華蓮はＰＣの画面から目を離すと呟くように言った。

「何でだろう。お母さんに聞いた方がいいのかな？」

「聞くべきだと思う」

華蓮はきっぱりと言った。

九子は公衆電話で瑠美子の携帯に電話することにした。施設の廊下に設置された公衆電話はピンク電話で、十円硬貨しか使えない。何枚も重ねた十円硬貨を電話の横に置いた。華蓮が哀音を抱いたまま九子の握った受話器に耳を寄せた。

「あら、どうしたの、九子ちゃん」

瑠美子は三回目でようやく電話に出た。

「お母さんの言ってたアニメってビデオ化されてなかったけど、ネットで探したらいろいろ見つかったよ。動画とかもあったし、ストーリーのあらすじも読んだ」

廊下で九子の声が反響していた。

「そう、よく見つけたわね。面白いでしょう？」

瑠美子は機嫌のいい声を出していた。

「まあまあ、だったけど……。ねえ、お母さん。確かにアニメの中に、九子って出てくるけど、あのキャラのどこがいいの？」

「良くなかった？　カワイイ女の子じゃない」

「カワイイことはカワイイように描いてはいたけど、何にも活躍しないし。漫画では、アニメと違ってもっとがんばってたりするの？」

「私は漫画も読んだけど、アニメは漫画を忠実にやってたわよ……」

少しだけ瑠美子の声がくぐもったように聞こえた。

「だったら、わかるよね、お母さん。本当にあのキャラを観て、私の名前を九子って決めたの？　本当に？」

「……本当よ」

「本当に？　お母さん」

九子は瑠美子の話に食い下がった。電話の向こうで、瑠美子の優しい顔が一瞬にして変化するのが脳裏に再現された。その変化は記憶の中に、痛みとともに深く刻まれている。九子の身体は硬くなった。

「……何を言ってるの、九子ちゃん」

瑠美子の顔は引きつって恐い顔になっているのだろうが、声だけはかろうじて柔らかさが残っていた。子ども心にも理不尽に感じることを親はするものだ。物心付いた頃に瑠美子に口答えして、泣き叫ぶほど叩かれたことがあった。その恐怖は簡単には拭（ぬぐ）いされはしない。

「他にも理由があるんでしょう？　わかるよ、お母さん」

電話だから叩かれることや抓（つね）られることはない。しかし、口答えができるのは、それだけではないように感じた。身体が大きくなったように、心も成長したのかもしれない。もしも、空白の期間がなく、瑠美子と一緒に生活していたとしたら、瑠美子の表情の変化の前で畏縮してしまったのだろう。

「馬鹿じゃないの？」

瑠美子の声が変化した。

「その言い方、お母さんの機嫌が悪くなったときに出る口癖だよね……。私は馬鹿じゃないよ」

九子は初めて、少しだけ瑠美子に言いたいことが言えた。私は馬鹿じゃない、何度も小さな頃から声に出さずに頭の中で叫んでいた言葉だった。言えたことで満足していた。もう、それでいいとも思った。

「ふーん。馬鹿じゃないんだね、九子ちゃん」

瑠美子の声が静かになった。

「馬鹿じゃないよ……」

瑠美子の顔が平べったくなっているのを想像していた。その表情は、瑠美子の機嫌が相当に悪いときのものだ。その表情は、瑠美子が大人——一緒に住んでいる男であるとか——と激しく言い争いをしているときに、よく出るものだった。

「じゃあ、教えてあげるわ、九子ちゃん。言わない方がいいかなって思ってたんだけど、そんなに知りたいなら……」

平べったくなった瑠美子の顔の皮がぺくりと向けて、瑠美子の奥底にある残忍な顔が出てきたように感じた。

「……教えてよ」

九子はより一層身体を固めた。

「九子ちゃんがお腹にいるとき、すっごく、つわりが激しかったのよ。それで、つわりのひどい最低なときに、九子ちゃんの本当のお父さんが家を出ていったのよ。結局、あんたが、生まれてしばらくしてから戻ってきたけど、気持ちは最悪、体調はぼろぼろで、毎日過ごしてたのよ。九子ちゃん、子どもを産むって大変なんだからね」

瑠美子の声が興奮してきていた。

「わかるけど……」

「産んだことないのにわかるわけないでしょう。本当に大変なのよ。そんなときに、毎日やってるアニメを観ることで、少し、安心できたの。九子ちゃんが言うように、大して面白くもないアニメだったけどね」

「それはそうなんだろうけど……何で九子にしたのよ」

「その頃、お母さんを助けてくれる新しい彼氏ができたの……」

自分の親の口から聞く彼氏という言葉は、何とも生々しく気分を萎えさせた。

「それがどうしたの？」

「敦っていう名前だけど、すっごく優しい彼氏だったのよ。つわりのひどい私のことを気遣ってくれて、九子ちゃんのお父さんとは、全然違ったわ」

瑠美子が溜め息を吐く掠れた音が電話から流れてきた。九子は本当の父親の名前さえ教えられていなかった。

「……何の関係があるのよ！」

必死に声を上げていた。華蓮が受話器を握っている九子の腕をぎゅっと握った。学校や施設でたまにだが喧嘩をすることはあった。ほとんどが決着はつきにくい口喧嘩だったが、それでも強い弱いがあった。九子は強い方だと思っていたけれど、瑠美子は少し言い争うだけで、とてつもなく口喧嘩が強いと感じた。瑠美子には、使い分けられるいろんな口喧嘩の声があると思った。

「関係あるわよ。敦と一緒に『陰陽戦士☆オロン☆拳聖』を観てたんだから」

瑠美子はつかえることもなくアニメの題名を口にした。忘れていて思い出すのに時間がかかったとは、どうしても思えなかった。

「一緒に観てたからって、関係ないじゃん。一緒に観てたからって、あんなサブキャラがよく見えてくるの？　おかしいじゃん」

引くわけにいかなかった。九子は踏み止まる気持ちで精いっぱいの声を出した。

「敦が九子って名前を気に入ってたのよ」

瑠美子は、面倒臭くて仕方がない、という感じの声を出している。

「気に入ってたって……どういうこと？」

「生命数ってあるでしょう？　敦の生命数が九だったのよ。だから、九子っていい名前だって、いつも言ってたの。わかった？」

「生命数って何よ？」

苛（いら）ついた声が出た。

「生命数って、自分が世の中に生まれた日付けで決まる、自分の数字ってこと。数字の割り出し方は忘れちゃったけど、生年月日を一桁（ひとけた）になるまで足すのよ」

「そんなの占いじゃん」

「馬鹿じゃないの、違うわよ。自分にもっとも運を運んでくる数字ってことよ。敦は、パチンコするときも九の付いた台でやると勝てるって言うし、競馬で負けが込んだときに、九番から流すと逆転できるって。そういうふうに自分を助けてくれる数字ってこと。私のは五だったわ。九子ちゃん、あんたも、調べるといいわよ」

「……それが私の名前の由来ってことなのね」

「そうよ。悪くないじゃない」

「馬鹿じゃないの……」

　思わず瑠美子の口癖が九子の口から漏れた。本当に馬鹿みたいな話だった。瑠美子自身も少しは馬鹿らしい話だと思っていたのだろう、だから、なかなか話してはくれなかったのだ。敦なんて名前の男など、九子はまるで知らない。どうせ、瑠美子は、敦と直ぐに別れたか、棄てられたのだろう。そんな男の生命数――あやふやな数字でしかない――の入ったアニメキャラの名前が自分の名前だと知らされて、九子の身体の力が抜けた。瑠美子は、一生変えることのできない自分の子どもの名前をどうでもいいようなことで決めてしまっていた。もしかすると、敦という男を自分につなぎ止めておくために、敦の気に入ることをしてみせたのかもしれない。馬鹿らしさが身体中に充満するようだった。

　ロープに縛られずに部屋に置いていかれた夜の光景が頭の中に浮かんだ。一番認めたくないことが頭を過る。男の所に行くために瑠美子は九子を棄てて行ったんだ、そのことを突き付けられ認めさせられたような気持ちになった。

「でも、九子って名前は、響きもカワイイし、いいと思うけどな」

　瑠美子が珍しく取り繕うようなことを口にした。やはり、九子の想像は当たっていたのだ、と思った。

「ひどい！　カワイイとか、そんな問題？　ねえ、お母さん、そんな……私を置き去りにしたときって……」

九子の声を遮るように瑠美子の声が入って来た。

「大きな声を出さないで！　耳が痛くなるじゃない……。あっ、家の人が帰ってきたから、これで切るわよ。じゃあね」

瑠美子は一方的に電話を切った。

ピンク電話の返却口に数枚の十円硬貨が流れ落ち、甲高い金属音を鳴らした。

その音は驚くほど大きく廊下の壁に反響した。耳に残るその音……九子には終了の鐘のようにも聞こえた。十円硬貨を取り出しポケットに入れた。それほどタイミング良く〝家の人が帰ってくる〟はずもない。電話を掛け直したとしても、瑠美子は出ないだろう。都合が悪くなると押し黙って逃げる。瑠美子はそんな人間だ。

心の中で音が響いた。

それは、オセロの石を濃い緑色の盤面に打ったときに出るポソッという僅かな音だった。

重要な角の部分に黒の面を上向きにした石がゆっくりと打たれる。角に打たれた黒の石は、今日の出来事だった。知らない方がよかった、馬鹿らしく粗雑な出来事だった。それは漆黒の色を持って消せない記憶として心の中に刻まれるだろう。

角に打たれた黒い石の隣には白い石が並んでいた。

もう一方の角にも黒い石が打たれてある。それは瑠美子を母親に持って生まれてきたことを象徴しているように思えた。それはひっくり返しようのない角に置かれた黒い石の事実だった。

角の黒い石の間に並べられた白い石は、瑠美子によって置かれたもので、裏には黒い色が控えている。

瑠美子が置いた白い石の記憶……。

幼稚園の入園式、着飾った洋服、嬉しくて仕方がなかった。そんな記憶が九子の中に蘇ったが、瑠美子はより以上に自分を着飾り、愛玩動物としての九子を見せびらかしているに過ぎなかったのだろう。いまとなって気付くことがある。

角の黒石の隣の白い石は黒へとひっくり返った。

小学校の遠足……九子が手にしたのは、友だちが羨むような色鮮やかでお洒落なお弁当だった。しかし、それは、瑠美子がデパートのデリカテッセンで購入したものだった。瑠美子がちゃんと料理を作っている姿は、九子の記憶にはなかった。子どものために料理を作るという気持ちは、瑠美子にあったのだろうか、と思えた。

白い石は、また黒へと変わっていく。

九子のためを思って作られたルールがいくつもあった。

夜、ひとりで家で過ごしていた日がどれほどあっただろうか、お洋服を買ってあげるからとなだめすかされ、恐いのを我慢していた。お洋服を着せられカワイイと褒められ、嬉しくてたまらなかった。しかし、それは本当に嬉しかったのだろうか……。結局、最後には洋服を買ってもらうどころか、棄て去られた。様々なささやかな白い石が打たれてあった。

ぱたり……ぱたり……と白い石が黒に変わる。

角から角までの一列がすべて漆黒の記憶に変わった。

九子の頭にぽんと考えが浮かんだ。瑠美子そのものを否定する、ということだった。漆黒に変わった記憶は、心の奥底にある感情をじわりと表に押し出した。それは瑠美子に対する憎悪だった。

憎悪というものに気付いていなかったのではない。いや、気付かないようにすることで瑠美子との関係をよくしようとしていた。そのことを認める日がやってきたのだった。認めた憎悪は、一気に大きくなった。

「瑠美子って、九子にまるで必要ないものだね」

「そうかな……」

「殺しちゃえば？」

背中を押すように言葉が静かな廊下に響いた。まるで、九子の心の中の揺れを悟ったかのように九子の心に浮かんだ言葉と同じだった。

「何言ってるの、華蓮さん……」

九子は真っ直ぐに華蓮の顔を見ていた。

「殺してもいいよ、瑠美子なんか」

華蓮は九子の目の奥を見るように凝視し、ゆっくりと頷いていた。

九子は身体を強張らせていた。華蓮は、九子の心の中にぽんと浮かんだ感情を鷲摑みにすると、外に引き摺り出してきてしまった。

事件四三日前

「私、お母さんを殺すことにしたよ」

九子は華蓮に言った。

「決断するのに一週間掛かったね」

華蓮は声なし笑いだった。膝の哀音が小さく揺れた。

瑠美子と自分のいままでのことを、二日の間、施設や学校の誰とも喋らずに考え続け、残りの五日間は、図書館で本を読みあさっていた。結果、オセロの盤面は黒い石で覆われてしまった。

「親がネグレクトだから子どもが人を殺すなんて、簡単に結びつけられないんだろうけど、もしも、お母さんがネグレクトでなかったら、もうちょっと、違う考えを持つ子に育っていたのかな？」

「そんなことわからないよ。それより、どうやって殺す？」

華蓮は興味津々で九子の顔を覗き込んだ。

「二日で決断して残りで、どうやるのか没頭して考えたの。毎日、図書館に行って、たくさん犯罪に関する本を読んだんだ。自分より身体の大きな人間を殺すとき、人間はどんな行動に出ると思う？」

「何だろう……。強力な武器を手にするってことかな。拳銃とか日本刀とか？」

「普通に生活している人間に拳銃を入手するのなんか無理。それに、日本刀は、使うのに訓練もいるし。バラバラ殺人ってあるでしょう。あれのほとんどが女の人なんだって、それと同じようなこと」

「どういう意味？」

華蓮は、少し身を引いた。

「力が弱いから、死体を担いでなんて移動できないでしょう。だから、バラバラにするの。それと同じような理由で、力の弱い女の人が手にする武器は、力を使わないでいいものなんだってさ。それはね、毒ってこと。毒殺なら体力は関係ないでしょう」

「それはそうね。毒殺か……拳銃を入手するのより現実味あるわ」

「殺し方は毒殺」

九子は声を潜めてみせた。

「ねえ、ちょっと楽しそうだね、九子」

華蓮は苦笑しているように見えた。

「まあね。殺すんだっていくら決めたって、まだ、机の上で楽しんでいるに過ぎないんだけど」

「やり切るしかないよ……。私は止めないから。いらないんだよ母親なんて」

母親なんていらない……。華蓮にとっても同じ気持ちなんだろう。

「そうだね……。本当にひどいことされてたし、ずっと殺したいと思っていたんだろうな。ただ、お母さんがいなくなると生きていけないって感じてて、怒りとかを抑え込んでたんだと思う。でも、世の中は私を生かしてくれた、お母さんなんていらなかったんだね」

「それで、いまや妄想に次ぐ妄想で、盛り上がっちゃう」

「そう。完全犯罪っていうのも、すっごく考えて計画を練らなきゃいけないから面白いのよ。完全犯罪で必要なのは、アリバイと証拠を隠すこと。これは、もう、考えたらキリがなかったな」

「だってアリバイが成功してたら、それは完全犯罪が成功して犯罪が露呈していないってことでしょう。アリバイが成功するのって推理小説みたいなフィクションの中にしか残ってないから、調べようがないよね」

その言葉に九子は大きく頷いていた。

「わかってるね、華蓮さん。完全犯罪って参考にする事実がないのよ。だから、それこそ推理小説書くみたいに自分独自の方法を考え出さなきゃいけなくなるの。推理小説も参考にはなるけれど、結局、探偵に見破られたりするんだよね」

「笑い話であるじゃない。本当に優秀な探偵なら、事件を未然に防いで、殺人が起こらないようにするべきだって。私もそう思ったな。横で殺人事件が起きてるのに、全然、防がないで、最後にみんな死んじゃってから、ああだこうだって、事件の解説してるだけだって。あれじゃ探偵じゃなくて、事件の研究者だって。九子、捕まらないようにしないとね」

「わかってる。捕まるって思って犯罪を犯す人間なんていないから……」

「それで毒殺の具体的なやり方は？」

「いい本を見つけたんだけど……」

九子は図書館で見つけた一冊の本を出した。ロンドンの毒殺魔グレアム・フレデリック・ヤングを扱った『毒殺日記』だった。

「まさか、この本って貸し出ししてもらったんじゃないよね？」

華蓮は表紙と裏表紙を剝いだ中身だけの本を手に取った。

「ＩＣタグを外して盗ってきた。毒殺の証拠に私の名前を入れるわけにはいかないでしょう」

「いいね、九子。よく考えないとね」

華蓮は満足げに九子の肩を叩いた。


九子は完全に取り憑かれてしまっていた、瑠美子を毒殺することに。

瑠美子を捜していたときよりも、殺すことのほうが、もっと気持ちは入り込んでいる。前者は好奇心によって動かされていただけであって、後者には使命感のようなものを感じてしまっていた。毒殺日記を貪るように読んだ。そして、計画を練るために日記を書くようになった。

毒殺日記の中に出てくる毒物はアンチモンやジギタリスで、鉱物のアンチモンの入手と毒物の抽出は難しいようだった。狐の手袋と呼ばれるゴマノハグサ科の植物であるジギタリスは、庭で栽培されたり野生化していて比較的手に入りやすいのだが、有毒物質のジギトキシン、ジゴキシンの毒性は、それほど強いものではなく、抽出して毒として使うのには、相当量のジギタリスが必要とされる。

自分なりに扱える毒物を探さないといけない。図書館に毎日通い、いろいろ調べた。九子の記憶にない昔の事件に、毒入り罐コーラ事件というのがあった。調べると、そのときに使われた農薬のパラコートは、購入の際に身分証明書の提示が義務づけられ、未成年者に販売してはいけないことになっている。

致死量に関しても毒成分が濃縮されていないので、飲み物などに混ぜた場合、一口で味がおかしいと感じることが多いらしく、毒殺するのには不確実なものであった。硝酸ストリキニーネを使った毒殺事件があり、その毒物も調べたけれど。致死量が〇・三㎎／㎏ともっとも毒性が高く効率も良い毒と考えられるのだが、簡単に手に入れられる品物ではなかった。

致死量は毒殺するうえで、もっとも重要な言葉だと九子は思った。

誰もが手に入れることができる毒物は少なくない。例えば『混ぜるな危険』の表示があるもの、トイレ用塩素系漂白剤とトイレ用塩酸系汚れ落としを混ぜて使用することによって塩素中毒を引き起こしてしまう事故が起こった。

一～四ｐｐｍで粘膜を刺激し、一五ｐｐｍくらいで塩素は気道の上部を損傷する。三〇ｐｐｍ前後に至ると胸部の痛み、呼吸困難、嘔吐を伴う咳などが起こり、四〇～六五ｐｐｍになると肺炎と肺水腫の症状が表れる。そして、塩素を吸い続けて三〇分、四五〇ｐｐｍ～一〇〇〇ｐｐｍで吸引者は数分後に死亡することになる。

完全に密室状態になる空間が必要で、その空間に人間を閉じ込め塩素ガスを発生させなければならない。

瑠美子の自宅の浴室が使えるが、抵抗されずに浴室に押し込むことは難しいと思われた。気を失わせ、浴室に入れ、トイレ用塩素系漂白剤とトイレ用塩酸系汚れ落としを混ぜ、ドアと窓、換気扇を目張りする。気を失わせることさえできれば、可能性は高くなる。

毒殺は、やはり、食べ物や飲み物に毒を密（ひそ）かに混ぜ、それを誤飲させる方が失敗する危険はすくなくなる。

狙うのは完全犯罪の毒殺、不確かな要素は省くしかない。一回の行為で確実に殺せて、その時間帯にアリバイが持てるもの、その毒物を探すことが最初の一歩だった。

毎日、地域の図書館と学校の図書館に通い毒殺関係の書物を漁（あさ）った。

第五章　毒

事件四〇日前

九子がこれぞという毒物を見つけたのは偶然だった。

毒物が見つかったきっかけは、施設のテレビ室といわれる場所だった。寄贈高山建設と書かれたプレートが、画面の直ぐ横にこれみよがしに貼られた大型プラズマテレビがテレビ室の中心にあった。

画面はBS放送にチャンネルが合わされ、小さな子どもたちに人気のアメリカの古いアニメーションが映っていた。猫と鼠が延々と追い掛けっこをするものだ。そのときに観ていた映像は、珍しく猫と鼠が勝手に歩き回る赤ん坊を助けようとするが、ベビーシッターの女の子に赤ん坊を守ろうとしていたのに、赤ん坊にいたずらをしようとしていたと誤解され、猫は椅子に縛り付けられる。そして、ベビーシッターに茶色の薬瓶の中の透明の液体をスプーンで飲まされることになってしまうというストーリーだった。

透明の薬液を飲まされるのは、お仕置きとしてだった。

お仕置きのシーンに施設の幼い子どもたちは、少し動揺していた。その動揺を悟ったのか、園長の佐伯は、あの透明の液体がなんであるかを話した。

佐伯が、「あれは、とても苦い薬だからお仕置きになるんだね」と言った。

「苦い薬って？」

「虫下しに使われたんだね」

「虫下しって？」

「下剤のことだね……。たぶんあれはひまし油だよ」

子どもの質問に、物知りの佐伯が答え続けていた。九子は画面を観ながら、何の気なしに二人の会話を聞いていた。

「ひまし油って、毒なの？」

子どものアニメや漫画には、ドクロマークが書かれた毒の壺（つぼ）がよく出てくる。

毒という言葉が、いきなり九子の耳に飛び込んできた。九子はこっそり二人を振り返り、聞き耳を立てた。子どもの質問に佐伯は、「ひまし油が毒であるとは言えないけれど、薬というものは、元来、毒から作られているものが多いんだよ。確かひまし油は、トウゴマという種子から作られているけれど、トウゴマは戦争中に毒薬として研究されていたらしいね」と答えていた。子どもは「ふ〜ん」と興味なさそうな返事をしていた。佐伯は、本当は化学者になりたかったんだよ、というのが口癖で、施設の子どもたちに、健康のためとして、自作の酵母ジュースを飲ませていた。

華蓮が部屋の隅で九子を見ていた。

華蓮も毒という言葉に反応したのだろう。誰にもわからないように九子に向かって小さく頷いてみせた。九子は佐伯に向かって質問をしたくなる気持ちをぐっと抑え込んだ。もし、ひまし油を毒殺に使うことができるとしたら、九子と毒殺との関係性がこの瞬間に生まれたことが佐伯の記憶に残ってしまうことになる。

完全なる毒殺は捕まらないことだ。慎重にならなければならない。

九子はよそ見をしながら、佐伯と子どもの会話を聞いていたが、子どもは毒に関してそれほど興味がないようで、話に進展はなかった。

九子と華蓮は誰もいない廊下に出た。

「トウゴマ、使えるかも、調べてみたら？」

華蓮は満足げな顔をしていた。九子はそれを見て大きく頷いた。

学校や地域の図書館に毎日通った。特定のジャンルの書籍を独占して、図書館員に九子の印象を残さないことと、毒殺に関する閲覧履歴を残さないことに注意しながら、九子はひまし油のことを調べ始めた。図書館の書物には限界があった。

辞書によるとひまし油は、『トウゴマの種を絞って得た油。無色ないし暗緑色の脂肪油で、粘性の不乾性油。下剤とする』とあった。毒という文字はどこにもなかったが、九子は調べを進めた。

ひまし油は、粘度と比重に優れ、潤滑油などに使われる。英語名はCastor oilで、自動車のオイルメーカーの〝Castrol（カストール）〟社は、ひまし油の綴りから社名を付けている。他には、石鹸やポマードの原料にされることもある。

そして、乾きが早いという長所を生かして、ラッカー塗料や印刷用インキ、コーキング材の原料としてもっとも多く使用されていた。

ひまし油が湿布やマッサージオイルとして使用されることもあるらしいが、ひまし油のマッサージによる医学的な効果は認められていないようだった。オイルマッサージには鎮静や老廃物の排泄などの効果はあるが、それはひまし油特有の効果ではないということだった。

ひまし油関連の事柄で、毒という文字は、図書館の書物では見当たらない。大量にひまし油を飲ませると、人間の身体はどこかおかしくなるだろう。しかし、それは食用ではないものを大量に飲ませれば、誰だって身体がおかしくなるのは当たり前のことだ。

ひまし油の中に毒性のある物質が含まれていて、それを抽出して集めて毒を作ればいいのか？

九子は調べ続けた。

毒は物質から様々な方法で抽出される。ひまし油から毒を抽出する方法は見つからない。ひまし油は薬局で簡単に購入できるようだが、それを鍋で煮出したとしても無理なのだろう。もしかすると、他の物質と合わせると化学反応を起こして毒になるのかもしれない。九子は佐伯に直接訊いてみたい衝動に駆られた。しかし、それはできない。

九子の日記には、「何かあるはず、考えろ、調べろ」という文字が何度も登場していた。

考え方を変えるしかない。方法が見つからないからこそなのか、九子は毒にのめり込んでいった。授業中も考え過ぎて、ぼんやりすることがあり、教師から注意を受けることもあった。日記に「こんなことではいけない。ちゃんと授業を受け、より真面目な生徒を装うこと」と九子は書いた。

日記は、施設の不特定多数の人間が共有する空間であるテレビのある部屋に設えられた本棚の裏に隠した。もし見つかっても、すぐには誰のものかわからなくするためだった。

書物による調べには、限界があるようだった。書物の中にあるひまし油の記述は少なく、探すのにも時間が掛かった。インターネットで調べる方法を考えた。トウゴマに関して知りたいのは、活字には印刷されない類いの情報だった。インターネットならそうした裏情報が入手できる。ただ、施設のPCは使えない。記録に残ることもあるが、たまに前触れもなしに佐伯や先生が画面を覗きに来るからだった。閲覧のチェックをしようというよりは、話のきっかけを作ろうとしているようなのだが、毒物関係の画面を見られるのはまずい、と思えた。

インターネットを使うだけならネットカフェがある。しかし、それも使えない。学校ではネットカフェの出入りは禁止されている。偽の身分証を作ることも考えたが、一円も無駄な金を九子は使いたくなかった。毒物を作るのに幾ら掛かるかなどわからない。いくらネットカフェが安いとはいっても、使うことはできなかった。

やはり、ただのPCを探さなければならない。クラスメートのほとんどは、自分が自由に使えるPCを持ってる。そして、その半数ほどの子は個室の部屋を与えられていた。九子が目を付けたのは、PCを個室で使える、友だちが少なそうな子だった。

里実だ。里実なら使える。九子は引き続き、里実を利用することを考えた。瑠美子を捜すのに付き合わせたが、さすがに瑠美子を殺すことに協力させるのは無理だろう。

「今日、里実ちゃんの家に遊びに行っていい？」

放課後、里実に話し掛けた。九子は里実と一緒に瑠美子に会いに行ってから、学校ではまったく視線を上げず、里実とも一言も話していない。

「いいよ！　遊びに来て！」

里実は餌（えさ）を与えられた犬のような表情になって答えた。

九子は里実の持っているＰＣを使うことが目的だった。西野のＰＣはもう使うことはできない。

どこにでもあるようなマンションの玄関で、里実の母親が九子を出迎えてくれた。里実はメールで友だちを連れて帰ると伝えていたようだった。

「深津さん本当に美人ね。里実からいつも聞いていたんですよ。それでクラスで一番勉強ができるって」

里実の母親は、友だちの少ない里実が連れてきた九子に対して満面の笑みを向けてきた。九子はちゃんと挨拶（あいさつ）をしてみせた。頭を下げたとき、九子の心の中がざわついた。母親の前で里実は少し偉そうにしているように見えた。学校では決して見せない顔だった。至って地味な装いの里実の母親は、優しそうに里実に受け答えしていた。

部屋に通され、九子は中を見回した。里実の部屋はパイプベッドに学習机と椅子、女の子っぽい赤いチェックのカーテンが目立つ部屋だった。変わったところでは本棚に並んでいる本だった。弁護士になりたい、と言っていた里実らしく六法全書がどんと立てられ、法律のハンドブックや法律クイズの本などがあった。他は星座、天体関連の本などが並んでいる。

九子は、直ぐにＰＣを立ち上げていいかと訊ねた。里実が椅子に座りＰＣを開き、九子は補助椅子に座って画面を見ていた。部屋のドアがノックされ、母親が紅茶のカップと小さなケーキをお盆に載せて入って来た。

里実は、どこか、学校の教室に居るときとは少し違い強気で喋っている。母親に対して、頼んでいたケーキとは違う、と文句を言っていた。ただ、それはつんけんした口調ではなく、何でも話せる関係、母親に対しての甘えから強い物言いができるのだと思えた。

九子の心は、また、ざわついた。里実の態度と、母親のエプロンのせいだと思った。何度も水を潜らせたエプロンは母親の身体の一部のようで、里実はエプロン姿の母親に対して安心感を覚えているように思えた。

羨ましくない、と言えばそれは嘘になる。九子の持っていない自由に使えるＰＣや誰にも邪魔されない個室を持っているような物質的なことではない。そして、九子の持っていない優しい真っ当な母親を持っているということでもなかった。

里実は、決して自分の母親のことを嘲笑し軽蔑すべき大人とは見ていない。そのことが九子にとっては羨ましかった。

様々な経験によって、子どもは親を恨んだり憎んだりする。それが、子どもの独りよがりな感情であったりすることもあるだろうが、親のことを、嘲笑し軽蔑するのは、完全に突き放してしまっていることだ。九子は母親を嘲笑し軽蔑するしかないような経験を味わった。しかし、里実は、そんな経験をこの先もすることはないだろう。母親を毒殺しようなどとは、ひと欠片（かけら）も考えないだろう。

九子は里実の母親のエプロンから目を逸（そ）らした。

里実は、面白くもない星座のウエブサイトを開き、楽しそうに話していた。約一時間、九子は退屈なその説明を聞かせられたが、興味深そうな顔を崩さずにPCの操作の仕方を憶（おぼ）え込んでいた。それともうひとつ、どうやって、このPCを独占して使って、里実に知られることなくひまし油のことを調べられるかを考えていた。楽しげな声を出し、PCに向き合う里実の隣で、九子はまるで違う次元のことで、頭を働かせていた。

「ねえ九子ちゃんって一〇月二三日生まれだったよね。天秤座（てんびんざ）？　蠍座（さそりざ）？」

「よく誕生日覚えてたね。私は天秤座」

里実は新しくサイトを開いた。

「もしかしたら蠍座かもしれないよ。一九日から二四日ぐらいは星座の境目って言われてて九子ちゃんの生まれた年の一〇月二三日の午前一一時四七分から蠍座が始まるから、それ以前の二三日生まれは天秤座。九子ちゃん、何時に生まれたの？」

里実はサイトの文字を読みながら訊いた。

「わかんないよ、そんなこと。今度、聞いてみるけどね。里実ちゃんは？」

「私は一二月六日だから、間違いようのない射手座。九子ちゃんが少しお姉さんね」

里実は答えた。とにかく他愛のない会話が続いて行く。九子は瑠美子の誕生日は憶えているけど、瑠美子は正確な生年月日など憶えているのだろうか……そんなことが九子の頭を過っていた。

「あと一カ月とちょっとで九子ちゃんの誕生日だよね。ねえ、誕生日プレゼントって何がいい？　九子ちゃんの欲しいものって、何？」

里実の陽気な声が、九子の頭の中に蘇りそうになっていたつまらない誕生日の風景を押し止めた。

「……誕生日プレゼント？」

「何かあるでしょう？　何でもいいんだよ、私、プレゼントするから！」

里実は楽しげだった。

「別に欲しいものって浮かばないな。いいよ、何か悪いし……」

九子は、誕生日に自分の欲しいものを言って、それを貰った記憶などなかった。瑠美子から与えられるものは、九子が買ってほしいものではなく、瑠美子が買いたいものでしかなかった。

「そんなぁ！　一年に一回だけ、すっごくわがままにお願いごとできるんだよ、誕生日のプレゼントって！」

里実の言葉が鬱陶しかった。里実の母親のエプロンが九子の頭に蘇った。あのエプロンのポケットから里実の欲しいものが出てくるのだろう。

「別にいらないな……。でも、強いて挙げるなら……何でもうまくいくような魔法の薬かな」

九子は笑って言った。里実は困った顔を向けてきた。

翌日も里実の家に遊びに行った。一つの考えが浮かんでいた。それは、ゲームを里実とやることだった。

学校の授業を受けながら、ノートに方法を書きながら考え続けた。ノートにシャーペンを走らせていさえすれば、教師は文句を言わない。方法は、里実のおススメのサイトの中からヒントを得た。星座のサイトの中には星座クイズというコーナーがあった。サイトの制作者は、相当なマニアらしく、中級編と銘打ったクイズでも里実はまったく正解することができないでいるらしかった。星座に興味のない九子にとっては、初級編でもちんぷんかんだった。考えに考えて九子は星座クイズを使うことにした。

「ねえ、里実ちゃん。クイズやらない？」

いつも通りの紅茶とケーキの置かれた前で里実に訊いた。

「クイズ？　何をするの」

「星座クイズの上級編に挑戦しない？」

里実の顔色を観察しながら言った。

「そんなの無理だよ。全然太刀打ちできないよ」

「……太刀打ち？　まあ、そうだけど、当たり前の方法だったら太刀打ちできないかもしれないけど、ちょっと考え方を変えて、私たち二人だけでできるクイズにするのよ。それをやらない？　興味ないなら別にいいけど……」

それほどやりたくなさそうに言った。

「何それ？　教えてよ」

里実の部屋では里実が王様だ。王様は楽しげな声を上げた。九子にとって、王様の機嫌を取ることには、瑠美子と暮らしていただけに幼い頃から慣れていた。相手の表情を読み取ることが大事で、瑠美子に比べて里実はとても簡単な部類だった。

「まずはね、星座クイズの上級編クイズの一問目を二人で見るの、そして、二人で時間を区切って、ＰＣを使って問題を調べて答えを出すの。持ち時間は、一〇分で調べるってこと。それで答え合わせするって感じなんだけど、どう？　これだったら上級編クイズでも私たちにできるよね」

探るように里実を見た。

「それならどうにかできる。うん、やろうよ。ＰＣを使って他のサイトとか開いて一〇分で調べればいいのね」

「そう、九分経ったら知らせて、一〇分以内に答えを出すの、どう、面白そうでしょう？　その間、相手はＰＣの画面を見ないこと、だって、どうやって調べるかがわかったら、後攻めの人が有利になるでしょう。それで、答えを紙に書いて、後で答え合わせをして、どっちが正解数が多いかを競うの、どう？　このクイズをやるのに、一つ、私のフォルダーを作ってほしいんだ。クイズに関することを入れとくの」

「うん、大丈夫。暗証番号付きのを作るよ。私が九子ちゃんがいないときに覗いてたと疑われると嫌だから」

里実の顔が輝き、早速、フォルダーを作り九子に暗証番号を打ち込ませた。

「いいね、それ。それと、何も賭けないでクイズやるのもつまんないから、負けたら罰ゲームってのは、どう？　勝った方が一時間だけ王様になって、負けた方が奴隷。どう？」

「面白そうだね」

里実は喜んでいた。里実を王様の座から引き摺りおろそうと考えたのだった。

「じゃあ、やろう。まずは里実ちゃんの携帯で時間を計ろうよ。持ち時間の一〇分と、終わり間近を知らせるように九分をセットして残り一分を知らせるの。そういう感じでいいかな?」

九子が言うと里実は携帯を取り出し慣れた手つきで、時間をセットした。「セットしたよ」完全に乗ってきている顔を里実は向けてきた。先攻をジャンケンで決め、九子が先攻になった。随分となれた里実のPCを操作して、上級編クイズの第七問を開けた。

「うわ、難しそうだな」

里実が驚いた声を出した。一問目や二問目では、里実が答えを知っている可能性があるので、七問目から始めたのだ。

「『シリウスはなぜ青いのか? 明確に答えよ』だってさ。わかんないよね、こんなの。じゃあ、始めるから携帯をオンして!」

PCの画面の前に座った九子は、パイプベッドの上に座っている里実を振り返って言った。里実は、「じゃあ、スタート!」と顔を伏せて携帯のボタンを押した。九子は目を伏せた里実を確認した。

事前に施設のPCで星座クイズの上級編を調べてあった。そのとき、答えを導いたサイトのアドレスをメモしておいた。サイトの内容は、プリントアウトして授業中に憶えておくことにする。

シリウスがなぜ青いかの答えは、『地球上から見える太陽の次に明るい恒星がシリウスであるということと、明るさは暗いものはオレンジで、明るいものは青色になる』というものだった。九子はすべてを答えず、『明るさは暗いものはオレンジで、明るいものは青色になる』という部分だけを答えた。

結果、クイズには九子が勝って王様になった。九子は一時間、里実をこの部屋から追い出す方法を考えておいた。図書館に本を返却に行く、というものだった。他愛のないことだが、罰ゲームということで、里実はノーが言えなかった。里実はしぶしぶ部屋を出ていった。

九子はネットを調べはじめた。

サイトの中の奇妙な一ページがヒットした。最初に何気なく読んでいると何も引っ掛かりはないのだが、どこかざらついたような嫌な違和感を覚えた。

『カワユイっす名無しの子猫さん　ＩＤ―××××××

トウゴマはひまし油の原料として栽培されているので～す。トウゴマは、日本でも自生しているらしく、鎌×市の×羽の山奥に生えているんで、お金を払いたくない人は、是非、とりにいってね。

トウゴマは一袋カップ二杯と半入りで漢方薬店でも売っているので、そこで買ったほうがすっごく楽。

トウゴマ。別名ヒマの実の皮を剝いて実をすり潰して、乾燥ペットフード、ほらカリカリって呼ばれてるやつに混ぜます。そして、それを今度は缶詰の柔らかいネコ飯に混ぜれば、美味しい「猫用トウゴマランチ」のできあがりです。においや、食感の変化にも、害獣は気づくことなく食べてしまいます。効き目はしばらくして表れます。その原因もトウゴマの中にある猛毒リシンであると特定しづらいものです。

ちなみに、トウゴマは、インターネット通販でも売っているし、漢方の店なんかにも置いてあるようです。非常に猫ちゃんの食いがいいので、完食させるのもあっという間です。トウゴマ四から五粒で次の日にはイチコロでーす』

というものだった。自らのハンドルネームをカワユイっす名無しの子猫さんとして、楽しげな文章で猫を害獣と呼び、猫殺しを楽しんでいるふうさえも感じられた。気味の悪い人間の書く文章は、画面から負の気持ちが立ち上がってくるようで恐い。しかし、この文章の中には、九子の探し求めていたものがあった。この文章を前にして身体の芯が緊張していくのを感じ、歓喜の声を上げそうになるのを必死で止めていた。

もし、自由に使えるＰＣがあったならば、もう少し早く、こんな気味の悪い人間の声を聞けたのだろう。活字として刻まれた図書館の書物からは、こんな声は聞こえない。ひまし油の原料のトウゴマを調べると直ぐさま、リシンへと誘導された。九子はリシンと打ち込んだ。

リシンを表す説明に、世界五大猛毒という素晴らしい言葉が付いていた。世界五大猛毒は、テタヌストキシン、ボツリヌストキシン、ジフテリアトキシン、グラミシジン、リシンとされている。

リシンという毒を含むトウゴマの入手方法、自生している場所までもカワユイっす名無しの子猫さんは明記している。気味は悪いけれど九子にとっての救世主だ。いや、地獄に引き摺り込もうとしているのかもしれないが……とも思った。

一時間三〇分ぐらい経った頃、里実は戻ってきた。九子はリシンに関するネットの情報をフォルダーとUSB記録媒体に入れた。

リシンという言葉さえあれば、図書館の書籍で見つけることができた。それほどオーソドックスで有名な毒ということだった。リシンの毒性は、毒蛇のコブラの毒の二倍に相当し、体重の一キログラム当たりの致死量は〇・〇三ミリグラムになる。青酸カリの一万倍。ホスゲンなどの塩素系ガスの四〇倍の威力を持ち、精製し気化させたリシンを大気中に三〇ミリグラム散布すれば、一分間で数人が死亡するほどの毒ガス兵器になる。
人体に経口摂取され症状が表れるまでに約一〇時間の潜伏期があり、吐気と嘔吐(おうと)、下痢(げり)や疝痛(せんつう)が始まり、重症になると腎臓(じんぞう)、肝臓、脾臓(ひぞう)に障害が表れ、血性の嘔吐、血性の下痢が見られる。体温が上昇し、直ぐに敗血症性ショックの状態になる。そして、消化管の出血が進み、肝臓や脾臓の障害は過度になり、多臓器疾患によって死亡することになる。経口摂取よりも、注射などによる非経口投与のほうが、毒性が高くなるようだが、毒殺の観点から、経口摂取を選ぶことにした。

書籍で見つからないものは、トウゴマからリシンを抽出する方法だった。活字に残るものだからなのか、責任を問われるのを恐れているのか、書物の中にある抽出方法は、素人向きには書かれてはおらず、九子には理解できない化学式が並んでいるものばかりだった。それとトウゴマの入手法も書籍にはない。漢方薬を扱う店や薬局でインターネットで購入できるらしいが、それをもっと詳しく調べるしかない。

やはり、責任感のない垂れ流しの情報はインターネットに限る。睡眠薬のようなものがあれば、里実に飲ませて何時間でもPCを独占したいところだが、未成年者に睡眠薬は売ってはくれない。まだ未成年であることは、様々なところで九子の計画の可能性を潰していた。地道に、里実の機嫌を取りながら星座クイズを続けるしかなかった。九子の頭の中では、リシンというまだ見たこともない物質が大きく広がって刻み込まれた。

翌日も里実の家でクイズをやる。王様になる、といっても里実にはたいした要望はなく、日本語禁止で一時間英語で話し続けろ、というものとかだった。そして、クイズにも飽きてきた頃に、九子は罰ゲームとして一時間PCを使わせるという提案をすると、それもあっさりと認められた。その間、里実はベッドに座って法律の本を読んでいた。里実は、友だちと遊ぶという方法をあまり持っていないようだった。

九子は二日かけて、どうにかリシンのもっとも簡単な抽出方法をネットの中で見つけた。『圧縮脱脂……硫酸ナトリウム……再沈殿……超遠心……電気泳動……硫酸ナトリウム……でリシン得られます』とあった。

九子は、コピー＆ペーストし、里実のPC内に作ったフォルダーに一旦保存し、西野に万引きしてもらったUSB記録メディアにコピーした。

この抽出方法を嚙み砕いて理解するには、時間が掛かると思われたが、用語の一つ一つを調べた。

今度はトウゴマの入手方法の検索に使うことにする。

『通販ではインターネット通販しているお店があるようです』とあったように、漢方薬としてのトウゴマの販売先は幾つもヒットしてきた。しかし、インターネットで購入することはできない。施設ではいろいろと訊かれてしまう。九子はヒットしてきた漢方薬店で、東京にある店の住所を控えた。漢方薬店でトウゴマを購入する際に怪しまれない方法論を探し出す。

里実が不審に思わないように、気を使ってごまをすり続けた。里実は、法律のクイズを作り出し、九子も得意な数学のクイズに変えていった。もう、罰ゲームなのかどうか、わからなくなり、一時間というルールだけが形骸（けいがい）として残っていた。

しかし、苦労した分、ゆっくりとではあるが、九子はリシンに近付いていった。

事件三八日前

九子は図書館でデータをプリントアウトし図書館に籠（こ）もった。言葉一つ一つを化学用語事典などで調べる。調べていくうちに簡単な抽出法でないことがわかってきた。圧縮脱脂はトウゴマをすり潰したものに圧力を掛け、ひまし油を搾（しぼ）り出すことであるのはわかったが、専門的な圧縮方法には高価な道具が必要だった。

ひまし油にはリシンは含まれず搾りかすにほとんどが含まれる。ひまし油は安全を期して加熱処理がなされている。リシンは熱に弱い性質があるからだった。リシンは熱によってタンパク質の構造が破壊されて毒性がなくなる。

硫酸ナトリウムは、入浴剤に使われるもので入手は困難ではないが、超遠心や電気泳動には器具が必要だ。中学校の理科室準備室に装置があるのかもしれないが、持ち出して使用法を習うわけにはいかない。しかし、調べていくうちに、リシンがタンパク質毒であることと、毒性が強いところから、このような抽出法によってリシンを高純度に抽出しなくてもいいようにも九子は感じた。皮を剝いてすり潰したトウゴマ四、五粒で猫が殺せるのであるならば、人間に換算すれば、五〇粒ほどになる。圧縮し脱脂する方法を考えれば、毒性は高まるのではないか、と思われた。しかし、やはり、高純度のリシンを取り出したいと頭を捻った。そして、大事なのは加熱しないこと。それさえ守れば、人間を毒殺することができるリシンは作れる。

　毒殺の方法を調べているのと同時進行で、九子は瑠美子に会うようにしていた。それは計画を実行するための下準備のためだった。九子は里実を連れて瑠美子の家に行った。

　瑠美子の家には新しい男がいた。瑠美子と一緒に住む男は名前を澤村（さわむら）洋一といった。九子は瑠美子に言われた通りに親戚の子として紹介された。

　洋一は、チェーン店の薬局で買ったようなヘアダイで薄茶色に染めた頭をした長距離トラックの運転手だった。洋一は、道路が空（す）いている早朝か深夜に出掛け、一泊して帰ってくる。ただそれだけを繰り返している。悪い人間ではなさそうだけれど、洋一は、ただ単に何も考えてないような人間なのだろうと思っていた。

瑠美子は、本当にこんな男を好きなのだろうか？　洋一は、瑠美子と一緒に暮らして楽しいのだろうか？　瑠美子と洋一の二人でいる姿を九子が見ているとき、この二人は幸せなのだろうか、とそんなことばかりを考えてしまう。瑠美子が付き合った男は、何人か知っている。物心ついたころから、父親ではない男が家にいたからだ。

家に出入りする男は、短い周期で変わっていった。様々な男がいた。全身に絵が描かれたおじさんは、優しかった。その人は、生まれつき身体（からだ）に絵があり、自分とは違う種族の人間だと思っていた。

金髪で身体の細い若い男もいた。青白く唇だけが嫌に赤い男だった。瑠美子とは毎日のように喧嘩（けんか）をしていた。どちらかが形勢不利になると、九子がとばっちりを受けるので、喧嘩が始まると逃げることが処世術のようになった。

瑠美子が連れてくる男たちの中で、一番多かった男は、濃い紺色のスーツを着てネクタイを締め、鞄（かばん）を持った男たちだった。顔の印象はほとんどなく、みんな一緒に見えたが、一人だけ違う男がいた。その男は、無口で地味な身なりで、何故だか財布を持っていなかった。ポケットの中に紙幣の束を丸めて輪ゴムで止めた状態で持っていたのを覚えている。棒のように固められた紙幣は、子ども心にも奇異に見え、お金を奇妙な状態で扱う変わったおじさんとして映っていた。お金は大事だと教わってきた九子にとって、そのおじさんは、お金に対して負けてないような気がして、恐ろしい人間に思えた。

そのおじさんが自分を見る目も記憶に残っていた。子どもに対して興味がないということだった。それは、瑠美子が連れてくる多種多様な男たちのほとんどに共通する特徴だった。邪険にしているわけではなく、手を上げるわけでもなく、ただ、九子に興味をしめさなかった。九子は自分のことを男たちから決して必要とされることのない瑠美子の余計な付属品のように感じていた。子どもは、そんなことを強く感じるものだ。九子は、いい子を演じるというよりも、小さくなって自分の存在を消すようにしていた。

九子はふたつのことに気付いてしまった。

ひとつ目は軽蔑の意味。軽蔑という言葉の意味を知ったのは小学生の高学年の頃だった。そして、その言葉が意味していることを本当に理解したのは中学校に入ってからだった。

瑠美子の連れてきた男たちのことを思い出すと、九子の脳裏に一つの像が結ばれる。子どもの頃だったので軽蔑という言葉など知らなかったが、その言葉を知り、昔見ていた男たちに自分が抱いていた感情が、軽蔑というものであったことがわかった。

瑠美子の男たちの表情が一つにまとまろうと薄ぼんやりしていた。やがて一つにまとまったその顔は、九子が嘲笑し軽蔑した大人の男の顔だった。洋一には、その大人の男の顔がべったりと貼り付いているように見えた。九子は、瑠美子の付属品である男たちを嘲笑し軽蔑してやった。

そして、もうひとつのことは、九子を棄てて家を出たとき、何をどう考えて瑠美子が行動したのかに気付いたことだった。

瑠美子が、九子とそのとき付き合っていた男とを天秤に掛けたのだろう。瑠美子が自分を捨ててまで家を出てしまうことになったとき、一緒にいた、いや、その原因になった男とは、どんな男だったのだろう。その男は洋一のような男だったのだろうか、と考えると九子は寒気がした。

瑠美子は、九子と洋一のような人間を比べ、その結果、九子がその選に漏れてしまい棄てられたのだ。腹立たしさを通り越え情けなくなった。

しかし、いま、九子が、瑠美子と一緒に時間を過ごすと、そのふたつのことは正解だと実感してしまう。

「ねえ、九子ちゃん。ほら、里実ちゃんの、その髪型、面白いわね。顔がぺっちゃんこの里実ちゃんがやるのも面白いけど、立体的な顔の九子がやると違った感じでお洒落になるかも」

デリバリーのピザを食べ終え、コーラで口の中の油を胃に流し込んだとき、瑠美子が里実の頭を指差した。

「そうかな……」

九子は曖昧に答えていた。やっぱり、畏縮していて反論はできなかった。何てデリカシーのない言い方だ……里実は大丈夫だろうかと九子は見た。里実は無表情なままだった。

「似合うわよ、セシールカット」

瑠美子が九子の髪を触った。

「瑠美ちゃん、セシールカットって何？」

九子は言い付けどおりに洋一の前では、ちゃん付けで瑠美子を呼んでいる。

「ベリーショートのこと。昔はねえ、セシールカットって言ってたんだけど、セイムレイヤーのカットで顎のラインに沿って切るの。九子ちゃんなら絶対似合うからやろうよ」

瑠美子は立ち上がった。決めたら直ぐやりたがるのが瑠美子だった。

「えー……」

「大丈夫だって、昔、切ってあげたことあるじゃん。美容師だった頃の腕は落ちてないって安心して、あんたの方がヒラメより似合うって」

瑠美子が言った。

「ヒラメって?」

九子が訊くと瑠美子がしまったという顔を見せ、洋一が吹き出して笑った。

「何でもない、何でもないから、忘れて!」

瑠美子も吹き出した。九子は目の端で里実のことを見遣った。里実は無表情のままだったが、自分が陰で瑠美子と洋一からヒラメと呼ばれていることに気付いてしまっただろう。二人の吹き出した笑い声はとても残酷な音に聞こえた。

瑠美子は、その場を誤魔化すように用意を始めた。

瑠美子は美容師が持っているようなハサミと櫛、ヘアクリップを持ち出してくると、九子を浴室に引っ張って行った。川崎市指定の半透明ゴミ袋に穴を開け、頭から被せられた。

「九子ちゃん、大丈夫。俺も瑠美ちゃんに切って貰ってっから」

洋一が浴室を覗き込みながら言った。おまえもか、と口から出そうだった。似た者同士なのだろうか、二人とも人の気持ちを考えようとはしないようだった。ハサミが閉じたり開いたりする金属音が浴室の中で反響していた。

金属音が次第に耳に近付いて来る。耳元の髪が櫛ですくわれ、金属音と共に一気に切られた。ゴミ袋に髪が束になって落ち乾いた音が鳴った。

瑠美子の手には迷いも躊躇もないようだ。金属音と乾いた音が交互に続き髪が足下に溜まって行く。

若作りした馬鹿二人の楽しげな声の中、里実は切られていく髪やハサミではなく、九子の目をじっと見ている。九子も里実の目を見返していた。


「ちょっと変わってるね、九子ちゃんのお母さん」

マンションを出た帰り道、里実がぽつりと言った。無表情だったが、さすがに気にしていたようだった。

「ごめん、お母さんが変なこと言ってたよね」

「私ってそんなに顔が平べったいのかな？　生まれてからずっと見てたけど、よくわかんなかった……」

里実は不思議に思っているようだった。

「本当にごめん。友だちの母親からあんなこと言われるのって嫌だよね。私だったら許せない」

九子には怒りが湧いていた。しかし、その場で言えなかった自分にも腹が立った。

「私って友だち少なかったからあだ名って付けてもらったことなかったんだけど、初めて付けられたのが、ヒラメかあ……」

里実は力なく笑った。

「ごめん……やっぱ、私はお母さんが恥ずかしい。もしも、だよ。絶対そんなことないだろうけど、里実ちゃんのお母さんが、私のことを陰で、そんな嫌なこと言ってたとしたら、殺したくなるな」

「殺すって、すごい飛躍だね」

　里実は少し笑った。

「でも、殺意って、案外、そんなとこから生まれるんだよ」

　九子は里実が笑ってくれたので、少し、安心した。もう瑠美子の家に行きたくない、などと言われてしまうと計画が崩れ面倒なことになる。

「もういいよ。それよかさあ、私も九子ちゃんと同じように切ってもらったから、後ろ姿だけはそっくりになったね。並んで鏡で顔を見るとがっかりするくらいまったく違うけど、後ろだけ美人になったみたい」

　里実は楽しそうにくるりと回って見せた。

「不幸中の幸いみたいなもんで、まあ、良かったけど……」

　瑠美子に対しての軽蔑は増していくばかりだった。

「何で棄てたりしたんだろう。仲良さそうなのに」

　少し黙った里実の顔が街灯に照らされ青白く見えた。

「わかんないよ、棄てられた側だしさ」

九子は笑って見せている。痩せ我慢していた。以前と同じように子どもと親として接するのなら、何故、棄てたんだという気持ちが大きく膨らむ。洋一のような人間と天秤に掛けられてと思うと九子の気持ちはくもっていった。

何か良いとこみせてよ……お母さん、どこか心の隅で、瑠美子を殺さないでいいと思えることを探している自分がいた。

事件三一日前

漢方薬店でのトウゴマの購入理由もいい方法がネット上で見つかった。漢方薬店でトウゴマが販売されているのは、彼岸根という彼岸花の球根と一緒にすり下ろしたものを土踏まずに湿布することで、体内に溜まった余分な水分が抜けるという民間療法が古くからあるからだった。効果は医学的に証明されてはいないが、九子は祖母に頼まれてトウゴマを買いに漢方薬店にやって来た孫娘を演じることにした。

いよいよ、毒物の入手が実現化しようとしている。物事の流れは面白いもので、苦労して考え続けたことが、一挙に解決することがたまにある。地道に勉強を続けていて、なだらかな曲線状にテストの点数が上がるのではなく、急に成績が上がって階段状になることがある。それに似ているように思えた。

ひまし油関連で検索を掛けると、高い確率でアメリカ発のひまし油マッサージ療法というものがヒットしていた。その療法は、ホメオパシーの一種と呼ばれるもので、科学的裏付けが成されておらず、臨床試験も行われていないような有効性に疑問があるものだった。

ひまし油で腹部の湿布やマッサージをし、原子や細胞を一括して正常な状態に戻して治癒あるいは回復させるとあるが、リシンの抽出などを調べていくうちに九子にもある程度の科学的な頭というものが培われ、ひまし油マッサージの療法にまやかしがあると感じられた。それ以降、検索に引っ掛かっても一切無視することにしていた。しかし、この療法のサイトに入って調べるうちに使える、という考えが浮かんだ。それは、瑠美子と洋一が、この療法にはまっていて、自分たちでひまし油を作り、それによって中毒症状を起こした事故に見せかけることができるのではないかというものだった。

サイトの中には、化学的にも間違った記述が多くあった。例えば、

『【注意】いつも聞かれることがあります。

トウゴマの実には猛毒（大量殺人に使う猛毒）が入っていると聞きましたが飲んで良いのか？　皮膚に使用していいのか？

【答え】

もちろん問題はありません。トウゴマに含まれる毒はリシンというもので、蛋白（たんぱく）で

油には溶けません。〈リシンの毒は困ったことに大腸菌の中に取り込まれることも有ります。O－157（病原性大腸菌）に似ています。水で流していますし蛋白は油と分離することで混入を防ぐからです〉』

サイト側の答えは危険でしかも間違っていた。トウゴマの実を飲んでも大丈夫のように捉えられるような記述になっている部分もある。他に簡単な自家製ひまし油の製法やひまし油ダイエットなどもあり、本も出版されているので、本を購入して瑠美子の家に置いておけばいい。それと、間違ったひまし油の作り方をした道具なども、部屋に残しておくことにすれば、事故の信憑性は増すことになるだろう。計画はぐっと現実味を帯びてきた。

事件三〇日前

「計画は加速度的に進み始めて、これからは実際に身体を動かす作業に入るんだね」

華蓮は少し興奮した顔をしていた。

「うん、いよいよトウゴマを買いにいくことになった。お店も調べたし」

「悪くないね。でも、まだネットでいろいろ調べないといけないんでしょう？」

「まだまだある。図書館ならいいけど、里実ちゃんとのクイズ合戦はネタ切れしてきて、里実ちゃんが法律関係のクイズとか出してくるようになった」

「弁護士になりたいらしいね。コミュニケーションが下手な子に限って、弁護士とか言うよね。勉強もそんなにできなかったよね、里実って子」

　華蓮は声なし笑いになった。

「クラスでも下の方だから弁護士なんて夢でしかないだろうな。でもね、星座の話より、法律クイズの方が随分ましかな。里実ちゃんの部屋にある法律の本って、雑学系の簡単なのが多くて、法の抜け穴みたいなやつもあるんだよ。面白いといえば面白い。犯罪を犯した人間の裁判で、この罪に問われたら量刑はどれくらいか、なんてクイズもやるから」

　ネットで調べることは前よりは減ったけれど、まだまだ、里実のＰＣは重要で、里実を王様の座から引き摺りおろし続けなければならなかった。

「いいじゃない、星座より。何か参考になったりするとか、面白そうなクイズはあった？」

「あったよ。例えばさ、未成年者の場合ってね、主犯と従犯は、単純に年齢で決められるのね。犯罪を行うことにおいて主導権を持っていたかとかは、あまり関係ないの。さあ、それを踏まえてのクイズね。二人の男子中学二年生がいる。ＡとＢとするね、この二人は民家に忍び込んで寝ている家人を殴り付け重傷を負わせ金品を強奪する、という凶悪事件を犯した。そして、二人は捕まったんだけど、Ａの方は、金を奪おうとBに相談を持ちかけて、なおかつ、武器まで用意したのに、まったく罪に問われなかったの。でも、Bは家裁で特別少年院送致になった。さて、何故でしょう?」

　華蓮は黙って聞いていたが、わからない、というふうに無言で首を横に振った。

「変な話なんだけど、Aは従犯で一三歳、Bは主犯で一四歳だったの。同じ学年でも生まれ月は違うのなんて当たり前なのに、そこで運命が分かれるのね。それ、一三歳って刑法で罰しない、ということになっているのよ。無茶苦茶じゃない? Bはたまたま一四歳だからって罰せられて、本当は犯罪に加担させられたBが主犯って扱いで罪も重くなるってさ。これでも少年法って随分、改正されたらしいけどね」

「ひどい話なんだね。でも、法律は完全じゃないところが面白いね。私も弁護士でも目指そうかな」

　華蓮は感心していた。

「へーってなる話は多いよ。拘置所ってあるじゃん。裁判で刑が確定していない被告人が閉じ込められてるんだけど、刑務所と違うから、囚人服もなくて坊主にされないのね。食事は出るけど、お金出せば、お菓子とかも買えたりするんだって。そこで、問題です。死刑囚というのは、拘置所にいるのね。0（ゼロ）番区とかいう場所に集められてんの。そこで、閉じ込められてはいるけど、結構、自由にしてるの。さあ、何ででしょう?」

これも里実が作ってきたクイズだった。

「わかんないよ、そんなの」

華蓮は首を振っていた。

「答えは、死刑囚というのは、死刑を行うことだけが刑罰なの。刑務所に収容されるのは、懲役とか禁固という戒めが刑罰なんだって、閉じ込めたり、労役をさせたりね。でも、死刑囚は死刑だけが刑罰だから、拘置所に入ってる被告人と同じような扱いなんだってさ」

「へーってなるね、それは」

と華蓮は声なく笑っていた。


九子は身なりを整え、調べておいた漢方薬店に向かった。セシールカットのお陰で、制服を脱いで私服にすると、大人っぽく見えた。

少し緊張していたが、背筋を伸ばして店舗のドアを開けた。白衣を着た白髪頭の店主が顔を上げ、珍しそうな視線を九子に向けてきた。店内にはいがらっぽいような匂いが充満している。

トウゴマを欲しいと店主に告げた。店主が何に使うのか訊いてきた。トウゴマと彼岸花の球根と一緒にすり下ろして湿布にするので買ってきてくれと祖母から頼まれた、と伝えた。九子は自分の祖母の顔を見たことはない。店主は疑うこともなく、トウゴマをケースから取り出し計りに掛けていた。そして、土踏まずの湿布に使うのなら、彼岸根も必要ではないのか？　と訊いてきた。予想していた質問だったので、彼岸根はまだあるのでいらない、と答えた。

トウゴマの値段は、五〇グラムで一五〇〇円だった。あっけないほど簡単に購入できた。そして、その足で一〇〇円ショップに向かった。九子は自作で植物油用遠心分離機を作ることにした。トウゴマの圧縮脱脂を行う道具を調理道具のコーナーの中から代用できるものを探し出して購入する。これもちょうど良いものが直ぐに見つかった。

大きな書店に行き、ひまし油によるマッサージ療法の本を探したが、考え直し、大型チェーンの古本屋に行く。健康関連のそれらしき本はたくさん並んでいた。ひまし油のマッサージ療法の本も幾冊かあり、一〇〇円だったので二冊を購入した。

物質を成分ごとに分離させるクロマト管は化学実験道具なので専門店にしかない。しかし、新宿にある様々な道具を売ってあるデパートには簡単な化学実験用具を売っていることを調べていた。これも驚くほど安く一八〇〇円だった。

すべての道具や材料を購入した金額を総計しても三八〇〇円にしかならなかった。九子にとって大金だったが、そんな金額で強力な毒物が手に入ると考えると安いものだった。リシンは貧乏人の毒物といえるのだろう。

九子はそれらを手にし、幸せな気分になって施設へと帰った。電車の中では乗客の顔を見回した。平和そうな顔、疲れた顔、様々な表情の顔があった。いま、九子の手にあるものは世界五大猛毒を作ることのできる道具である。そのことを大きな声で言いたい気持ちになった。


「今日、遊びにくる？」

里実が授業中、小さなメモを回してきた。スマホも携帯さえも持っていない九子に連絡を入れる方法はＬＩＮＥでもメールでもない。

振り返ると、里実が見ていた。リシンの抽出の実験が忙しく、里実の家に行ってない。実験は自分の部屋があるわけでもなく、施設の中でやるわけにもいかない。公園の端や学校の裏手など、人の来ないところを探しては、リシンの抽出実験を繰り返していた。火を使わないので、外でもやれるのだが、やはり、余計に時間が掛かってしまう。

九子は、里実に向かって小さく手を振った。里実は尻尾(しっぽ)を振る犬のように小刻みに手を動かした。

少しうざったい気持ちになっていた。里実の部屋があれば、実験はスムーズに行える。しかし、この実験だけは、里実の部屋で里実を騙して行えるようなものではなかった。授業が終わって里実が九子の肩を叩いた。

「今日は、どう？　おいでよ。ママがクッキー焼いてるから」

里実が言った。

「……うーん、ちょっと用事があるんだよね」

里実のことは邪険にはできない。また、PCを使ってネットで調べものをしなければいけなくなる可能性は大きい。

「えー、何？　用事って？　それでね、ママが九子ちゃんの誕生日にケーキ焼こうかってさ。その打ち合わせもしたいんだけど」

「誕生日にケーキ？　いいよ、そんなの！　いらないよ、悪いしさ」

九子は慌てて答えていた。里実が母親にケーキを焼く計画をせがんでいる光景が九子の中に浮かんだ。

「遠慮しなくていいって、九子ちゃん」

九子は、この子は幸せなんだな、と里実の顔をまじまじと見た。幸せを切り取って九子に分け与えてくれようとしている。

「いいって、そんなことしないで。いらないんだから、私は」

突き放すように九子は言った。

「……ごめん。面倒だよね、ケーキなんて……。そうだ、九子ちゃん。誕生日プレゼントだったら貰ってくれるよね。まだ、何がいいか決めてないけど、何でもうまくいく魔法の薬だったよね。私、どうにか、するからね」

里実の声にうざったさが増した。

本当は友だちじゃないんだけどな、という言葉が口から出てきそうになるのを抑えた。今日はどうしても抽出実験の最終段階をやりたかった。完成までもう少し、昨日の結果は芳しくなかった。今日こそ実験を成功させたいと願っていた。

「施設に帰って中の仕事を頼まれてるの」

施設という単語を使えば、相手は納得せざるをえない、九子はいつもは使わないこの方法を使った。里実の顔がさっと曇り、じゃあ、仕方がないね、と言って席に戻っていった。

授業が終わって、里実と視線を一回合わせ急いで教室を出た。

走って校門を出ると、公園へと向かった。公園の端にある東屋（あずまや）のベンチに座ると鞄をあける。

九子は、ひまし油の間違った作り方を調べているうちに、トウゴマからリシンを抽出する新しい方法を見いだしていた。それはインターネットにあった高純度のリシンを精製するよりももっと簡単で、中純度程度のリシンを抽出できる方法だ。

九子は薄手のゴム手袋を嵌め、慎重に抽出実験を始めた。道具を並べ容器からトウゴマを取り出す。道具をコンクリートの上に並べる。

皮を剝いて圧縮し脱脂したものを、加水した。そして、手作りした遠心分離機に掛ける。手作りの遠心分離機は順調にトウゴマを分離させた。今度は、クロマト管に浸した。リシンはタンパク質構成アミノ酸で、クロマトグラフィーによる分離は、性能や再現性に優れている。これによって抽出されたリシンは、体重の一キログラム当たりの致死量は〇・〇三ミリグラムとまではいかないまでも、相当な毒性物質となる。

九子は抽出したクロマト管を容器の中に一旦入れる。クロマト管を風で飛ばされないように、身体を風避けにして、リシンが抽出されている結晶の浮いた部分をカッターを使って削ぎ取り、ハサミで慎重に切り離していく。結晶化したものと切り離したものを別の密封容器に移した。うまく抽出されていてくれ、と願うばかりだった。九子は道具類を鞄に仕舞い東屋を離れた。公園には小さな池が掘られ、そこには鮒や鯉が飼われている。九子は池に抽出したばかりのリシンを殺傷能力確認のために投げ入れた。

結晶は水面に一瞬留まると直ぐに溶けながら消えて行った。リシンは投与後、数時間が経ってから症状が表れるので確認するのは翌日になる。九子は鞄を公園の隅の茂みの中で雨に濡れないようなところに隠した。

朝、学校に行く前に公園に寄って、鞄と池を確認する。鞄は同じ状態で茂みの中にあり、池も昨日と同じ状態でのんびりと鯉が泳いでいる。抽出実験は失敗ということになった。

分離は、遠心分離機の掛け方で変わる。今日は授業が終わって、昨日とは違う遠心分離機の掛け方で抽出実験をすることにした。そして、その後に里実の家に行ってネットで他の方法を探してみることにする。

学校に到着して直ぐさま里実を探し、家に行く約束をした。里実は尻尾を振る犬の表情になった。


寒くなってきた公園で抽出実験をやり終え、里実の家に向かった。

玄関を入ると夕飯の支度の匂いが漂っていた。夕食を一緒にと里実の母親が言うのを断った。食べて行きなよ、と里実も誘うが九子は断り続けた。

玄関を開けたときから、幸せな匂いが鼻に引っ付いて離れなかった。リシンを抽出しているときに臭ってきた凶悪なものと一八〇度違うものだった。九子はクイズをすることもなしに、ＰＣを借りた。当たり障りのない理科実験の基本というサイトで、遠心分離機の掛け方をもう一度頭の中に叩き込んだ。そして、早々に里実の家を出た。幸せな匂いから早く遠ざかりたくて夜の道を早足で帰る。


「そんな夕食を食べてしまうと毒物を作っているのが嫌になってしまうかもよ」

　華蓮は哀音を抱いたままPCの前に座った。九子は補助椅子で隣に座る。三人とも施設での夕食を終えていた。

「ここのご飯がまずいとかじゃないんだよねえ、哀音」

　九子は哀音の頰(ほお)を指で軽く突いた。哀音の返事はないけれど口角は上がっていた。

「ここのご飯に愛情がないとも言わない。里実の母親の夕飯が美味しそうだとも思わない。九子はそんなことを考える暇はないんだよねえ」

　華蓮は楽しげに口角を上げた。

「ちょっと食べたかったけどね」

　感情が奥底から揺れているのを感じていた。母親とその恋人を毒殺するため頭を絞っている自分には、あの幸せの匂いは堪らない気持ちにさせた。華蓮は、怯(ひる)みそうになる九子に対して「大丈夫、できる」といつも背中を押してくれた。

　毒物は弱者の道具である。非力な女が、どれほど訓練を積んだとしても素手や警棒を握ったぐらいではプロレスラーのような巨漢の男を叩き伏せることなどできない。

毒物や拳銃、ナイフなどが必要で、拳銃などは物理的に人差し指を二、三センチ移動させるだけで殺せる。しかし、その指を動かすことが難しいのだろう。

人を殺すのは腕力ではない。もっとも必要になるのは精神力なのだ。九子の行為は犯罪で、いかに瑠美子が駄目な人間であったとしても、そこに社会的な正義はない。しかし、華蓮は九子のことを心配し応援してくれている。

実験を繰り返し苦労することで毒殺する勇気を培っているような気さえ九子にはしていた。


早朝にまだ薄暗い公園に九子は着いた。連日の早起きで少し眠たかった。冷たい朝の風が秋の深まりを感じさせ、東屋の中を吹き抜けていた。昨日、抽出実験をしていたクロマト管を密封容器の中から取り出した。抽出実験は四回目になっていた。

昨日は新しく抽出したリシンの入った密封容器を手にして、池を覗ける手摺の前に立った。蓋を開けようとしたとき、目の先に違和感を覚えた。

九子は手を止めて目を凝らした。何が起こっているのかわからなかったが、次第に目の先、池の水面を覆い尽くすほどの大量の鮒や鯉が腹を向けて浮いているのだとわかった。

小さな叫び声を上げた。

リシンは投与後、数時間が経ってから症状が表れる。数日の間、リシンを池に投与し随分と観察していたが、何の変化もなかった。しかし、いま、目の前には腹を向けた鮒や鯉が累々と浮かんでいる。やっと成功した。昨日の抽出は十分に成功していたのだった。

ぴょんぴょんとジャンプしたくなるような気持ちだった。これで、次の段階に進める。

事件二〇日前

九子は学校帰りに、残りのトウゴマの半分を使って慎重にリシンを精製した。ひまし油もあとで使うのでペットボトルに入れ、抽出に成功したリシンとともに公園の片隅に保管した。

公園から施設までの道すがらリシン抽出の喜びを感じながら、また、考えなければいけないことが目の前に現れて、九子は頭を絞りながら歩いていた。

リシンの致死量の算出をしなければならない。

抽出され精製されたリシンは、白に近い灰褐色の粉状で、無味無臭である。水に対しての溶解性があり、煮沸した場合や、熱処理した場合には、リシンの毒性は不活性化してしまう。正確な精製によって純粋なリシンが抽出された場合、致死量は体重一キログラムに対してリシンは〇・〇三ミリグラムとなる。

九子の作ったリシンは、池の鮒や鯉はすべて腹を表にして浮かんだので毒性は相当にある。しかし、素人が、しかも手製の実験用品で抽出したもので、正確な致死量はわからない。ある程度の致死量を算定しないと毒殺用のものとしては使えない。しかも、致死量は使用方法によっても変わる。リシンの致死量、体重一キログラムに対してリシンは〇・〇三ミリグラムというのは、注射器で血管に直接リシンを注入し、リシンがすべて細胞に吸収された場合である。食べ物や飲み物に混入させた場合には致死量は増えることが考えられた。


「……どう思う？　華蓮さん」

またもや困ったときの華蓮頼りになった。九子は問題を話した。

「注射器は使えないの？」

「注射器は、補助的な役割のために購入するつもりではいるんだけどね。リシンは経口摂取より注射器で血管に直接入れるか、霧状にして吸わせる方が殺傷能力は高くなるんだって。注射器ならいまの状態のリシンで、致死量の算出はしなくても大丈夫なんだろうけど」

「注射器って簡単には買えないでしょう？　覚醒剤とかの問題もあるし」

「医療用の注射器は購入できないと思うよ。でもね、いろいろ調べると、プラモデルを作るときに細かい部分を接着するときに簡易注射器に接着剤を注入して作業するんだって。その簡易注射器なら模型店で簡単に手に入るから、それはもう買ってある。悪用防止のために注射針の先端は尖っていないから、サンドペーパーで削れば、人体用の注射針と同じように血管に突き刺さると思うよ」

「よく調べてんね。でも、注射器は補助的なものでしかないね。注射器を使用するとなると、相手を抵抗できなくしないといけないし、証拠が残りやすく危険が増してしまうな。経口摂取で効きが悪い場合に、注射器を使うってことじゃない？」

華蓮は、哀音の頭を撫でている。

「やっぱり、経口摂取だろうな……。リシンは、無味無臭って言われているけれど、刺激があるかもしれないから炭酸飲料に混ぜるといいらしいんだけど、そうとなると、致死量の算出は重要だよ。やっぱ人体実験しないと……」

様々な人間の顔が九子の脳裏に浮かんだ。

「哀音は駄目だよ！」

華蓮は九子の視線を追ったのか直ぐさま反応した。ちらっとだけ哀音の顔が頭を過っていた。華蓮は哀音を愛おしそうに抱いた。

「そんなことしないよ。可哀想じゃん」

九子は慌てていった。

「可哀想とか、そういう問題じゃないのよ、九子。池に浮いた鯉とか鮒では駄目なの？　あんたの作ったリシンは殺傷能力はあるのよ」

「駄目、致死量は重要。どれだけ正しくリシンが抽出されているかわからないと、失敗するよ。私は人体実験したいけど……西野だったら？　三塚だったら？　致死量は絶対に知らないと失敗するのよ。私はその二人が死んだってかまわない」

「そういう問題じゃなくて、捕まるでしょう？　そっちの危険を考えないと。実際に致死量を計るのはどうやるの？」

「図書館で毒物などの致死量の算定方法を調べていたんだ……」

九子は話し始めた。算定法は動物実験が主なようで、一キロの重さのモルモット一〇匹に致死量と推定した量の薬を与え、一〇匹のうち五匹が死亡した場合、それが致死量となる。そして、人間に換算する場合は、体重六〇キロとしてモルモット一匹に与えた量の六〇倍に算定する。とあるが人間に関しての致死量の算定は数字通りにはいかないらしく、そのときの体調、解毒する分量の個体差、当日の場所の環境等で変わる。それは一〇匹中五匹の死亡というギリギリの数量を推定していくしかないようだった。正確な致死量を割り出すには、相当数のモルモットが必要なようで、それは九子にとっては金銭的にも時間的にも不可能なことだ。

「モルモットは無理ね……。だったら野良猫とかは？」

「快楽殺人の犯人って、人を殺すために野良猫とかで練習するのよ、私はそんなのと一緒にされたくないし。猫は西野や三塚よりも可哀想に感じる」

「それは自分が捨て猫みたいなもんだから？」

華蓮は困った顔だった。

「そうかもしれないな、西野の犬だって、西野より可哀想に思うもん。ねえ、華蓮さん。西野を使って、一回限りで、死なない程度にリシンの効果を試せる方法を考えることにするの。死なないぎりぎりの線というところを考え、致死量の推定するの、これは？」

「まったく駄目。もし死んだら事件になる。死ななかったとしても救急車で運ばれたりしたら、事件になるでしょう。それと、一番大事なのは、さっきあんたが言ったことと、同じ、人体実験した瞬間に、快楽殺人の犯人と一緒だよ」

「でも、少ないと死には至らない。経口摂取でも多すぎるとバレてしまう……。致死量の算出は〇・何ミリグラム単位の正確さは必要なんだよ。やっぱ、実験するしかない？」

「でもじゃない！　人体実験だけは駄目！」

華蓮は絶対に認めない、という強い表情になった。哀音が驚いた顔を九子に向けた。

「わかったよ……。人体実験はやらない……でも、致死量だけはちゃんと知りたい」

「うん、私も考えておくから……」

夕食の支度が出来た、という声が聞こえ華蓮は黙った。華蓮は哀音を膝から降ろすと手を繋いで歩き出した。金属音が響く……九子も手を出すと哀音は手を伸ばして来て手を握った。

食堂に入るとほとんど全員が席に着いていた。九子たちが座ると食事が始まった。華蓮は哀音の世話をするので小さい子どもたちの座る席で、九子は離れたところに座っている。佐伯や他の先生も座り、子どもたちに学校であったことなどを訊いている。

九子の頭の中は華蓮の言った実験という言葉が大きく占めていて、夕食の会話になど参加できるはずもなかった。夕飯を口に運ぶけれど、ほとんど味なんてしなかった。

肩を叩かれ、驚いて振り返った。華蓮が立っていた。華蓮は無言で九子に折り畳んだメモを渡すと席に戻って行った。九子はメモを開いた。

『西野の家に飼われているアロワナ。私たちは猫も犬も食べないけど、魚は食べるのよ。勿論、西野は食べないけどね。魚だったら、どう？』

華蓮の丁寧な文字があった。九子は思わず声を吹き出してしまった。実験に使う基準を、可哀想にしてしまうとどんな生き物も手が出せなくなるけれど、食べるかどうかに置き換えれば、基準の線は見えてくる。

た。

その手があったか、と九子は頷きながら華蓮を見た。華蓮は遠くで声なく笑ってい

事件一九日前

アロワナは、成魚になると体重約五キロから六キロになる淡水魚、実験するにはもってこいの個体だった。一〇倍すれば人間の体重になり、魚を食べる日本人だからなのか、可哀想という感覚はない。しかも、西野の持ち物というところも九子を納得させた。

人間の一キロあたりの致死量〇・〇三ミリグラムとして、その六倍のリシンを水に溶かし、注射器に詰めて蓋をした。

西野の家に行く算段をつけた。

「私が西野を外に連れ出すの？」

里実は九子の部屋で声を上げた。里実と二人で西野の家に行き、里実に西野を外に連れ出してもらうという計画だった。

嫌がるだろうとは思ったけれど、九子は里実にサービスをしたんだから、それぐらいのことはやってもらわないと、と思っていた。サービスとは施設の中に入れてあげることだ。施設に来るか、と電話で訊いたときは、ちょっと弾んだ声を出し、興味

津々の視線を施設の中に行き渡らせた。横にいて、楽しんでいるのがわかる。

里実の視線は、視察と称して、たまにやってくる大人たちの視線と同じだった。視察に来る大人たちは、税金が児童福祉に正しく使われているかをチェックしているのではない。普段、見ることのない場所を見学する楽しみ、それは動物園ではなく、少年院や刑務所などの人間を閉じ込めた特殊な場所を見る楽しみだ。そして、可哀想な子どもを見て同情したつもりになって、自分が少しでもいい心を持っていることを確認しに来ているんだ。他人の生活スペースにずかずかと入ってきて、子どもの食事時間に、何を食べているの？　なんてことを訊きながら背後から覗き込んでくるような大人は、人間のレベルが低いと九子は思っていた。

「お願い」

九子は手を合わせて頭を下げた。里実には、西野が九子のことをこっそり写真を撮って、それを仕舞い込んで渡してくれないので、こっそりＰＣを開いて画像を消去したい、というふうに話していた。

「連れ出すのはいいんだけど、西野と何を話せばいいの？」

「私のこと、どう思っているかって訊いてくれるといいよ。そうだ、私が西野君のこと好きみたい、って話したらいいよ」

九子が言うと、里実は苦笑した。

「すごいね、九子ちゃん。目的のためとはいえ、西野みたいな奴のこと、嘘でも好きだって言えるなんて、アイドルの子みたいだね」

里実は、たまに鋭いことを言ってくる、と九子は里実のことをまじまじと見てしまった。

「笑顔でキモヲタと握手してCD買ってもらうみたいなもん？」

「それ、それ！　可愛い顔して、それがやれるってのは、九子ちゃんはアイドルになれるよ」

「馬鹿らしい。里実ちゃん、じゃあ、マネージャーみたいに働いてね」

冗談めかして九子が言うと里実は、共犯者が面白がるような顔になって「了解」と言った。

「……さっき挨拶した華蓮さんって、すっごい美人だね。あっちは女優だな。でもさ、全然喋んないんだね」

里実は訊いてきた。華蓮に学校の人間を会わせたのは初めてだったが、華蓮は目を伏せて恥ずかしそうにしていた。

「すっごいシャイだから、私としか喋んない」

「でも、すっごい綺麗。もしかして、九子ちゃんのお姉さん？」

「たまに言われるけど違うよ。似てるかな？」

「華蓮さんが抱いてた哀音ちゃんも美人候補で、年の離れた三姉妹みたいだね。美人って顔のバランスが似るのかな？　他に三人の共通点ってある？」

「……そうだなあ、三人とも虐待されてたってとこかな」

九子はちょっと意地悪したい気持ちになって言ってしまった。すると、里実の目は、驚きからか大きく見開かれた。

西野は、まんざらでもない顔をしていた。部屋に女の子が二人も来るなんてことは生まれて初めてのことなのだろう。九子は、西野の部屋にある自慢のものを褒めて――アロワナに関しては軽く触れるだけで――里実に紹介した。里実も心得ているのか、大仰にスニーカーなどをカッコイイなどと褒めていた。

「あの犬も血統書付きの犬らしいよ」

九子は、里実に言った。西野の屋敷に入るとき、九子と里実は歯を剝き出して吠えられた。

「すごいよね。あの犬って西野君が買って貰った犬？」

里実が話を合わせてくれた。

「まあね。俺が小学校の頃に、映画に出演した同じ種の犬を褒めたんだ。そしたら、誕生日の朝に俺のベッドの中に子犬のあいつがいたんだ」

西野はその日の光景を思い出すかのように目を閉じた。九子と里実は口を曲げて顔を見合わせた。朝、学校へ行こうと施設を出たところで、電信柱の根元に、酔っ払いがゲロをぶちまけているのを見てしまったときのように、苦いものが上がってくるような気持ちにさせられた。

「誕生日ねえ……西野君のおふくろさんが、用意してくれたんだ」

九子は半笑いの顔で嫌味を言ったが西野には届かないようだった。

「……か、オヤジかもしれない。そうだ、深津。おまえの誕生日がもうすぐだったな？　俺がおまえにスペシャルなプレゼントをするよ。何がいい？」

西野は相当に機嫌が良いようだ。吹き出しそうになるのを九子は堪えた。九子の頭の中では「僕が君に、ママから貰ったお金で超豪華なお誕生日のプレゼントを買うよ」という音で再生された。

「九子ちゃんの欲しいものは、お金で買えるようなもんじゃないのよ。わかってないね、西野君」

里実がからかうように言った。

「何だよ、それ？」

「何でもうまくいく魔法の薬だってさ。西野君には用意できないよね」

里実はいじわるな顔になった。下僕と心酔者が張り合っている。

「誕生日なんかどうでもいいよ、もう」

九子は西野が気を悪くしないようにと話をそらした。

相当に西野の気分を良くしたところで、里実が西野を外に連れ出した。

部屋の中が静かになった。九子は水槽の前に立った。アロワナは水槽の中で照明を浴び輝いている。金属質に見える鱗が動きに合わせて光を反射し硬そうに見せていた。

注射器の針の蓋を取り水槽の横に置く。ブレザーを脱ぎブラウスの袖を捲った。水槽上部の覆いを外して網を手にした。

アロワナはゆっくりと泳いでいる。網を音を立てないように水に沈める。アロワナは、網を下から持ってきて静かにすくい上げると暴れない、と調べていた。

九子は網をアロワナの下に移動させゆっくりと持ち上げる。アロワナの身体は網の中で横になり水面まで上がった。注射器を握る。リシン入り水溶液が針先から玉になって溢れた。針を銀色に輝く鱗に近付けた。そこで九子の手が動かなくなった。躊躇しているわけではない。緊張なのか、いや、それは、生きているものの命を奪う、というのは恐いことなのだ、とあらためて気付いたということなのだろう。人間には、してはいけないことがある。人の物を盗んではいけない、生き物を殺してはいけないなど、戒めは身体に刻まれている。それを破ることへの恐怖が身体を固めてしまう。

あと数センチ針を進め、押し子を押すだけで終わるのだが、それが境界にある壁のように立ちはだかっている。

アロワナは、網の中に身体を横たえている。こんなことで狼狽えていてはいけない、九子は「負けるな、負けるな」と呟いていた。

目を大きく見開き針を刺した。アロワナの身体が僅かに震えた。押し子を一気に押してリシンを注入した。

網からアロワナを出し、水槽の蓋を戻した。九子は身体の力が抜け、その場に座り込んだ。水槽の中のアロワナは鱗を輝かせながら悠然と泳いでいた。

事件一八日前

九子は朝一番で学校に行って西野を待った。平気な顔で通学してきたら、失敗ということだ。教室で生徒たちが登校してくるのを見ていた。想定したリシンの致死量が正しいかどうかの合否を受ける気持ちだった。

里実が登校してきた。里実は、昨日のことの進展はないのか、とあれこれ聞いてきた。里実の携帯で西野にメールを打って様子を伺おうとしたときだった。西野が教室に入って来た。

西野はいつもと変わりがないように見えた。西野は教室の中を見回し、九子たちに向かって怒った顔で向かってきた。

「深津……」

西野は九子に顔を近付けた。

「どうしたの、西野君？」

里実が興味津々の顔を向けた。

「アロワナが……」

西野が言った瞬間、九子は強い力で西野の腕を引っ張った。里実に、こないで、と言うと西野を引き摺るようにして廊下に連れ出した。

「どうしたのよ？」

「今朝、アロワナが死んだんだ……。おまえ、何かしてないよな？」

西野の目が、少し潤んでいるように見えた。

「アロワナ？　何それ？」

九子はとぼけた。

「見せただろう？　俺が部屋で飼ってる観賞魚……。今朝、死んでた。ものすっげ注意して飼ってたから……、昨日、変わったことって、おまえら来たことだし……」

「何それ！　私たちが何かしたっていうの？　あのでっかい魚に？　疑いかけるってひどくない？　知るわけないじゃん」

捲し立てるように言うと、気圧されて西野は「ごめん」と謝った。九子は実験の成功を実感していた。

「それで、その魚はどうして死んだの？」

「わからないから、疑ったんだ」

「わからないって、それでよく私を疑うよね。死んだ状態とか、どうだったのよ。どんな感じ？　私がナイフとかで突き刺した痕とかあったの？　病気なんじゃないの？」

「病気だろうな……。胴体の横のとこの鱗が剝がれて、爛れて色が変わってたから……。やっぱ、病気だな、疑って悪かったよ」

西野の言葉に九子は心の中で「よしっ」と声を上げていた。注射痕は残る危険性があることが判明したからだ。これが人間なら一瞬にして事件として扱われてしまうだろう。

「ねえ、西野君。ちゃんとその魚の処理した？」

「処理って？　何でそんなこと訊くんだ？」

「魚が病気で死んでたとして、それを犬に食べさせたりすると、あの西野君を馬鹿にしている犬も死んじゃったりするかもしれないからね、もし、そうなったら可哀想じゃん」

「そんなことするわけ、ないだろう！　ちゃんと庭に埋めたよ！」

西野は涙を溜めて怒鳴った。

「逆ギレ？　そうだ西野君、昨日里実ちゃんが話したのは、本当は私のことじゃなくて、里実ちゃんのことなのね。あんたみたいな逆ギレ男のこと好きになるわけないじゃん」

九子はそう言って西野を廊下に残して教室に戻った。里実が心配げに見ている。

「どうしたの、西野？」

「馬鹿みたい。男の子って情緒不安定で嫌ね。あいつが飼ってたアロワナって魚が死んだのを私のせいにしようとしたの。本当に馬鹿、あいつ……生理なんじゃない？」

九子が笑うと、里実はほっとした笑顔になった。

「あの魚死んだんだ。それで西野が変になるんなら、あの吠えてうるさい馬鹿犬が死んでたらどうなったんだろうね」

里実は珍しく意地悪そうな顔で笑った。

「私もそう思う」

九子は笑いながら里実と一緒に教室に戻ってきた西野を振り返った。視線を感じたのだろう、西野はさっと目を伏せた。

実験は相当な結果を残してくれた。一〇倍にすれば成人の致死量になる。致死量の算出が正解だったということが、この実験でわかった。これは大きな前進だった。

「アロワナって、華蓮さんの助言は最高だったね」

九子はメモをもう一度見ながら言った。

「最高の実験になった。アロワナは少し可哀想なことしたけれど、西野は、どうせ、また、親に甘えて新しいアロワナを買ってもらうんだよ」

華蓮は声なし笑いだ。

「これでリシンは完成したんだね、華蓮さん」

「よく頑張ったよね。致死量もわかったし、後は、決行日とアリバイ工作を考えるんだね……。それと忘れてたけど、リシンと実験道具を公園に隠しているのは危険だと思うよ。実験は成功したわけだから毎日公園には行かないんでしょう？　移動させないと」

「ここに持ってくる？」

「ここは止めた方がいいよ。詮索好きな子も多いし、園長先生って理系だから見つかったらやばいよ。こんなときは、便利な里実でしょう？」

「でもさ、これ何って訊かれたら、なんて答えるの？」

華蓮はしばらく無言になって考えていた。

「自作の化粧品かな、まだ作りかけだからって答えれば？　それとひまし油はマッサージ用だって。そんなもんを施設に置いとくといろいろとまずいから、置かせてって。それで出来上がったら使わせてあげるからって付け加えとけば、大丈夫じゃない？　中身見たって、リシンの見た目は片栗粉みたいだから、何かわからないよ」

「でも、危険じゃないかな？　数グラムで人が殺せるんだから……」

「あのさ、九子、あんた馬鹿じゃないの？　作りかけの自作の化粧品だよ。そんなもんを勝手に顔に塗りたくったり、口に入れてしまうような危険回避能力がない女の子は死んでもいいよ」

　華蓮の答えは正解過ぎて、九子は大笑いしてしまった。

第六章　事件

事件八日前

九子は図書館で『英国アフタヌーンティーのクッキー』という本を借りて帰った。明日はクッキー作りをやることにした。

「リシンは、どれくらい入れるの？」

九子が強力粉と薄力粉の小麦粉の分量をキッチンスケールで計っているときに華蓮が後ろから訊いてきた。

「難しいところだけど、クッキー生地に混ぜ込んで焼くことで効果は減少するけど、ちょっと考えが変わったんだよね」

「どういうこと？」

「クッキーに溶かしたチョコレートをかけてコーティングするの。そのチョコレートに混ぜればいいんだって思い付いたの。だって、チョコレートの融点は低いでしょう。

湯煎で五〇度もあれば溶けてくれるから、溶けたチョコレートに混ぜれば、リシンに損傷を与えることはないってこと。ヒャッキン（百円ショップ）で買うクッキーにリシン入りチョコレートをコーティングすればいいんだけど、途中で思い付いたし、材料を買っちゃったからクッキーは焼くけどね。後で一緒に食べようよ」

そう言って九子はクッキー作りを始めた。急に思い付くこともあるもんだ。瑠美子の体重は約五五キロだ。体重一キロ当たりのリシンの量は、〇・〇三ミリグラム。溶けて四五度ぐらいになったチョコレートに混ぜ込めばいい。

一時間後、土曜の昼、華蓮と哀音の前にチョコレートコーティングしたクッキーを皿に盛って出した。華蓮は怪訝な顔でクッキーを眺めていた。

「大丈夫、このチョコレートにはリシンは入ってないから」

九子はリシン混ぜ込みチョコレートクッキーを入れた透明収納袋を見せた。安心したのか、華蓮はクッキーを摘むと哀音に持たせ、自分は一口でクッキーを食べた。

「パティシエは向いてないかもね。ぽそぽそで寒々しい味だけど、自然食品店に売ってるものって言えば食べられないことはない」

華蓮の声なし笑いはなく、哀音は無表情にチョコレートの部分だけを食べようとしていた。九子も味見したが、華蓮と同じ感想をクッキーに対して持った。

「美味しさは求めてないからね。出来合いのクッキー買ってリシン入りのチョコレートコーティングしたものの方がいいかな？」

「いいよ、その手作り感が大事なんじゃない」

華蓮は、透明の収納袋に入ったリシン入りチョコレートコーティングクッキーを見ながら言った。様々なものが決まり、計画はスピードを増して進んでいく。

九子はリシンの入っていないクッキーと、自作のひまし油の小瓶を一本持って瑠美子の家に向かった。里実も同行することになった。

着々と計画は進行している。瑠美子は、いつも暇そうにしているけれど、予定をつけるのが難しく、何度かのメールと電話のやりとりで部屋に行く約束を取り付けた。

瑠美子はいつものようにピザをとってくれた。歓待している様子はないけれど、瑠美子が嫌だと思うのなら断るだろう。ようするに暇なのだろう。ネイルをするのが好きなようだけれど、人間には足も含めて二〇枚の爪しかない。家事は極力やろうとしないので、爪が傷むことは少ない。

九子はピザとコーラの並んだ横に、皿に盛った手作りクッキーを置いた。

「瑠美ちゃん。クッキー作ってきたんだよ」

洋一は仕事でいなかったけれど、九子も里実もチャン付けで呼んでいる。

「うわあ、チョコレート駄目な人なのよ。憶えてくれてなかったの？」

瑠美子は大袈裟に驚いた。

「チョコレート嫌いだったの？」

朧げな記憶の中で、瑠美子は好き嫌いが激しかったのを思い出した。そのせいで九子は施設に入って初めて食べた食材がもの凄く多かった。

「嫌いってほどじゃないんだけど、ニキビが出来る体質だから食べないようにしてるのよ。チョコレートが駄目っていうとみんなびっくりするのよ」

瑠美子は不吉な物を見るような視線をクッキーに送り、人差し指で皿を押しやった。里実がその一連の動きを見ながら呆気に取られているのが九子にはわかった。

子どもが作って持ってきたものを、どうでもいい理由で邪険に扱うのは、そうそうできることではない。瑠美子は意地悪でやったのではなく、九子の気持ちを汲むことなど考えにないということだろう。九子はクッキーを自分の方へと引き寄せた。里実は気を使ったのかクッキーに手を伸ばして「食べていい？」と九子に訊いてきた。

まさかチョコレートが……九子は前準備のつもりで、クッキーを持ってきていた。もし、これが当日にリシン入りのもので、どうでもいいような理由で拒否されていたら、計画は台無しになってしまっていた。これは運が良かったといえるのだろう。

マッサージとダイエットに使えるひまし油は、瑠美子に好評だった。美容に関することなら何でも取り敢えずは食い付く性格だ。今度、ひまし油ダイエットの本を持ってくるというと、本を読むのは面倒だから、あんた読んで内容を教えて、と言われた。こんな考えは九子の中にない。もしかすると、瑠美子の血の繋がった子どもではないのでは、とさえ思えるほど違っていた。

たいした話をすることもなく、瑠美子のどうでもいいようなネイルと美容の話を聞き、だらだらとつまらない時間を過ごした。瑠美子はいったい何を面白いと思って生きているのだろう。人生の目標とかを持ったことはあるのだろうか？　そんなことを九子は頭に浮かべていた。

どこか自分の周りに透明の膜が張られその中に押し込められて、外の風景を眺めている感覚に九子はなった。その膜は、瑠美子の姿を薄くし平べったく見せていた。近頃、瑠美子と会うようになってから、毒殺しようと思ってることが薄れたりしているのだろうか……。再会してからは、瑠美子がネグレクトであるとかは、関係なくなった。準備のためなんだろうが、瑠美子の所に遊びに行って、少しは楽しい時間とかを過ごしたんだろうか……。

いや、違う。再会して本当に深く殺意を感じるようになっていった。九子は大きくなった。暴力を振るわれることもなくなったし、嫌なことを言われることも、たまにあるけど、子どもの頃に比べて極端にすくなくなった。だから、憎しみが大きく増すことはない。しかし、どこか、変な感じだ。それは、殺意と憎しみってものが違うっってことだと九子は思った。

憎しみは、それほど持続しない。人を憎み続けているだけだと、無駄に時間が流れていくだけだ。しかし、殺意というのは、九子にとっては、目標に向かっていく過程にあるものだったんだと思えた。目標に向かっているときは充実する。憎しみなど忘れて、殺意だけが膨らむ。殺意は、計画を進めて行く力みたいなものなのかもしれない。

まだ、子どもだからなのかもしれない。社会生活を営む大人であるなら、善悪とか、他の目標とかの邪魔な考えが入ってきてしまう。人を殺すことは、簡単なことじゃない。根本のところでは、殺さないでいられるのなら、それに越したことはない。頭ん中が引っ掻き回された快楽殺人犯でない限り、人を殺したくてしょうがないという気持ちは人間には元来、備わってはいない。肉食の動物が、小さな動物を捕まえて殺して食べるのとは違う。生まれながらの人殺しはいない。

九子は毒殺することを目標にすると決めた。ただそれだけのこと。いま、九子は、目標に向かって闇雲に努力している。生活すべてを、そのために費やしているようなもんだった。

もっと有意義なことを目標にしたかったたな、と九子の頭の片隅に、そんな気持ちはある。目標に向かって突き進む努力は楽しいものだ。突き進む才能は九子にはあるのだろう。

しかし、ネグレクトの母親が、せっかくの九子の才能を違う方向に向かわせてしまった。

里実をアリバイ工作に使うことが頭を過る。計画を話して加担させるのはとても危険だろう。それでは計画を知っている華蓮なら、と思うが、親しい人間のアリバイ工作は、真っ先に疑われてしまう。誰かに嘘を言うことを頼むのは、アリバイ工作が崩れる一番の原因だ。

計画し用意し、実行するのも責任を取るのも一人なんだ。映画や小説では、アリバイ工作には、第三者を使うけれど、そのほとんどが第三者の失敗によってアリバイが崩れる。だから、一人でやれるものを考えるしかない。第三者を使うのなら計画を知らせずに騙して、アリバイ工作に加担させるしかないだろう。里実は、そういう使い方なら適任だ。

フィクションではない現実での事件での目撃証言を調べていると、それはとても曖昧であることに気付いた。

交通事故の目撃証言などでも、年配の専業主婦にとっては、車種などわかるはずもなく、車体の大きさなども正確には記憶されていない。ひったくり事件などで、被害者による加害者風体の証言などは、事件の恐怖や先入観から相当に被害者の独断的な印象になっているのはよくある話で、実際の事件では、目撃証言によって捜査が混乱することも多くあるようだった。がちがちにアリバイ工作すればするほど怪しく見え、そこに作為を感じさせることの方が危険になる場合もある。

いろいろ考え、九子は、地域の図書館に的を絞った。いま、毎日のように学校の図書室と地域の図書館に通っている。アリバイは、図書館のあやふやな第三者の記憶、証言を使うのは、どうだろうと考えた。偶然、瑠美子によって髪を切られ、九子と里実は後ろ姿はそっくりになった。九子と里実を錯覚させ、曖昧な記憶を植え付けさせることはできないだろうか……。それくらいのアリバイ工作の方が現実味はあるんじゃないか、と九子は思っていた。

九子はアリバイの下準備として、善寺川学園の制服を着て髪が極端に短いマスクをした女の子が、毎日、図書館に通っている、という事実を作った。

そこで働く人間たちにそれなりの印象を残すことになるだろう。マスクと短い髪の顔を印象付けるために図書館司書に本の質問を――この場合は毒物ではなく、天文学に関するものや推理小説系ではない小説など――何度も行うこと。顔馴染みになるのにそれほど時間は掛からず、本好きの子という認識を持たれるようにする。図書カードによって名前なども記憶させられればいい。

アリバイの必要な日には、九子が図書館に来ていたような気がすると第三者に証言させることができれば、それは立派なアリバイになる。現実の世界では、何時何分に、あそこにいたなんて、すらすらと答えられるアリバイの方が嘘臭い。人間の記憶なんて朧げで整理されてはいない。確かいたような気がする、というくらいでも十分に通用するだろう。

里実を騙してその時間帯に図書館に行かせる、というのは、なかなかいいアリバイ工作になると思えた。里実の部屋にあった法律関係の本の中にあった善意の第三者を仕立て上げる。

「チョコレート食べられないって……変な女。チョコレート駄目って言うとびっくりされるって？　馬鹿じゃないの……私、変わってますってアピールなだけじゃない？　本当、嫌な女、瑠美子って」

華蓮は珍しく鼻に横皺を入れた。相当に嫌だと思ったのだろう。膝に乗っている哀音が少し驚いた顔をして九子と顔を見合わせた。

「お母さんはそういう人なんだから……」

「クッキーが却下なら、何にするつもり？」

「炭酸にしようかと思ってるの。二人とも好きだし、お母さんの中では炭酸が流行りみたいだから」

「それはいいね。リシンは水溶性だったよね、確か」

「冷たければ変質もしないから湯煎したチョコレートよりいいと思う」

「アリバイ関係も決まっていく……。次は決行の日を決めないとね。いつにするのか決めてんでしょう？　洋一もいる日を選ばないとね」

「一〇月二二日の土曜にしようと思ってる。明日、お母さんのところに行って、二二日が、駄目ならそれ以前が大丈夫かどうか訊きにいく。それでオーケーだったら決定する。もし、その日が駄目だったら前倒しにするつもり」

「九子の誕生日の前日か……。やっぱりその日しかない」

華蓮は、真っ直ぐに九子を見ていた。

「二三日、〇時の時報を聞いたときには、私は一つ歳を取っている」

「九子にとって重要な年齢になるんだね」

華蓮の言葉通りに、九子にとってはとても大事な年齢を迎えることになる。

二三日〇時の時報を聞いて九子は一四歳になる。

『責任年齢　第四十一条　十四歳に満たない者の行為は、罰しない。』

一四歳未満の少年に刑罰を科さないのは少年法の規定ではなく、刑法の規定によるものだ。一四歳に満たないで刑罰法令に触れる犯罪を犯した者のことを触法少年という。

一三歳の九子にとって、この有利になる法律のことを知ったのは、里実の少年犯罪の主犯と従犯のクイズからだった。九子は確認のため里実の部屋で六法全書を捲(めく)った。この一文があったとき、その一文は輝いて見えた。もし、九子が何らかの失敗をして捕まっても、触法少年であれば罪には問われないんだ。九子にとってこの一文は、計画に向けて背中を強く押した。

九子は自分の部屋に戻った。作業をしなければならない。まだ、すべての道具は揃(そろ)っていない。

トウゴマからひまし油を抽出する方法が書かれた本、ひまし油を使ったダイエット本、ひまし油マッサージの本を机の上に出した。全部、古本屋かブックオフで買ったものだ。

何度も読んだようにページを捲った跡を作り、アンダーラインを引いた。付箋(ふせん)を貼り、使い古した感じにする。そして、九子が触ったであろうページのすべてを丹念に拭(ふ)き指紋を消した。

夜遅くまで作業し、早朝に起き、逆方向のがら空きの電車に乗って里実の家へ行った。

預けていたものの中から必要なものを取り出した。致死量は算出できたので補助的に考えていた注射器で水に溶解させたリシンを射つ、という案はなくなった。注射器は里実の家に置いておくことにした。様々なものを背中に背負う大きなバッグに入れた。

里実の母親が、朝食がまだだったら、里実と一緒にどう？　という問い掛けと、まとわりついてくる幸せの香りを断ち切って、九子は里実より先に家を出た。今度は満員電車に乗って学校に向かった。体育館の裏で、作業を始める。トウゴマから抽出したひまし油と、その途中段階のものを作りタッパーに保管する。それと、瑠美子が搾油したことにするひまし油を貯めたペットボトルの中に、リシンを僅かの水に溶かし込んだものを注入し、ペットボトルを強く振って乳化させておく。水溶性であるが、リシンは完全に混ざることはないようで、透明感を失ったひまし油の中にリシンは確実に入り込んだ。

あくまで、瑠美子がひまし油ダイエットやひまし油マッサージのためのひまし油を安易に作って中毒事故を起こしたという偽装のためだ。安易にトウゴマからひまし油を搾油することによってリシンが生成されてしまう事故は何件か発生している。

出来上がったものと本と一緒に瑠美子の家に持っていくことになる。まだ、決行当日ではないけれど、少しずつ瑠美子の家にひまし油関係のものを増やしていく。

事件六日前

三塚が黒板に数式を並べている。チョークと黒板が擦れ合う乾いた音が心地よく、九子の眠りを誘った。ここのところ、欠かさなかった予習復習はまるでやってなかった。授業中も考えごとが多くなりぼんやりしてしまう。

「深津、どうしたんだ？」

三塚の声が遠くに聞こえた。居眠りをして注意されたのは初めてだった。計画を進めている最中の生活の変化は極力見せないようにしなければいけない。

「すみません……気分が悪いんで保健室行ってきていいですか？」

三塚は教壇から降りて九子の横に立った。

「行ってこい。近頃、上の空のときがあるぞ。深津、大丈夫か？」

そう言うと三塚は九子の肩に手を乗せ、周囲にわからないように強く握った。九子は返事もせず席を立った。

廊下を歩きながら、お腹を小刻みに引っ込め腹式呼吸を素早くやる。これは先輩に教わったずる休みをするときの方法だ。しばらくすると身体は芯の方から暖かくなって脈拍が上がる。施設や保健室の先生は必ず最初に額で熱を計る。たまに脈を取る先生もいる。体温計を渡されて脇に差す、様子を見ながら体温計を抜き出しその先をデコピンの要領で人差し指の爪で数度弾く、簡単に三八度ぐらい目盛りは上がる。このとき、一分間息を止める。息を始めるときに、静かに行うのがコツで、額は、また、ある程度の温度になっている。

一人になって頭と身体を休めたかった。まんまとカーテンで仕切られたベッドを独占することができた九子は、目を閉じると直ぐに眠ってしまった。

どれくらい寝たかわからない。九子は身体の芯がむず痒いように感じ、微かに目が覚め始めた。薄目を開けると、三塚がベッドの横に座っている姿が像を結んだ。少し前屈みになり、片手が布団の中に入っている。三塚の掌が九子の片方の胸の上でゆっくりと動いていた。むず痒さが鳥肌が立つほどのおぞましさに変わった。身体を無惨に扱われている。九子の身体は驚きでぎゅっと固まり動かない、拒絶の声を発することもできなかった。九子は目を瞬かせ焦点を合わせた。三塚の視線は布団の中の九子の乳房に注がれている。気付かれないためだろう、三塚の掌は九子の乳房を鷲摑みにするのでなく、乳房の形を確認するように触るぐらいの強さで動いていた。

身体の一部分が、男が喜ぶ道具にされていることに九子は我慢がならなかった。おぞましさは怒りに変わった。怒りは声帯を柔らかくした。

「やめてください……」

三塚は声がすると布団から手をさっと引いたが、一瞬見えた三塚の掌は九子の乳房をなぞった形のままだった。

「具合はどうだ?」

三塚は無表情になった。とぼけているというより確信犯の顔のように見えた。暴力を振るっているときに平然としている大人の顔だ。

その顔を見て九子の怒りは増した。女の子に密かに伝わる危険な場面のときの対処法が頭に浮かんだ。レイプされそうになったとき、諦めてやらせるふりして相手をその気にさせて油断させる。そして、最後の最後、いざとなったときに屹立した男の性器を思いっ切り握ればいい。性器を屹立させたときの男は無防備で間抜けなときらしい。

九子は思いっ切り身体を起こすと、三塚の股間に素早く手を伸ばした。三塚は腰を引いたが股間を鷲掴みにしてやった。九子の掌には、芯は硬いけれどぐにゃっとした感触が残った。

「先生、最低だね」

九子は言い捨てると、三塚は「違う、違う」ととんちんかんなことを言い、慌てて立ち上がったが腰が引けていた。

「深津、誤解するな、違うんだこれは……」

「慌てて、違うと言うと、大抵違わないもんなんだってよ、先生。出てって、気持ち悪いから」

と言って、九子は嘲るように笑って見せた。三塚は何も言い返せず、前屈みのまま唇に立てた人差し指を当てたりしながらカーテンを開けて出ていった。九子は、もっと大きな笑い声を上げた。密かに伝わっていた、無防備で間抜けなとき、というのは本当のことだったと九子は実感していた。


炭酸飲料を手にして瑠美子の家に上がった。相変わらず鍵は開いている。今日は里実は誘わず一人だった。

いつも通りに瑠美子はテレビを流しっぱなしにし、爪の手入れをしていた。テーブルの上にはページを開いて伏せられた漫画があった。洋一の分も含めて炭酸飲料二本を瑠美子に渡した。どこのコンビニにも売っているようなもので、瑠美子の受けは大して良くなくて、冷蔵庫にぽいっと入れられた。


九子はソファーに座った。瑠美子は、ヤスリを手にすると爪を研ぎ始めた。

「ねえ、お母さん。私って何時ぐらいに生まれたの？」

お母さんと呼ぶのは久しぶりに再会したとき以来だった。瑠美子はちょっと周りを気にするような素振りを見せた。

「それはすっごく覚えてるわよ。前の日から夜通し分娩室にこもってても生まれなくて、やっと生まれたのは昼過ぎだったわ。あんなに痛かったことはなかったな」

「昼過ぎ？　正確には何時かわかる？」

「どうしたの？　正確にって、何時に生まれたかってそんなに大事？」

瑠美子から少しだけ苛ついた声が出た。

「一九日から二四日ぐらいって、星座の境目って言われてるんだって、一日のうちで星座が別れたりするの。一〇月二三日生れは、午前一一時四七分から蠍座が始まるから、蠍座。それ以前だったら天秤座になるの。だから、昼過ぎというのが、ちゃんと正午の一二時過ぎならいいんだけど……」

「昼過ぎだから、一二時は過ぎてたんじゃない。だから蠍座ってことじゃない？」

瑠美子は尖った声になっていた。もしかすると、瑠美子は自分の誕生日を憶えていないのかもしれない、と九子は思った。

「私が生まれた年の一〇月は二三日が境目だけど、違う年は二二日とか二四日だったりするの。それは、その月の星座が空に現れるかどうかで決まるんだけど、ヨーロッパが基準か日本が基準かわからないけどね。でも、蠍座の方が天秤座よりかっこいいからいいや」

九子は、ヒントになるように答えをそっと会話に潜ませた。

「もうすぐじゃない、誕生日。誕生日会とかしてもらったの？」

自分で思い付いたのではないだろうな……と感じる。しかし、憶えていないことを隠してくれているだけでもいいと九子は思った。

「施設じゃ、同じ月生まれは、みんな一緒にして月の最初の日曜日にやるんだよ」

「そう、良かったじゃん。ちゃんとしてるねえ。それで幾つになるんだっけ？」

瑠美子は、九子にそう訊いた瞬間、しまったという顔を少し見せた。仕方がない、誕生日さえ憶えていないのに九子が幾つになるのか知らないのも無理はない。

「一四歳になるんだよ」

「そう……一四歳か、大人じゃん。何かプレゼントしてあげるよ。何がいい？　一四なんだから化粧品？　そうだ、洋服買ってあげようか？　あんた、いっつも制服着てるじゃん。ヒラメもいつも制服で、二人を後ろから見るとそっくり。洋服がいいよ」

瑠美子は埋め合わせでもするかのように笑顔で訊いてきた。九子はこのときを待っていたんだ。

「プレゼントはいらない。私だけの誕生日会がしたい。したことないから……」

これは本当のことだった。

「いいね、それ、やろうよ。一〇月二三日か……」

瑠美子はカレンダーに目をやった。

「二三日は都合が悪いから、二二日か二一日がいいんだけど、駄目かな？」

「……二一日と二〇日は駄目だけど、二二日なら洋一も朝には帰ってくるから大丈夫よ。ヒラメも呼ぶ？」

まだ非道い言い方を続けている……だけど、九子はそれをやめさせることはできないでいる。

「無理みたい。それで、ここでやる方が嬉しいかな……。二二日に決めていい？」

「わかった、二二日に、ここで三人ね、いいよ。洋ちゃんが帰ってきてだから、一〇時半ぐらいでもいい？」

「いいよ」

「じゃあ、これ……」

瑠美子は財布から紙幣を数枚取り出した。

「何？」

「ケーキのお金じゃん。予約とか面倒だから、九子ちゃんが好きなの買っといて。チョコレートじゃないやつね。それで余ったら適当に好きなものね」

瑠美子は言った。誕生会をやったことがないので知らないが、誕生日の本人がバースデイケーキを買うものなんだろうか……九子は何か違うように思った。瑠美子はペンで二二日のところに丸を付け、10：30と書き入れた。

決行の日が決まった。

九子は施設に急いで帰ると華蓮に報告した。

「どうにか決行の日は決まったね」

華蓮は嬉しそうだった。

「もう、後戻りはできない」

九子は緊張していた。

「……ねえ、九子。もしも、瑠美子が、急に、あのとき棄てたのはこういう理由があったのよ、ごめんなさい。という風に頭を下げて謝ってきたら、どうする？」

華蓮は九子の目をじっと見た。そんなことが何度も九子の頭の中に過っていた。

「そんなこと、ないと思う」

「わからないじゃない」

「わかるよ、親子なんだから……お母さんは、そんな人間じゃない。それは再会して実感したの……」

待ってはいた。しかし、待つだけ馬鹿らしくなった。

「そう……悲しい親子ね」

「そうだよ。私は前にしか進まないの。今日も日にちが決まったから、里実ちゃんに二二日、図書館で会う約束を付けてきたし、ケーキも予約した。もう、こういうものも用意してるのよ」

　九子はリシンを入れたカプセルとパケ袋をポケットから取り出して華蓮に渡して見せた。

「リシン……ね？」

「これは、二二日に使うのとは別に、私用に肌身離さず持ち歩くようにしているものなの。これは私のお守りみたいなもんで、未来に進むための道具でもあるの……」

　他にも九子自身の誇りのために、という言葉は飲み込んだ。華蓮はその言葉を悟ったのか口を噤(つぐ)んでリシンのパケ袋を見ていた。

「こうやってみると、何か片栗粉(かたくりこ)みたいだね……。こんなもんで人が死ぬんだ……」

　華蓮はパケ袋を目の前にかざしていた。

「片栗粉か……それはそうだね。リシンはタンパク質の毒物だけど、トウゴマは種子だからでんぷん質も含まれているんだよ。だから、乾燥させると似てくるのかもね」

　九子はリシンを華蓮から受け取った。蛍光灯の光に照らされたリシンの粉末結晶は、光を吸収し粉っぽく輝いていた。

　一〇月二二日の朝になった。早朝に外に出ると雲一つない快晴だった。昨日の夜はあまり眠れなかったが、乾燥した空気が気持ちよく、九子は大きく伸びをして深呼吸をした。

まずは、里実の家に行き、約束の確認をして必要な荷物をピックアップする。

土曜日なので父親が自宅にいた。また、里実の母親が朝食に誘った。そんな幸せな家族の中に入れるわけはない。九子は丁寧に断って施設に戻った。

施設に戻ると、九子を待っていたのは瑠美子からのメールだった。

（急にダメになったのゴメン〇〇、今日の予定はキャンセルで◎。明日二三日は大丈夫◎、他の日もリクエストがあれば◎　瑠美子）

変換されない絵文字だらけのメールだった。

身体の芯が、すっと冷たくなった。

九子は、直ぐに施設の公衆電話で瑠美子に連絡を入れた。しかし、瑠美子の携帯は、何度掛け直しても、留守電ガイダンスも流れず呼び出し音が続くだけだった。メールにどうにかならないか、と入れて返信する。

「キャンセルされた……。どうにかしようと電話するけどお母さん、出ない……」

九子は、窓辺に椅子を出して、哀音の髪を梳かしてあげている華蓮に告げた。華蓮の目が大きく見開かれた。

「ひどいね。私の携帯で電話して」

華蓮が携帯を差し出した。

た。


「でも、そんなことしたら、着信履歴が残るじゃない」

「そんなこと言ってる場合じゃないでしょう」

華蓮に促されて、九子は番号を押した。呼び出し音が五つ鳴り、瑠美子が電話に出た。

(どうしたの？ 九子。変わった番号ね、これ)

「ちょっと友だちに借りたの……」

公衆電話から掛けたけど出なかったから携帯にしたんだけど、出たのはなぜ、と言いたかった。でも、九子は口にしなかった。

(何かあったの？)

「あの、今日のことだけど、キャンセルってメールきたけど、どうにかならないかな？」

九子は静かな声を出した。華蓮が九子の握った携帯に耳を近付けた。

(ああ、それ。ごめん、ちょっと駄目になったのよ。明日でいいでしょう？)

「……なんとか、今日にならないかな？」

(無理無理)

「ねえ、お母さん、今日のキャンセルはどうして？ 理由を教えてくれないかな？」

キャンセルの理由さえ聞ければ、それを回避する方法は見つかるかもしれない。

(……それはちょっと言えないかな。二二日も二三日も大して変わらないんだし、いいじゃない、明日で。もともと、誕生日は明日なんだから、明日、大丈夫なんでしょう?)

「お願い。そっちの方をキャンセルしてくれない?」

(だから無理だって。九子、明日が駄目なら来週ね。どうするの?)

電話の向こうの瑠美子の顔が平べったくなるのが見えるようだった。

「今日じゃないと、駄目なの……」

(しつこいなあ、今日じゃないと駄目な理由は何?)

「いろいろあって……」

(私と同じじゃない。じゃあ明日ね。ケーキ屋さんに電話しとけば、一日ぐらい冷蔵庫に入れといてくれるわよ。もう出掛けるから、電話したって出れないよ)

瑠美子は、そう言って携帯を切った。

「もう一回、電話を掛けなよ」

華蓮が顔を近付けた。

「出ないって言ったら出ないよ、お母さんは」

「どうすんのよ、九子!　今夜二四時になったら、一四歳になっちゃうんだよ」

華蓮には珍しく眉間に皺が寄った険しい表情になった。

「わかってる……」

「チョコレートが駄目とかで、炭酸に変えるってレベルじゃないんだよ！」

「わかってる！」

「いまから瑠美子のところに行かない？　どうしてもきょうだって頭下げて、そのま
ま居座っちゃうってのでもいいじゃん！」

「出かけるって言ってたけど……」

「そんなの本当かどうかわかんない、瑠美子だよ」

「わかってるよ。でもお母さんは、へそ曲げたら、まともな話なんてできなくなる」

「今日やらないと……深夜〇時がタイムリミットなのは、わかってるよね。九子、あ
んた一四歳になっちゃうんだよ」

　華蓮は九子の腕をとってぎゅっと握った。華蓮の言いたいことは痛いほどわかって
いた。

「一三歳と一四歳じゃ、まるで違う。そう考えて、ここまで計画してきたんだから
……」
「一三歳なら触法少年。でも、今夜の二四時を過ぎて一四歳になって人を殺したら、
あんたは刑罰に問われるんだよ」
　華蓮は、抱いていた哀音を床に降ろした。九子の頭の中で何度も何度も繰り返して

きたことだった。

　華蓮は九子を凝視している。

　時間は誰も止めることはできない。計画が足許から崩れていく……、崩しているのは瑠美子だ。

「……どうしたらいい？　ねえ、華蓮さん、どうしたらいいの？」

　弱い自分が顔を出してきた。いつも誰かにすがりたいと思っていた。しかし、いつも瑠美子からは拒否されてきた。一人家に置き去りにされ恐ろしさで泣いた。誰か助けて、誰か助けて、と叫んでいた。その頃の自分は弱くて泣き虫で、いつも震えながら、すがれる人間を探していた。

「計画をやめる？」

　華蓮は九子の目の奥を真っ直ぐに見ていた。

「……やめたくないよ……」

　九子は力なく答えた。

「やめたくないんなら、考えなさい！　あんた、考えて考えて考えて、この計画を練ったんでしょう？　また、考えなさいよ」

　華蓮の言葉に怒気が籠ったのを初めて聞いた。

「もう、考えられないよ……。お母さんは絶対に電話に出ないだろうし、今日、無理矢理行っても、ドアさえ開けない。もうどうすることもできないよ」

「駄目、そんなことじゃ！　ここでやめたら、瑠美子に棄てられたときと同じじゃない。あんた、ここでやめたら、あんたの負けだよ！　もっともっと考えなさい！　考え方変えるのも方法の一つ、あんたの頭は、そんなやわにできてないはずよ！」

華蓮は九子の両肩を摑むと揺すった。まるで頭の片隅に追いやられてしまっている勇気とかやる気とかいう言葉を転がり出させようとしているようだった。

「考え方を変える……か……」

九子は揺り動かされながら、華蓮を見ていた。三カ月で人間の細胞はすべて新しいものに移行するらしい。若いときには特にだ。身体的には人間が総入れ替えして変わったということだ。中学生ぐらいだと、夏休み期間が終わると、まったく違う人間になってしまうときがある。頑張ったやつは大きく変わる。九子はここ数カ月、頭をフル回転させてきた。瑠美子はまるで変わっていない。変わったのは九子の方だ。そんな瑠美子にいいように振り回されている場合じゃない。畏縮して負け続けるわけにはいかない。

「今日なら、まだ、触法少年よ。拳銃で撃ち殺したって、包丁で刺し殺したって、処罰はされないのよ。さあ、どうする、行ってしまう？　包丁ならヒャッキンにだってたくさん売ってるよ」

華蓮は試すような視線を向けてきた。

「そんなのは駄目！　そんなんじゃないの」

九子は華蓮の手を振りほどいた。

「じゃあ、何？　あんたが軽蔑し切った大人二人を殺さなければ、九子自身がもっとも軽蔑するあいつらと同じ大人になってしまうじゃないの？　二人を殺すことは、あんたが、恥ずかしい大人にならないための行動なんでしょう？」

華蓮は、また、九子の両肩を摑んで顔を寄せた。間近にある華蓮の顔を見て、この人にすがってきた、と九子は思った。華蓮は九子のために必死になってくれていた。

「そうだよね……こんなことでやめられないよね」

九子の脳味噌が、ふぉんって音を――それはＰＣの奥の方でハードディスクが起動するときに音を出すように――鳴らしたみたいだった。

華蓮は九子の顔を見て少しだけ口角を上げた。

「二三日に決行する」

九子は閃いた。いや、考え方を変えた。初めて瑠美子の殺害を決意したときの気持ちを思い出していた。

「明日？　一四歳になるのよ」

「わかってる。でも、華蓮さん、思い出してみて？　最初って完全犯罪を目指したんでしょう？　考え方を戻してみようよ」

「完全犯罪だったね」

「完全犯罪なら一三歳だって一四歳だって関係ない。華蓮さん、一四歳でもいいんだ。だって、捕まるって思って犯罪を起こす人間はいないよ。それが完全犯罪でしょう？　捕まらなければいい、それだけなんだよ。明日、決行するよ」

九子は言い切った。

「そうだよ、九子」

九子の頬を華蓮は頷きながらぎゅっと抓った。

「明日決行だよ」

「じゃあさ、九子。保険として、決行日が二二日か二三日かわからないようにするといいんじゃない？」

「どういうこと？」

「捕まらないという大前提だけど、一三歳と一四歳の境目は今日の深夜〇時。あんたが言ってたじゃん、目撃証言はあやふやだって。だから、二二日の今日もアリバイ工作して、明日の二三日も同じようにアリバイ工作するのよ。もしものときに攪乱できる」

冷静な顔が華蓮に戻った。

「わかった。今日も図書館に行くよ」

止まりかけたものが、また、動き始めた。九子は行動に移った。

二二日にやる予定だったことをそのまま、九子は始めた。決行の二三日のための練習のようだった。

荷物を背負い、まずは、里実の家に行く。リシンや今日持って行く予定だったものなどを、里実の部屋に戻した。

昼過ぎに図書館に行く。まず最初に行くのは地域の図書館で、少し奥まった場所にある席を確保し、ノートと筆記用具、書架から出して来た天文学の書籍を広げて席を確保した。

顔馴染み（なじ）の図書館司書に朝の挨拶（あいさつ）をし、掃除のおばさんに会釈をして、トイレに行った。

しばらくは席で本を読みながら図書館の中に目を配り、入館者が増えてきたところを見計らって目立たぬようにエントランスに向かった。リュックは背負わずに手に持って、重くなさそうな素振りで九子は歩き、書籍盗難防止のゲートを潜（くぐ）って図書館をあとにした。

これが最初の印象を植え付ける操作だ。

何度か出入りを繰り返す。二三日は瑠美子の家に向かうのだけれど、二二日の今日は近くの公園に行く。そして、夕方近くなると、里実を公衆電話で図書館に呼び出した。九子は図書館を出て近くで待つ。里実は、制服姿で現れた。

二人とも制服、ベリショの髪型、本当に似ている。その姿を見て九子は閃いた。里実に予備で持っていたマスクをつけさせ図書館に行かせることにした。

席の場所を教え、隣に座っていた大学生みたいな男がちらちら九子を見ていたけれど、里実が行っても九子と見間違うのか、本を返すときに図書館司書の反応はどうか、など、様々なことを試してもらった。里実は九子と間違えられる、九子だと思われることが楽しいと言いながら、アリバイ工作の練習に、無意識のうちに加担していた。相手の反応は、ほとんど里実のことを九子だと思っていたようだった。

九子は二三日のために、三枚一〇〇円のマスクを里実に進呈した。明日、里実が制服でマスクをつけて図書館に現れる姿が頭の中で再生できた。

事件当日　早朝

まんじりともせず朝を迎える、とよく言うけれど、九子もさすがに眠れなくて、まんじり、という言葉を辞書で引いたりしながら眠れる時間を待った。まんじりとは、打ち消し語を伴う、眠るさま、まどろむさま。じっと、まじまじ、という意味だったのだが、大して意味もわからずに九子は使ってしまっていた。目撃証言も、この手の感じなんだろう。人間はふわっと物事を認識し把握したつもりでいる。まんじりなんて言葉は、おばさんの目撃証言ぐらいにあやふやだ。

朝一番で里実の家に行き必要なものをピックアップし、まずは、図書館に行って場所とりをする。昨日と同じ机を確保することができた。しばらく机に座って本を開く。頭の中で今日のスケジュールを復誦（ふくしょう）する。図書館司書たちと軽く話し、今日も一日中調べものをすることを会話の中に差し入れておいた。

図書館をなるべく出たり入ったりしながら、必要なものを用意する。スーパーマーケットへ行き、ドライのジンジャエールとガムシロップを買う。辛口なので味をごまかせるだろう。リシンは無味無臭であるが、液体に溶かすと、苦みなどがあるかもしれない。勿論（もちろん）、味見したことはないが、ひまし油は相当に苦いものだから、苦みがある可能性が高い。ジンジャエールなら苦みを誤魔化すことができるだろう。それと新商品の炭酸飲料は、瑠美子が喜びそうだったからだ。

九子は必要なものを手にして施設に戻った。制服を脱ぎ、地味なパンツと上着に帽子を被った。皺にならないように制服を畳んでバッグに入れた。図書館ではベリショに制服、マスクを印象づける必要があるが、瑠美子の家付近ではなるべく背景に溶け込むような地味な格好が必要だった。鏡に全身を映すと肉体労働のアルバイトに行く男の子のように見えた。

「決行当日だね」

華蓮は施設の玄関で哀音を抱いて待っていたようだ。

「うん、いよいよだよ」

「問題はない？」

「ない。昨日に練習したから、緊張はない」

瑠美子の勝手なふるまいで計画は崩れそうになった。でも、それを華蓮のお陰で引っくり返せた。

「じゃあ、がんばって……私たちの計画を実行して」

華蓮は、私たち、という言葉を使った。私たちなんだ……、華蓮の親も最低な人間だった。九子の親と同じ。華蓮は、ずっと、そのことをちゃんと九子に言いたかったんだろうけど、その方法を持っていなかった。九子が、華蓮の想いを遂げる人間として現れたんだろう。だからこその、私たち、なんだ、と九子には思えた。

「当たり前じゃん……負ける気はしない」

九子は言い切ってみせた。何度でも言える。捕まることを考えて人を殺そうとはしていない。黒いバッグを背負って九子は足を揃えて真っ直ぐに立った。

「聖戦に向かう兵士みたいだよ」

華蓮も哀音を抱いたまま背筋を伸ばしていた。

「行ってきます」

九子は人を殺しに行く。


手にはスーパーで買ったジンジャエールとガムシロップの入ったレジ袋と、途中で受け取った九子のためのバースデイケーキを携えていた。

チャイムを鳴らす、中から瑠美子の「開いてる」という声がした。九子はドアを開け中に入った。洋一は帰っているようで、浴室の奥から洋一の鼻歌が聞こえてきた。

瑠美子は洋一が家にいるときは鍵を掛けない。居間に入ると、酒のつまみや、いつもの宅配ピザ、ウィスキーの瓶などが並んでいた。九子はケーキの入った箱をテーブルに置いた。

「いま、洋ちゃん、お風呂（ふろ）に入ってるから、適当に座ってて」

瑠美子が台所から声を掛けた。

「わかった、瑠美ちゃん」

洋一が風呂から上がって来た。バスタオルで髪を拭（ふ）きながらで半裸姿だった。台所から瑠美子が食器を洗う音が聞こえてくる。仕事明けの彼氏を気遣う、そんな幸せそうな雰囲気があった。

「おう、九子ちゃん、いらっしゃい」

洋一が笑顔を向けてきた。洋一に対してそれほど悪い感情は持っていない。ただ、瑠美子と一緒にいるというだけで殺されることになる。

「お邪魔します」

九子が頭を下げていると、瑠美子が台所から出てきて、若い女の子がいるんだから、早く洋服を着てよ、と甲高い声を上げた。テレビドラマとかで観たことがあるような光景だと思った。それは、どこか嘘臭くて、画面の中だけで存在する世界のように感じたからかもしれない。洋一は、少し笑い、洋服を羽織った。

九子は息苦しさを感じ、そして、気持ちがげんなりしてきた。それは計画を実行することをやめよう、という感覚ではなかった。とにかく、やる気が起きないような、精神がぴりっとしないような気分だった。

この日を待ち望んでいた。しかもいろいろな日に遭わされた。しかし、いざ、その日が訪れ、計画を実行しようとする瞬間に、気持ちが萎えている。自分がやろうとしていることを、いけないと思っているのではない。どうも、うまく身体が、いや、頭が動かないような感じだった。やめてしまったら、この先は何もなくなってしまう。だからこそ、やらなければならない。しかし、思うように頭も働かなければ、身体も動かなかった。

　瑠美子が居間に入って来た。デリカテッセンの惣菜を温め直して小皿に盛っただけのものをテーブルに置いた。瑠美子が楽しげに料理を作ってくれた記憶はない。しかし、それを腹だたしく思った訳ではない。

　九子は居間のダイニングテーブルに座らされた。瑠美子が楽しげな顔で新しい缶ビールのプルトップを音を鳴らして開け、洋一のグラスにビールを注いだ。

　身体は動かない。ポケットの中にはリシンのパケ袋……このまま、行動することなく終わってしまうのか……。洋一が瑠美子のグラスにビールを注いでやっている。瑠美子は笑顔でジュースを九子のグラスに注いだ。身体は動かなかった。引きつったような笑顔を瑠美子に向けるだけしかできなかった。

　料理が目の前に並んでいる。美味しそうな匂いはまるでしない。九子は一人だけ膜の内側に詰め込まれ、この席に座らされているようだった。目の前の料理、目の前の二人との間には、薄い透明の膜があった。

　膜の向こうは、自分の知らない幸せな世界、画面の向こう側で作られる虚構の世界のようだった。膜の内側で硬く凝り固まって傍観者として存在している自分だけが真実の世界のようだった。

　瑠美子が、また台所に行った。九子は眺めているしかなかった、膜の外側を……。

「九子ちゃん、ごめんな、昨日が良かったんだろう?」

ソファーに座った洋一がリモコンでテレビのスイッチを入れた。日曜の午前中にやっているどうでもいいような情報番組が映った。

「いいんです。今日が本当の誕生日なんだから……」

「でもさ、占いの結果が悪いからドタキャンってのは、ひどいよな?」

洋一の缶ビールのプルトップを開ける破裂音と一緒にその言葉たちは九子の中に突き刺さってきたようだった。

「占い? それどういうことですか?」

「瑠美ちゃんの二二日当日の占いが、史上稀にみる最低評価で、へこみまくった結果のドタキャンだからね」

洋一は笑っていたが、九子の心は、一瞬にして冷えた。

九子にとってとてつもなく重要な日ではあるけれど、それを瑠美子は知らない。仕方はないんだろうが、子どもの要望を、つまらない理由で、しかも、理由を言わずに、約束を反故にする人間が九子の母親だった。九子は、また、背中を押されたような気分だった。

魔の刻のようなものがあるらしい。九子には殺人事件の書物を図書館で読み漁っていた頃の記憶として残っていた。人を殺そうと思った人間が落ち込む穴ぼこのようなものだ。本当は殺さない方がいいに決まっている。その部分がどこか邪魔をする。しかし、その穴ぼこに落ちると、するすると人を殺す方に物事が向いていくというものだった。

例えば、車に乗って殺しに行く途中、いつもは混んでいる道が珍しいぐらいに空いていて、相手が出かけようとしている瞬間に出くわすとか、少しでも遅くなっていたら、殺すことは思い留まっていただろう、というような偶然が起こる。それは、背中を押され、前に進んでいくようなもの。それを以てして魔の刻に落ちるということなのである。

そんなことが九子には幾つも起こった。それは九子にとっていいことなのか、悪いことなのか……考えていないところで流れができていくようだった。

「あら、九子ちゃん。その袋って何なの？」

ケーキに立った蠟燭の炎を吹き消したあと、瑠美子が訊いてきた。

「……飲み物を買ってきた……」

それしか九子は言わなかった。

「何？　珍しいわね」

瑠美子が楽しげな顔を見せた。

「新発売のジンジャエールを買ったんだ……」

九子が言った瞬間だった。瑠美子と洋一が揃って声を上げた。

「よく憶えてたね、九子ちゃん。洋ちゃんがジンジャエール好きだったこと。それで、九子ちゃんが来る前に、二人で話してたのよ、買っとけばよかったって」

瑠美子は偶然を喜び驚いた顔を向けている。そんな話は初耳で、驚いているのは九子の方だった。

「……そうなんだ」

「見せてみなよ」

洋一が珍しく積極的で九子の足下に置いてあるレジ袋に手を伸ばした。先ほどまでは、ジンジャエールを飲ませるタイミングを完全に逸していた。しかし、いまは、向こうから、その状況を作っている。ジンジャエールの瓶を洋一が取り出し、テーブルに立てた。

「すごい、九子ちゃん。これのこと話してたのよ。辛口のこれって、まだ飲んでないって、すっごい偶然。絶対にいいことがあるわね」

瑠美子は上機嫌な声を出していた。九子にとってはいいことだ。殺される側から背中を押されている。するするとものごとが進んでいく。それは魔の刻に引き寄せられているようなものだった。

「じゃあ、私が氷を入れてセッティングするよ」

九子は言った。ジンジャエールの瓶をレジ袋に戻して持つと台所に向かった。

「お願い。氷は沢山作ってあるから」

瑠美子が言う。すんなりと物事が進んでいく。

リビングから聞こえる二人の声を背中で聞きながら、九子は用意を始めた。グラスを三個並べる。そのうちの二個のグラスの底に、パケ袋からリシンを耳搔き(みみか)のようなスプーン――ファストフーズ店のコーヒーに付いてくるマドラースプーンをリシン計量用にしている――で一杯を入れる。水を少し入れ攪拌する。背後の音に注意しながらだ。リシンはすっと溶け水は透明になった。臭いはまるでなかった。

ジンジャエールをグラスの半分ほど注ぎ、甘さを増すためにガムシロップを少しだけ入れ攪拌する。冷蔵庫から氷を入れ、また、ジンジャエールを注ぎ、少しだけ混ぜる。

もう、戻ることはない、そう思うと肩の力がすっと抜けた。

九子は両手にグラスを二つ握った。トレーを使えば三つ運べるが、リシン入りのものと間違わないように慎重を期して、リシン入りのものだけを最初に持っていく。

二人は楽しげな視線を向けてきた。緊張はほとんど消えていた。手が震えることもなければ、言葉に詰まることもなかった。ごく自然にジンジャエールのグラスを置き――リシンの入った毒殺の道具を――僅かに笑顔を浮かべて「どうぞ」と言った。

二人はグラスを握った。疑いなどまるで持っていない。それは当たり前だ。一四歳の女の子がリシンを忍ばせているなんて、想像の先の先にもないことだ。

九子は、二人がグラスに口を付けるのを眺めていた。洋一の喉仏が大きく上下した。瑠美子が氷の音を鳴らしてグラスを置いた。

「さすが辛口ね……。変わってる」

瑠美子は美味しいとは言わなかったが、三口は飲んでいた。洋一は、喉を鳴らして飲み干した。

「面白い味だね。いいよ、これ」

洋一は言った。二人に急激な変化はない。これが遅効性のリシンの特徴だ。九子は台所に向かった。自分用に作っておいた氷入りのジンジャエールのグラスを持つと、一気に喉に流し込んだ。強い辛みと炭酸の刺激が一瞬、グラスを間違ってしまったのではと思わせた。

居間に戻ると、洋一のジンジャエールは空になっていて、瑠美子のも半分以上減っていた。

リシンの毒は、数時間の潜伏期があり症状が表れるまでに、七時間から一〇時間掛かる。ただ、リシンを大量に食べ物などに混入させたり、カプセル状のものに入れ一挙に大量のリシンを投入した場合には、激しい胃腸症状を引き起こし、ショック死をすることがある。九子は算出した致死量のリシンをジンジャエールに混入させた。

大量のリシンは胃に多発性の潰瘍と出血を起こす。二人は変わらず楽しげに酒を飲み、瑠美子のリシン入りジンジャエールは空になっていた。

九子は居間で観察を続けた。不安になるほど二人の様子に変わりはなかった。急激な変化がないようなので、里実に電話をするためにコンビニに行くと言って九子は外に出た。公衆電話は駅まで行けばある。

（九子ちゃん、どうしたの？）

里実はワンコールで電話に出て、九子が名乗る前に楽しげな声を出した。いつも、九子が公衆電話から掛けているので、携帯の番号表示の公衆電話は九子の名前と一致していると言っていた。

「お願いがあるんだけど、いい？　いま、時間あるかな？」

（いいよ、暇だし。どうしたの？）

今日は何もすることがない、と九子は前日に聞き出していた。これも、予定が変わって二二日に予行練習していたお陰だった。九子はお願いごとの内容を話し始めた。

いつものように図書館で勉強していたんだけど、施設でちょっとしたことが起こって、館内放送で呼びだされた。急いで席を外して施設に戻ったけれど、直ぐ図書館に戻るつもりだったから勉強道具を置いていった。でも、急いでいたんで財布も置いてきてしまったから、悪いんだけど、財布だけ取りに行ってくれないか、と頼んだ。昨日と同じ大学生みたいなのが隣の席だったから、ちょっとまずいかも、と九子は繋いで里実に話した。

(九子ちゃんにしては、財布忘れるって、珍しいね。でもさ、昨日もいたあの大学生なら、財布より他のものに興味持ちそうだね。荷物全部、持って来ておこうか?)

大学生は隣の席にはいなかったけれど、リアリティを作るために使わせてもらった。

「また、図書館には戻るから財布だけでいいよ」

(また、戻るんだったら……、昨日みたいにマスク掛けて行って、九子ちゃんの振りして、あの変態大学生にずっといるって思わせとこうかな)

九子は、よしっと頭の中で声を上げていた。これも予行演習のたまものだった。

「ごめんね。今度、何か埋め合わせするから」

と言って九子は電話を切った。

瑠美子の家に戻る。早く帰らないと新しい展開になっている可能性もある。九子は急いだ。

鍵は掛かっていない。部屋の中からは二人が喋っている声はしなかった。声を掛けて中に入る。二人は出ていったときと同じように酒を飲んでいた。少し酔っぱらっているようだったが、別に異変が表れているようではなかった。リシンを経口摂取した場合は、リシンの吸収がわるい。それは、消化管内で分解されてしまうからである。摂取後、三時間後ぐらいに軽い症状が表れることもあるらしい。症状としては、吐き気、嘔吐、腹痛などがあるが、二人に変化はない。本格的な症状として、発熱、頭痛などが激しくなり、下痢症状が起こり下血、身体の痙攣、瞳孔が開き血圧低下などが起こる。

九子は二人を観察している。時間だけが過ぎていく。二人はだらだらと朝っぱらから酒を飲み続けている。どうでもいいような話が続く……九子はそれに付き合っていた。

異変は夕方が近付いてきて、じわりと起こり始めた。

洋一は三〇分ほど前に、徹夜で仕事をしてきたから眠いと何度も言い、寝室に入っていった。直ぐに驚くほどの大きな鼾が聞こえ始め、九子と瑠美子は笑っていた。瑠美子がしきりに喉が渇くと言い始め、何度も水やジュースを飲んだ。喉の渇きも、リシン中毒の症状の一つだった。

「酔っぱらったのかな、何か気持ち悪くなってきちゃった……」

瑠美子が胃の辺りを摩りながら言った。

「飲み過ぎなんじゃない？」

九子は瑠美子の顔色を見て異変を感じた。血の気が引いてしまったように真っ青で、口紅の落ちた唇も肌と同じように色が褪せたように青かった。

「ねえ、九子ちゃんは大丈夫？　何か食べたものが悪かったのかもしれない」

瑠美子は、どんどん気分が悪くなってきているようで、喉から胸の辺りをしきりに気にして摩り始めた。

「食中り？　私も同じように食べたけど、何ともないよ。薬とか飲んだ方がいいんじゃないの？」

九子は立ち上がった。瑠美子が薬箱の場所を指示した。ゆっくりと動いて薬箱を取り出した。水をグラスに汲み胃薬とともに瑠美子に渡した。胃薬ぐらいでなんとかなるようなものではない。それどころか、リシンに対して、未だに解毒剤やワクチンなどは開発されていない。治療する物質がないということだ。よって、治療法は、表面的な不具合を消失させるだけの対症療法しかなかった。経口摂取の場合は、早期の胃洗浄とリシンが混入したことによって打撃を受けた血液を補うための輸血ぐらいしかない。

瑠美子はよろけながら立ち上がると、トイレに向かった。トイレの中から嘔吐する音が聞こえてきた。

ここで考えなくてはいけないのは、瑠美子と洋一を第三者と会わせないようにすることだった。瑠美子と洋一は、あくまで二人っきりで、ひまし油の誤用でリシン中毒を起こしたことにしなければならない。九子が、この場にいたことが第三者に知られてはいけないのである。

「洋一さんは大丈夫かな。様子を見てこようか？」

九子は訊いた。瑠美子は力なく頷くだけだった。九子は寝室のドアを軽くノックした。中からの返事はなく、鼾も聞こえていなかった。ドアを開け中を覗いた。洋一のベッドの横の床は嘔吐物で汚れている。洋一は布団を払いのけベッドの上でエビのように身体を曲げていた。

「寝てるんですか？」

声を掛けた。洋一は返事をすることもできず、小さな唸り声を断続的に漏らしているだけだった。徹夜明けだった洋一の方が、瑠美子よりリシン中毒の症状は進んでいるようで、身体が動かなくなっていた。しばらくすれば、瑠美子も身体が麻痺して動かなくなるだろう。

時間を追うごとに二人の状態は悪くなっていく。日は暮れ始めて、二人はまったく動けない状態になって寝室のベッドのうえに横たわっていた。呼吸はしているが、呼び掛けにはまるで反応がなかった。ここから二人が起き上がって回復する可能性はないだろう。

九子は部屋の中の偽装を始めた。

トウゴマやひまし油を作る過程のものを台所に広げ、瑠美子の家の食器や保管容器に入れ替える。付箋を貼り、アンダーラインを引いたひまし油関連の本は、最も良く見える台所のテーブルに広げて置いた。二人が飲み干したジンジャエールのグラスにひまし油を入れて、テーブルに置いた。

これで、ひまし油ダイエットをやろうと自家製のひまし油を精製し、間違って出来上がったリシンを誤飲してしまった、という偽装が終わった。

二二日に丸がしたままのカレンダーが目に止まった。もしも、というときに攪乱(かくらん)にはなる。九子はカレンダーを処分することなく、そのままにした。瑠美子の携帯を開き、昨日の九子に発信したメールと華蓮の携帯電話からの着信履歴を消去した。九子のいた痕跡(こんせき)を消すために、使った食器類を洗い、残りのケーキをトイレに流した。

九子は思い出せる限り、自分が触ったであろう場所の指紋を拭き取って回った。

九子は二人が寝室で動けなくなったままでいることを確認し、リビングの真ん中に立って部屋を見渡した。九子は不思議なほど冷静になっていた。計画が順調に進んだことが呆気なく感じたからだろうか、魔の刻というのを実感していた。するすると計画は遂行された。

九子は部屋を出た。鍵は掛けない。瑠美子は家にいるときは鍵をしない、これも一つの魔の刻のようなものなのだろうか、鍵を掛けて偽装する必要はなかった。

九子が瑠美子のマンションを出ると太陽は西の空の下の方にあった。駅のトイレで制服に着替え図書館に向かった。

図書館の確保していた席に着いた。荷物を調べると財布はちゃんとなかった。図書館には公衆電話があり、九子は里実の携帯に連絡を入れた。珍しく留守番電話になっていたので、九子は財布の件のお礼をメッセージとして吹き込んだ。

図書館で荷物をピックアップし施設の門限ぎりぎりに戻った。夕食の時間が始まっていた。九子は急いで食堂の席に着いた。

哀音の食事の世話をしていた華蓮が九子を見ている。九子は大きく頷いてみせた。それを受けて華蓮は机の端で頷き返した。

「うまくいったみたいだね」

「嘘みたいにうまくいったよ……二人とも動けなくなった。まだ完全に終わってはいないからちょっと不安だな……」

現場を離れていくと不安が募ってきた。様々なことが想像されてしかたがなかった。リシンは九子が抽出したもの、いくら致死量が算出できたとはいえ素人の抽出だ。効きが悪く、夜中に回復し、九子が偽装したひまし油関連のものが、露呈してしまっている……。夜のうちに誰かが瑠美子宅を訪ねてきて、まだ、意識のある二人に接触し、異変の元凶が九子にある、と疑いが生じた……など、悪い予感はいくらでも湧いてきた。

就寝時間、消灯になり暗いベッドの中で、考え続けていた。頭の中は、瑠美子の家の中の光景で占められたままだった。みんなが寝静まった中、こっそり施設を抜け出して確認に行きたい。そのことばかりを考えていた。

事件翌日

頭の中がまだ興奮している。眠れるはずもなかった。また、まんじりともせず朝が来るのを待った。

九子は我慢できず用意を始めた。始発電車はもう動いている。

「華蓮さん、どうしたの？」

施設を出ようとしていると、華蓮が九子の前に立った。

「行かない方がいい。危険だよ」

華蓮には九子の行動がわかっていたようだった。

「……でも、華蓮さん。結果がわからないまま、待つのは辛いよ」

「そうやって現場に戻ることが一番危険なんじゃないの？　それくらい知ってるでし

よう」

　華蓮は立ちはだかるように立っている。早朝で哀音の姿はなかった。

「……でも」

「でもじゃない。何の用意もせずに、制服のまま、人通りの少ない早朝に……目立つに決まっているじゃない。ちゃんと考えないと、危ないの」

　華蓮の厳しい顔は九子の足を止めた。

「そうだね……ごめん。でも、待ち続けるのは辛いよ」

「犯罪者は現場に戻ってしまうって、それは馬鹿だからなんだけどね」

「……でも」

「だったら、今日の夕方、学校が終わったあと、人通りが多くなったときなら……。瑠美子のマンションの遠くから異変がないか確認してよ。もし何か少しでも変な感じがあったら、すぐ引き返すこと、これできる？」

「わかった。細心の注意をするよ」

　九子は頷いていた。気持ちのままで行動してしまいそうだった。危ないところだったのだろう。

　教室に入ると、里実が九子のことを見付け財布を持って来た。

「あの大学生は、まだいたよ」

里実が言った意味が最初はわからなかった。適当に吐いた嘘だが、里実の中では大きなことだったのだろう。しかし、それはアリバイ工作がうまくいっている証だった。

「いたんだ……ごめん、なんか、くたくたなんだよね」

九子は素っ気なく里実に答えてしまった。

「九子ちゃん、疲れてるみたい」

里実は、少しくもった表情になった。

「ちょっとね」

「そうだ。九子ちゃんの誕生日終わっちゃったけど、私、とっておきの誕生日プレゼントを考え付いたんだ」

里実の声が弾んだ。

「そう……その話っていまじゃないと駄目？」

九子は疎ましそうな表情を浮かべた。

「ううん、いいよ。大丈夫、ごめんね」

里実はそう言うと席に戻って行った。

九子は学校が終わると、学校を飛び出し駅へと向かった。

しかし、頭の中に華蓮の言葉が刻まれたままだった。九子の歩くスピードが極端に落ちた。

リシンはちゃんと精製し、致死量も苦労して算出した。確実にリシンを二人に飲ませた。死んでいるはずだ、と九子は自分に言い聞かせた。

最悪なことが九子の頭を過った。犯罪者が現場に戻ってくるのを警察官が隠れて待っているということだった。可能性がないわけではない。九子は立ち止まった。

「現場には戻らなかったよ」

この言葉を華蓮に言いたくて堪らなかった。華蓮が手を差し出してきた。九子は華蓮のぱさついた掌を強く握った。

「偉い……違うか、ご苦労さん、も変かな。確認しなくても死んでる。私はそう思っている」

華蓮は声なく笑っている。

「そう思うしかないね」

「無事終わって良かった。九子すごいよ、よく頑張った」

華蓮は自分のことのように嬉しそうだった。

「頭の上にずっと覆い被さってたものが、やっとなくなった感じ」

九子は大きく伸びをした。硬く畏縮していた身体が柔らかくなったような気がする。

「お祝いしないとね」

「いいよ。一つのことがやりきれたけど、完全犯罪には終わりはないんだから……」

事件がいつ露見するかは、わからない。その不安は続く。

「完全犯罪か……大丈夫だよ。九子はぬかりなくやったんだから。取り敢えず、今日は喜んでいたらいい。身体と頭を休めなよ」

「うん、いまは、とにかく眠りたいな。何日も気を張ってゆっくり眠っていなかったから」

華蓮に報告してほっとしたのか、九子に眠気が襲ってきた。

「思う存分、寝たらいいよ」

華蓮は笑顔になった。


夕食も摂らず、一回も目を覚ますことなく寝続けた。朝は目覚ましが鳴る前に、すっと起きた。頭の中がすっきりとして身体が軽い、こんな気持ちのいい目覚めも、これほどまで長く寝たことも生まれて初めてだと思った。

九子は当たり前の日常生活に入るように努めた。

九子の見る風景が変わっていた。施設でも学校でも、図書館の中でも、周りの人間とは自分が違っていると思えた。

瑠美子の家に近付いていない。発見が遅れれば遅れるほど、事件は難解になるだろうと思われた。九子は普段通り生活することを心掛けた。何も起きない。もしかすると、死体は発見されたが、単純な事故として処理されたので、ニュースにはならなかったのではないか、とも考えられた。もし、そうならば完全犯罪の成立になる。それは、夢の実現である。

風景が変わって見えるようになって四日が過ぎた。九子は、ネットの地域ニュースや新聞、テレビのニュースを丹念に確認していたが、瑠美子と洋一のことは事件になっていなかった。

九子はじりじりしていた。このじりじりはいつまで続くのかわからない。

事件五日後

神奈川県中原警察署地域課の巡査部長今村は、巡査の岸本を連れ現場へと向かった。マンションのエントランスには、通報者である洋一の会社の上司の中井と、同僚の若い男一人が待っていた。

「死んでるんです！　二人とも、澤村ともう一人、女の人が！　連絡がなくて様子を見に来て……そしたら、中で二人とも死んでるんですよ！　心中でしょうか？　もしかして殺されたのか？　わからないんですけど、死んでるんです」

　中井は、今村たちの制服を見て安心したのか、早口で捲し立てた。今村は通報内容が書かれたメモをもう一度確認した。

　今村は岸本とともにドアの前に立つと白手袋を嵌めた。

　ドアを開けると、異臭が鼻を突いた。鉄錆のような臭いだった。

　通報者の二人をドアの外へ残し、靴を脱ぎ中へと進んだ。

　居間の入り口に男が倒れていた。カーテンを透かした太陽の明かりに照らされ、パジャマの下半身が血で真っ赤に染まっている。口からは泡状の血が噴き出たままになってこびり付いていた。寝室らしき奥の部屋から這い出てきたのだろうか、廊下には、体液の跡が残っていた。今村はハンカチで鼻と口を押さえ居間に入った。

　女が倒れていた。女は苦しんだのだろうか、相当に暴れたようだった。刺されたか切られたかのように女の服は血塗れになっていた。しかし、外からの目視確認では衣服が切られている部分は見当たらず、女の口から男と同じように血液の付着が見られた。

「岸本、署に連絡。機動捜査隊と鑑識係の出動を要請してくれ」

　今村の声に、岸本が緊張した声で答えた。

　二人とももがきながら血を噴き出し、テーブルの上のものを引っくり返し、カーテンを引き千切り、転げ回ったのだろう。背後で岸本が署へ連絡を入れている。

「殺人事件ですか？」

連絡を終えた岸本が興奮した声で訊いてきた。

「事件か事故か、それとも心中なのか、調べないとわからないな。出血はしているが、大きな外傷は見られないようだ。心中という可能性も捨てることはできない」

「でも、こんなに暴れてるんですから」

「首吊り（くびつ）りでも暴れることがある……、俺は見たことがあるんだ。縄の引っ掛かりが悪いと、苦しくてブラ下がったままもがいて暴れるんだ。部屋の中を縄を繋いだ場所を支点にして円状に部屋のものを蹴（け）り散らかしていたりするからな。首吊りが静かに下がっていると簡単に考えてはいけない。とにかく、現場保存、何も触るんじゃないぞ」

今村は岸本を連れて外へ出た。

「殺されたんでしょうか？」

待ち構えていた中井が今村に訊いた。

「わかりません。署から専門家がやってきて調べますから。それと、この住居の中に入ったのは二人だけですか？」

「そうだと思いますよ……」

「では、いまから部屋の中に入ったときのことを順番に思い出してください。それと、室内のどの部分に触れたのかもお願いします」

今村は言うと岸本がクリップボードに検証の書類を載せて用意した。現場保存の次に必要なのは、第一発見者の証言である。時間が経てば経つほど記憶が装飾されやすくなる。

今村は調書を作り始めた。

事件一一日後

連絡が施設に入った。

園長の佐伯が心配そうな顔で、瑠美子が死んだことを伝えてきた。詳細はわからないようで、事件ではなく事故として連絡があったのだった。リシンという言葉はなく、トウゴマの中毒死と九子には伝えられた。

川崎市の中原警察署で、九子は佐伯と一緒に制服警官から話を聞いていた。

瑠美子と洋一の死体は、二八日に洋一の会社の人間によって発見され中原署に通報された。瑠美子宅の現場検証が行われ変死体として司法解剖に回された。そして、トウゴマ毒が身体の中から見つかり、現場の状況からトウゴマ毒の誤飲事故の可能性があるという見解だった。九子に連絡が遅かったのは、瑠美子の携帯の番号登録に九子の名前がなかったからだった。司法解剖から戻った遺体は警察署内に安置されているらしい。

九子は掌を握ったまま警察官の話を聞いていた。身元確認は済んでいるので、遺体と対面するのは自由という話だった。佐伯が警察官に遺体の損傷具合を訊ね、一四歳の肉親が対面しても問題はないだろうか、と質問していた。警察官は九子の顔を見ながら、大丈夫じゃないですか、きれいな顔ですから、と答えた。

警察の死体安置所から火葬場に直行し、火葬場で一晩遺体を預かって貰う。そして、翌日、火葬炉の前で僧侶に短い経をあげてもらい茶毘に付すことになった。火葬場には、九子と佐伯の他に見知らぬ人が数人いた。

瑠美子が焼かれている。九子は待合室で佐伯と座っていた。火葬場の待合室がある建物は近代的な造りで大きな窓が切られ、そこからは曇天の空が広がって見えた。

「園長先生、煙突ってどこにあるの？」

九子は火葬炉のあった建物に目をやった。

「煙突か……見当たらないね」

佐伯も窓の外に視線を移した。

「近頃の火葬場は、煙突を短くしているらしいですよ」

傍に座っていたスーツの男が話し掛けてきた。火葬炉に入棺するときにもいた二人組の男だった。

「ほう、それはどうしてでしょうか?」

「火葬場の煙突と煙が地域住人に嫌がられるようです。煙突は火葬場の象徴なんでしょうね。それで現在では、煙突は短くして、煙が出ないように煙をもう一度焼いて無色にするなどの処理がされているらしいですね」

「そういうことですか、近代化ということでしょうかねえ。あの……、失礼ですが、深津瑠美子さんの関係者の方でしょうか?」

佐伯が男に訊いた。男は胸ポケットから警察手帳を取り出し、一ページ目を開いてみせた。

「警視庁生活安全部の渡辺と申します。こっちは山下です」

渡辺の隣の男も警察手帳を提示した。

「刑事さんですか?」

「はい。そうです。以前は捜査第一課、第三強行犯という部署の刑事をしていまして、そのせいか、火葬場に出入りすることが多くて妙な知識が身に付いてしまっているんですね」

渡辺は気さくな感じで話し掛けている。九子の気持ちはざわついていた。

第七章　調査

事件一二日後

渡辺が初めて深津九子と顔を会わせたのは、瑠美子の遺体を荼毘（だび）に付す火葬場だった。通夜や告別式さえもない火葬場での簡素な弔（とむら）いの式だった。

渡辺は、深津九子と施設の園長と会った際、警察手帳を提示し、所属を警視庁生活安全部とだけ伝え、少年事件課という部分を省いた。名刺も渡していない。それは、これがまだ、ファーストコンタクトであり、相手に警戒を与えないためだった。

「深津九子さん、これは捜査ではなく任意の調査ですので」

渡辺は前置きをした。深津九子は現在一四歳になったばかりだったが、一四歳未満の少年に捜査を行うことは原則的にできない。そこで任意の調査という名目で深津九子と話をしている。よって、調書などをとることはない。

深津九子は深く頭を下げた。

「お母さんが亡くなられてお悲しみのところ、申し訳ないんですが、二、三質問をいいでしょうか？」

「はあ……」

九子は伏目がちに小さな声で答えた。

「お母さんの家に行かれたことがあると思いますけど、お母さんが、ひまし油をご自分で精製されていることを知っていましたか？」

「知りません……」

「ひまし油ダイエットや、ひまし油健康法を実践なさっていたことは？」

「知りません……」

九子は表情を変えずに答えた。

「見たことないかな？　瓶に入ってる油で、透明なんだけど、少し緑色なんだよ？」

「知らないです」

「一〇月二二日に君は、瑠美子さんの自宅に行かれましたか？　自宅のカレンダーに○印が付いていたんだけど、どうかな？」

「わかりません……」

九子は視線を外したまま言った。何も答える気はないようで、これでは黙秘と同じだった。

「わからない、とはどういうことなんだい？　一二日前のことだよ。母親の家に遊びに行ったかどうかが、わからないわけないだろう。変わった事故だから、こっちも詳しく調べなければならないんだ。君、お母さんからひまし油の話を聞いたことない？」

山下が少しだけトーンを上げて訊いた。

「わからないです」

九子は切れ長の大きな目を真っ直ぐに渡辺に向けて言った。渡辺は山下と顔を見合わせた。

「答えるつもりがないのかな？」

渡辺は静かな声を出した。

「いいえ」

九子は答えた。相当に強い意志を持った子のようだ、と渡辺は思った。

「そうか……。ところで、君とお母さんの関係は良好かな？」

「わかりません……」

「そうか……。今回、お母さんが亡くなっているのが発見されて、君に連絡を入れるまでに時間が掛かったのは、どうも、お母さんは君という子どもがいることを隠している節があって、それで連絡が遅くなったんだよね。それで君とお母さんの関係を調べさせてもらったんだけど、良好とは言えないように思うんだけどね。君が施設で暮らしていることなんかも含めて。二人で住んでいた当時はどんな暮らしぶりだったのかな?」

「覚えていません」

「忘れたと、それで、現在は関係は良好だったのかな? そもそも、君はお母さんの家に遊びに行ったりしていたのかな? もし、行ったことがあるなら、その日付けを教えてくれないか?」

渡辺はメモに小さなボールペンで書いた。

「刑事さん、いったい、九子に何が訊きたいんですか? これではまるで取調べのようじゃないですか。瑠美子さんの件は事故だったのではないんですか?」

深津九子の施設の園長が困った顔を向けてきた。

「現時点ではですね。それとこれは捜査ではありません、お間違いなく。ただ、園長先生、事故の場合でも調査はするんです」

山下が鹿爪らしく言った。

「申し訳ない、園長先生。人が二人も死んでいる事故なんです。我々も様々な可能性を考えて事故の原因を調査しなければならないんです」

渡辺は視線を九子に向けたまま言うと、九子は視線を返してきた。

警視庁内の会議室に秘密裏につくられた捜査本部に戻って来た。捜査本部とは言っても、まだ、渡辺と山下、他少年事件課の刑事が四人、それと捜査本部長として杉内警視がいるだけだった。

「何とも芯の強そうな子ですね、渡辺さん」

机と椅子が並ぶだけの捜査本部で、山下は急須からお茶を注いだ。

「なかなかのもんだな」

渡辺は骨壺を抱いて帰っていく九子と園長の後ろ姿を思い出していた。

「渡辺さんは本当にあの子が怪しいと思いますか？」

「そんなのは、まだ、わからんよ。現場に最初に出向いた機動捜査隊が初動捜査を行って調べ上げた時点では、事故である可能性は大きかった。しかし、事故である状況証拠が揃い過ぎている点が怪しいと思わせていた。もし、こっそりとトウゴマ毒を飲み物に混ぜて飲ませたとしたらわからない。他に気になることもある。検視結果に深津瑠美子の喉の奥に切創がある。傷つけたものの可能性として、細い錐状のもの、注射針などと書いてある。注射した痕を隠すために喉の奥や肛門の中などに針を刺すことはある。しかし、切創内には毒物等の残量物は見つからず、喉に毒物を注射した可能性は低いとあった。それに澤村洋一には、その切創は見つかっていない。二人を違うやり方で殺すなんて無駄なことはしないだろう。誤飲したように見せかけた証拠が多く作られているんだから、飲ませたという可能性が濃厚だと思う」

「そうですね。そして、死んだ深津瑠美子に娘がいることが浮上する。しかも、瑠美子は、以前に娘の九子を棄てていることがわかった。渡辺さん、これは、どんどんきな臭くなりますねえ？」

「なるだろう？　誤飲したという証拠ばかりが出てくる」

　機動捜査隊が上げてきた実況見分には、様々な事故の物的証拠が挙げられている。机に実況見分の書類が束になって置かれているが、本部にあるホワイトボードは、まだ、真っ白なままだった。

「しかし……一四歳の子が、そんな手の込んだ殺人事件を起こしますか？」

「それは良くない先入観だな。俺はそうは思わなかった。杉内警視もそうは思わなかった。もしも、そうだった場合を考えて、少年保護の観点から、今事案は極秘事案扱いとし、特Aレベルの箝口令を敷いた、ということだからな。慎重過ぎると思うかもしれないが、杉内警視が警察庁生活安全局までも巻き込んだのは正しいと思う。もし後手に回ってしまった場合の少年犯罪は揉めに揉める」

　渡辺が言うと山下は笑った。

「揉めるというより、マスコミ、世間、上層部、官公庁あたりというところから叩かれまくりで、何人かは首が飛んで、大勢が左遷ですね。ということは、今回の件は事故ってことで、と考えている人間が多いということですね」

「馬鹿なことを言うな。警察はそれほど腐ってはいない。疑わしいことはすべて調べろということだ。忘れたか？　疑わしきは罰せず、は裁判所の話。刑事は疑わしきはどんなことでもすべて調べろだ」

　渡辺は言った。

「それは、もちろん調べますけど、難しい年齢ですからね。触法少年だったとしたら、目も当てられない」

　山下が困った声を出した。深津九子の現在の年齢は一四歳、しかも、事件を起こした時期が一三歳であった可能性も考えられる。刑法四一条、一四歳未満の少年の場合は、犯罪とし刑罰を与えることはできない。それは、警察官が取調べを行い逮捕することはできないということなのである。捜査と調査ではまるで違う。しかも、深津九子は現在一四歳、犯罪を犯したとして、それが一三歳であるか一四歳であるかも推定できない。グレーゾーンが存在し、司法の判断も分かれるところだった。

「最悪の場合を想定して調べを行わなければならないことになるな」

「最悪ってどんな場合ですか？」

「事故でなく事件で、しかも、一三歳の触法少年が事件を起こしていたとしたら、警察には手も足も出ない、という状態だな」

一四歳未満の場合、逮捕ではなく補導、児童相談所へ通告し児童相談所を経て、家庭裁判所での審判となり警察の捜査は行われない。深津九子は現在一四歳ということで、どうにか調査ができていた。

「……触法少年か……」

「可能性は十分にある」

「もしかして、渡辺さんが、今回の件を特異な事件の可能性ありとして上に持ち上げたんじゃないんですか？」

持ち上げるとは、案件等を上層部などの上流へ持っていくことを言う。

「……杉内警視と相談の上だ。深津瑠美子、澤村洋一が毒殺された物的証拠は見つかっていない。しかし、トウゴマ毒の誤飲による事故死とした場合の物的証拠はありあまるほどあった。あまりにも出来過ぎた事故であるように思われ、これは怪しい、という古臭い刑事の勘のようなことを上に持ち上げるのは杉内警視の力がないとできないことだ」

「刑事の勘ですか……いまどき懐かしいですね。この実況見分のままだと、今回の件は、たぶん、事故として処理されてますね」

山下は書類をぱらぱらと捲(めく)っていた。

九子は骨壺を抱いて施設に戻った。瑠美子は小さくなってしまった。

「小さくなっちゃったね。これなら、九子も瑠美子に対して畏縮しないな」

華蓮は声なし笑いになった。白布に包まれた骨壺は、華蓮の抱いている哀音の四分の一の大きさもないだろう。

「それはないよ」

「どうしたの？　浮かない顔だね。一応、トウゴマ毒の誤飲による中毒死事故って、事故扱いになっているんでしょう？」

「でも、警視庁の渡辺って刑事が不安にさせるんだ」

「特殊な事故だからなんじゃない。捜査ではなく任意の調査だって言ったんでしょう？」

「説明してくれた制服を着た警察官とか渡辺と一緒にいた山下って若い刑事は、事故の調査って考えているみたい。だけど、渡辺だけは、事故であるのか、事件であるのかはわからない、って考えているみたい」

「優秀そう？」

「満員電車に乗ってるサラリーマンのおじさんって見た目だけど……人に話をさせようとするんだよね。今まで会ってきた大人とは違うなって思う」

渡辺との会話はそれほど多くはなかった。しかし、渡辺の言葉には、頭の中に映像を浮かばせる力があった。九子自身が用意したものだったが、渡辺との会話のとき、瓶の中のひまし油の薄い緑の色合いが頭の中に再生されていた。

「刑事って専門家だからね。事件っていう相手のフィールドに入っちゃうとやられちゃう。でも、入るしかない……。渡辺って刑事が、今回の件をトウゴマ毒の誤飲による中毒死事故として処理すれば完全犯罪の成立か……やっぱ完全犯罪は簡単じゃない」

華蓮の声なし笑いは引っ込んでしまった。

事件一四日後

捜査本部のホワイトボードの一つは文字で埋め尽くされていた。渡辺の手によって、実況見分から抜き出した問題点と、事件である場合の状況証拠などが書かれてあった。

「渡辺さん、山下君は深津九子周辺の調べ。田所さん、亀山さん、遠山君、岩清水君は、機動捜査隊が行った初動捜査の実況見分調書の洗い直しを行うことにしてください。私は引き続き管内の調整とマスコミ対策等を行っていきますが、遠山君はこちらも兼任でお願いします」

杉内は年上の部下と亀山のような女性警察官をさん付け呼び、同年と年下の者を君付けで呼ぶ。キャリア官僚らしくない柔らかい物腰の人物だった。

「杉内警視、深津九子は未成年の女子児童なんで、亀山をたまに借り受けるわけにはいきませんかね？　身体検査等の可能性もありますんで」

渡辺は訊いた。剣道三段の亀山が化粧っけない顔を渡辺に向けた。

「勿論（もちろん）、そちらを優先して結構です。亀山さん、お願いします」

「それと杉内警視、やはり、深津九子の任意による取調べ、いや、調査を警視庁内で行うことはできませんか？」

「深津九子は一四歳なんですから警察の捜査が入ること、警視庁に任意で呼び出すことは違法ではありません。ただここで、深津九子が事件を起こしたとして、それが一三歳の時点であったかどうかが問題になっています。これは司法の見解も分かれますが、今回の件に関して、現在、上の判断を仰いでいます」

「いま一度、お訊きしたいのですが、杉内警視の見解としてはどちらですか？　深津九子を触法少年として扱うおつもりなんですか？」

渡辺は食い下がった。

「一三歳のときに事件を起こした、というのはあくまで仮定の話です。一四歳で事件を起こした可能性もあるわけです。私は現時点で深津九子を触法少年として扱うことには反対です。そこで、警視庁に呼び、事情を聴取するべきだと、上層部に打診していますので、渡辺さん、いましばらくお待ちを。それから、山下君何かありますか?」

「年齢計算に関する法律によると、『日にち』を単位にする場合、誕生日の前日の二三日の零時に一四歳になり、『時』を単位にすると深津九子は二三日の零時に一四歳になる。誕生日前日か誕生日当日かに分かれます。杉内警視は、どうお考えですか?」

「危険の少ない『時』で年齢計算を選択し、二三日零時ならば深津九子は一〇〇パーセント一四歳である、ということで捜査を進める、と上層部は判断をくだしました」

杉内はメモに必要なことを書き入れた。

渡辺と山下は深津九子が生活している杉並区にある児童養護施設、社会福祉法人有逢園へと向かった。

園長の佐伯との面談の他に、先生と呼ばれている指導員の川口と堤、心理療法担当職員の石橋とも面談をした。深津九子の近頃の生活態度、精神状態等を訊くのだが、この時点では、深津瑠美子は、トウゴマ毒誤飲の事故死ということで話を進めていたので、あまり突っ込んだ話はできなかった。総合して、近頃は施設内にいることは少なく、図書館で勉強をしているということだった。成績は学年でもトップクラスで、善寺川学園の中等部へ成績優秀の特待生として入学したのは、この施設では異例のことのようだった。

施設の子どもの精神カウンセリングを受け持つ心理療法担当職員から、母親が不慮の事故で亡くなっているので極力刺激的な話は避けてくれと何度も念を押された。

事件一六日後

深津九子は母親死亡の忌引で、一週間、学校を休んで喪に服している。

渡辺は施設で用意してくれた茶器を使って日本茶を煎れると、深津九子の前に置いた。九子とは、これで四回目の面談となった。

深津九子は、母親の自宅を訪ねたことは認めたが、日時に対して「忘れました」としか答えない。嘘は話していないが、黙秘と同じようなものだった。

「君ねえ、完黙っていうのは、職業的犯罪者や思想犯なんかがやることなんだけどね。誰からの示唆なんだい？　完黙なんてのは、組織の中で上の者が完全黙秘の方法を教えているんだけど、君の場合は、あの瀬田華蓮さんに完黙しろとでもいわれたのかい？」

渡辺が言うと、山下が隣で苦笑していた。瀬田華蓮は面談のとき、哀音という子を膝に抱いたまま一言も話さなかった。

「違います」

表情を変えずに九子は言った。九子の施設での面談は、ほとんど完黙に近い状態が続いていた。雑談を振って軟化させようとしても九子の態度は変わらなかった。

渡辺は機動捜査隊が初動でまとめた実況見分やその他の資料や書類を机の上に置いた。完黙を通す被疑者などを落とすときに使う方法だが、事件の実況見分を読み続け、そこに書かれていることの疑問点を被疑者に訊ね続ける。被疑者が返事をしようがしまいが関係ない。黙秘を続けている人間は、耳が敏感になっている。事件の詳細を被疑者に思い出させ、そのときの反応、主に表情などを観察するというものだ。

「深津瑠美子さん、君の母親の事故当時の現場検証のことなんだけどね。トウゴマ毒誤飲の現場の指紋の有り様がおかしいのが、やはり気になるんだよ」

この話は三度目になるが、何度も同じ話を続けるのは有効だった。九子は、またか、という表情を少しだけ浮かべた。渡辺はファイルの中から現場の検証写真を机に並べた。

「ほら、見てくれるかな？　玄関のドアノブ、室内のドアノブには、第一発見者等の指紋は発見されているけれど、住人である深津瑠美子、洋一らの指紋は検出されなかった。勿論、君の指紋もだけどね。どうしてだと思う？」

渡辺は、指紋検出粉末法で指紋が浮き出るように現れたドアノブの写真を手にして九子の顔に近付けた。

「わかりません」

九子は写真をじっと見ながら言った。

「ドアノブだけではないんだよ。トウゴマからひまし油を作る本、ひまし油ダイエット関係書籍などは、ページに指紋が採取されない。どうだろう？　これはおかしいと思わないかな？　付箋（ふせん）に至っては、もう、これは作為を感じないかい？　百歩譲って潔癖性の人間が本のページを拭くとしよう、しかしだね、付箋を拭くなんて有り得るだろうか？」

「わかりません」

「部屋のどこにも、君の指紋は検出されなかった。ほら、これ見てくれるかな？　深津瑠美子さんの部屋で検出された指紋の一覧だ。どう、君の名前はないだろう？　君は、最後にお母さんの部屋に行ったのはいつだったかな？」

「憶えていません」

九子の答えはいつも同じだった。

「近所の人の目撃証言があるんだけれど、それは一〇月には頻繁にとある。それを憶えていないものなのかな。まあ、正確な日付けを憶えていない、としよう。一カ月やそこらで指紋は消えないものなんだよ。瑠美子さんが異常な掃除好きであったとしても、これはおかしなことだねえ。瑠美子さん洋一さんの指紋がトイレのドアノブから検出されていないのは不思議だよ。トウゴマの中毒症状を起こしてトイレを使って、そのあとに掃除をするだろうかねえ?」

「さあ……わかりません」

九子は表情を変えない。


九子は助けて助けてと叫んでいた。必死で平静を装い心の中では悲鳴が上がっている。もう、やってしまったことは消せない。死んだ二人は生き返らないのと同じだ。毎日、じわじわと渡辺と山下に追い詰められている。

「押し込まれているみたいだね」

華蓮の顔を見ると九子はほっとした。

「……助けて、華蓮さん。つらいよ」

「泣きごとか……あんたでも、そうなることがあるんだね」

「私の知っている大人の誰とも違う……」

渡辺の顔が浮かんだけれど、何処にでもいるような中年のおじさん。しかし、喋りはじめるとぐいぐいと心の中に入ってくる。

「大人を舐めていたのかな?」

「うん……全然、私を責めないけど、新しい指紋が残っているのと新しく指紋を拭き取った跡があるのでは同じようなことだとか、中毒で二人が死んだ部屋に指紋を拭き取る第三者がいたということをちゃんと気にしてる。誰の指紋も残っていないドアノブは犯罪者がいたことの証明だったんだね。第三者の作為を感じるのは当たり前のことでしょう。でも、渡辺は、私を責めないで独り言のように話し続けるの……」

「指紋を拭き取る強迫観念か、私も拭き取っちゃうだろうな」

「もし、事故を装うなら、自分の指紋を拭き取ったあとに、死体を運んでもう一度、指紋を付けるということぐらいしないと、それもドアノブだったら握らせて開けたり閉めたりしないといけなかったんだ、っていまさら気付いたんだよ。事故を装うということ自体が、相当にハードル上げてしまってるみたい……」

「難しいね、完全犯罪って……」

「警察って優秀なんだ……」

九子は言った。

「ただ、大きな組織っていうのは、頭が固いから、その部分を使って向こうの考えをミスリードするってことしかないわね。派手で華やかなニュースになる事件と、どこにでもあるようなしみったれた事件とでは、どっちがやる気になるかってこと、警察だって人間、一個人のレベルの感情を考えて、話を作るのよ」

「……華蓮さん、それは渡辺に会うまでの話。渡辺にいまの話をしたら『ほう、よく考えたんだね』と笑顔で言って、また、ぐいぐいと入ってくるんだろうな。それでも渡辺はお前がやったんだろう、なんてことは言わないの、じわじわと私の気持ちを締め上げてるだけ……」

渡辺の特徴は垢抜けない笑顔だ、と九子は思った。それがいまでは恐くてしょうがなかった。

「ちゃんと仕事してるな」

「いろんなことするよ。いきなり現場の写真を見せられたんだ。二人が死んでる写真だよ」

「現場写真を？　それはいきなり見せてあんたの反応を見ようとしてたんだろうね」

「そうだと思って必死に感情を抑えていたけど、震えそうになった……一生忘れられない光景の写真だったな」

写真から血の臭いがしてきそうだった。

「次の日に瑠美子の家に確認に行かなくて良かったでしょう？」

「うん……。でもね、ちょっと不思議には思う。いろいろ調べた中で、どこにもリシン中毒死の末期に、中毒者が暴れるとは書かれていなかった。致死量を考えたから、あんな激しい症状が出るなんて、尋常でない部屋の荒れ方で人間の最後の力は恐ろしいものだと感じたな……」

九子の頭には現場の検証写真が映っている。

「その光景を作り上げたのは、私たちなんだからね」

「わかってる……」

「負けちゃ駄目だよ、九子！」

　華蓮の声が強くなった。

「わかってる！」

　九子は華蓮を真っ直ぐに見てそう答えた。負けるわけにはいかない。

「九子ちゃん、大丈夫?、ねえ、今日、家に遊びにこない？」

　里実が施設に訪ねてきた。忌引きで学校を休んでいる最中、毎日、里実からメールが届いていたが、九子は返信をしなかった。瑠美子たちの死亡を確認した翌日、九子は里実の家に預けていた荷物を引き取り、処分した。それから、里実の家には行っていない。

「ちょっと、疲れちゃって……」

「悲しいよね。九子ちゃんのお母さんが不慮の事故で亡くなったって……先生が言ってたけど……本当なの？」

「本当のことだよ。トウゴマ毒を間違って飲んだんだって、ほら、お母さんの家にあったひまし油、憶(おぼ)えてない？」

九子は、トウゴマ毒と渡辺たちの言い方が口から出た。毎日、何十回と聞いていて頭に染み付いてしまっていた。

「ああ、あれ……そんなんで人が死ぬんだ。ねえ、私のお母さんも心配してるんだ。どう、遊びに来ない？」

里実は心配そうな顔だったけれど、少し、興味深げな顔もちらついていた。

「ごめん、刑事が来て、いろいろ話を聞かれてるんだ」

調べ中だったが、先生が友だちが来ていると告げにきて、九子は面談室から出て施設のエントランスに出た。

「えー、何で？　疑われてたりしてんの？　不慮の事故って……」

里実の声がエントランスの壁に反響した。

「わかんない。事故であっても調べないといけないんだってさ。だから、ごめん。今日は駄目なんだ……今度、遊びにいくよ」

九子は、そう行って施設の中に戻ろうと振り返ると、エントランスの奥に渡辺と山下の姿が見えた。

「心配して来てたのは、学校の友だちかな？」

面談室に戻ってきた九子に渡辺は訊いた。

「はい……」

「学校で、その凄く短い髪型が流行ってるのかな？　似ているけれど」

渡辺は九子の髪を指で指した。

「わかりません」

九子は視線を外し、素っ気なく答えた。渡辺はメモに「髪型が同じ友だち、女子、同級生のもよう、必、調べること」と書いた。

「そうか……、では、話を戻すんだけどいいね。二人の死亡推定時刻は一〇月二四日午前三時から午前七時頃になっているのは、以前に話したと思う。これは死体発見までに少々時間が掛かったんで時間に余裕を持たせているんだ。それで、この死亡推定時刻から、二人がトウゴマ毒を間違って飲んだ時刻を推定しようとしているんだけど、これが難しくてね。毒物の変質等があって、その毒物を摂取、いや誤飲して死亡するまでの時間は、まだわからない。科学捜査研究所の方へ、検体を送っているんだけど、なかなか実験というのは結果が出るのが遅くてね……、そこで、君に訊ねるんだけど、二人は、ひまし油を炭酸飲料に希釈し、それを飲んだ、と思われる。君は、それがいつ飲んだのかわからないかな？」

「……わかりません」

九子の頬がぴくりと動いた。

「わからないか……というと、その場にはいなかったのかな?」

「わかりません」

「そうか、だったら、訊き方を変えるけれど、その時期にお母さんの家に行ってないだろうか? 二一日、二二日、二三日、なんだけれど、どうだろうか?」

「憶えていません」

「憶えていないか、確か一〇月二三日は、君の誕生日じゃないか? おかしくないかな? 子どもの頃は、誕生日が嬉しいもんじゃないのかねえ。私はいま、五三歳だけど、誕生日になると、また歳を取るのか、と憂鬱になるけれど。山下、おまえは、どうだった? 子どもの頃?」

渡辺は雑談に変えたが、九子は視線を伏せたままだった。

「子どもの頃の誕生日は、それは楽しかったですよ。プレゼント貰ったり、バースデイケーキ食べたり、いまは逆に年を減らして子どもの頃に戻りたいですよ。君にも楽しい誕生日の思い出とかあるだろう?」

山下は三〇歳で未婚、その責任のなさが、子どもに戻りたいという言い方に似合っていた。

「……楽しい誕生日なら誰だって憶えてるんだろうけど、私にはそんなことなかったから、何も記憶には残っていません」

初めてというほど、長いセンテンスで九子が喋った。やはり、心は動かされていて、思わず感情を表してしまったようだった。

「そういうもんか……人それぞれ、いろんなことがあるもんだな……悪かったね、嫌なことを思い出させたみたいで」

渡辺は頭を下げたが、九子は視線を真っ直ぐに向けたまま、何も言わなかった。これ以降、九子の反応は、また、短いセンテンスに戻ってしまった。

「捕まえて来た野生動物を餌付けして飼い馴らそうとしているみたいな作業ですね」

杉並区の施設から千代田区の警視庁に戻る地下鉄の中、山下は溜め息まじりに言った。

「野生動物か……成長期の鷹だな、あの子は。大きな目でじっと見てるんだよ、大人たちのことを、俺にはそんな感じがするな。でもな、山下。こっちは餌なんてもんを与えないんだから、馴らしようもないんだな……」

「鷹か……猛禽類ですよね。部屋の中で無表情に座ってる姿が、鷹が止まり木に摑まっているみたいですね。それにあのでっかい目ですか……見透かしてるみたいな視線を感じますよ、僕は」

「あの目は、俺たちの想像も付かないものを見てきたんだろうな……」

渡辺は呟くように言った。

事件一八日後

若手刑事の遠山が数枚束になった書類を配って歩いた。

「科捜研からトウゴマ毒の成分分析等の検査結果が出たとのことで、行ってきましたんで報告します。今回、トウゴマ毒と書類等に明記していたものは、リシンと呼ばれる毒物で、確定されていなかったゆえ暫定的にトウゴマ毒としていたものである。リシンはトウダイグサ科トウゴマの種子に含まれる天然毒成分であり、これは分子量約六万五〇〇〇の糖蛋白質である。人体における推定の最低致死量は体重一キロあたり〇・〇三ミリグラム。毒作用は、たんぱく質合成を停止させる仕組みのため、服用後七～一〇時間とされているが、これは生体での実験例が少なく諸説あるようです。リシンは致死量以上であれば当然死に至ります。霧状にしたリシンを吹き掛けた場合、呼吸困難、嘔吐、発熱、咳、及び身体硬直化が起き、発汗、肺水腫及びチアノーゼ状態に陥り血圧が低下し死に至る。死亡する時間に関して、リシンの量、リシンの形態により異なり、死亡推定時刻からリシンを服用或いは噴霧させられた時間は変化する。よって、二四時間から七二時間と大きな幅があり、とても被曝（今回は服用したと思われるが）時間を特定するのが困難な毒物である」

「毒作用が起こる時間も、死に至ると思われる時間も、幅があり過ぎるな」

渡辺が説明を続ける遠山を遮った。遠山は書類を置きメモを手にした。

「その件につきまして私も同じような質問をしたところ、今回使用されたリシン本体が検出されていないので一〇〇パーセントではないが、リシンの毒作用が起こる時間が七時間を下回るとは思えない。しかし、死に至る時間の場合は、二四時間を下回る場合も考えられる、これは、リシンを服用した人間の個体差、体調などによって早まる可能性は大いにあると予想できる、との回答でした」

遠山はメモを読んだ。

「ということは、毒作用が出るまで最低でも七時間掛かって、死に至るには最短で七時間ということなんだな。毒が効き始めるのが七時間なんだから、毒が効いて身体が弱っていたら、直ぐに……ということも十分考えられる。死亡時刻から予想して、トウゴマ毒、いや、リシンが二人の口に入ったのは最短で一〇月二三日の午後八時以前ということになるな。山下、これ大事だからな。それと遠山、もし、リシンを長い間、少量ずつ服用した場合にも中毒死を起こすことはありえるのか？」

「渡辺さん、その件に関しては科捜研側から言ってきましたよ。トウゴマ種子に関して、リシンのほかにも、リシニンという有毒成分が存在していて、ピリドン系アルカロイドで、中枢神経興奮作用や認識力を増大するなどの向精神作用があるそうです。

しかし、これを快楽的にドラッグとして使用するために、精製することは考えにくい、とあります」

遠山は書類を捲って内容を読んだ。

「毒といえば即効性があればあるほど有効な毒だと思ってたけど、効いてくるのが遅いと、捜査を攪乱させるんだな……。深津九子は、そこまで考えていたんだろうか」

山下は呟くように言った。

「その件に関してはわかりませんが、トウゴマから自家製で作ったひまし油の中に、リシンが存在する可能性は大きいという見解です。それと、トウゴマからひまし油の搾取に関して。全世界においてトウゴマは生産され、生産高一位のインドでは一六三万トンのトウゴマ種子が生産され、ヒマシ油を搾り取った粕に重量比で約五パーセントのリシンが含まれているとされます。つまり、取り出そうと思えばかなりのリシンを作ることができるということです。そして、中学校の理科室の実験道具があり、大学の生物学部程度の知識があれば、リシンの精製は可能だろう、とのことです」

遠山は山下の呟きに答え、そして、また、書類を読み上げた。

「様々な可能性が考えられる事案ですね。そして、この事案を難しくしているのは、日本でのリシンによる犯罪等の事案は、まだ報告されていない、ということですね。渡辺さん、これが毒殺事案であるとしたら、犯罪の傾向が著しくいままでのものと違うと思いませんか？」

　杉内が遠山の報告を聞き終え、改めて渡辺に訊ねてきた。

「今回の件での特徴はそこにあります。事故であったとしても、トウゴマ毒の誤飲などの事例もありませんし、リシンでの毒殺もない。もしこれが毒殺であったならば、現場の作り方、毒殺の方法に稚拙な部分も見受けられます。捜査を混乱させるためにリシンが使われたとなると、それは成功です。しかし、全体の印象はちぐはぐな感じがします」

　そのちぐはぐさに渡辺は今回の件の難しさを感じていた。職業的犯罪者と呼ばれる、犯罪によって日々の糧を得る、いわゆる、犯罪で喰（く）っている、という人間を多く捜査し逮捕検挙してきた。その人間たちの犯罪傾向はある程度把握していた。しかし、今回は予想さえも難しかった。

「そのようですね。様々なことを考えて、そこに深津九子を当てはめると、とてもしっくり来ます……。深津九子は調べの間、変わりませんか？」

「完黙に近い状態のままです。これもまたちぐはぐな話で、通常、完黙は、犯罪を犯したことが露見している場合に、これ以上罪が、共犯者、組織の上層部に及ばないように、防波堤になって刑事の訊問（じんもん）を拒むものです。私には、深津九子が誰かを守るために完黙を続けているようには思えないのです。やったのは私だけど話す気にはなりません、という態度のように感じます」

「いかにも、私もそこが疑問です。逮捕され被疑者になったわけでもない。まだ、初見の段階から、完黙の体を見せるのは、警察側から疑われてもしょうがない、という状況を作ってしまいます。これは何でしょうね、捕まらないという自信の表れなのでしょうか？」

杉内も素直に疑問を口にしていた。

「やはり、深津九子の自白しかない、と思います。深津九子は多くの言葉を溜め込んでいるでしょう……」

渡辺は、じっと様子を窺っているような九子の目を思い出していた。

「少年事件課で検挙された素行不良の少年少女に接していますが、彼らは犯罪を隠そうと必死になって、墓穴を掘って犯罪が露見してしまいます。それは、取調室で一人になって恐くなるからです。深津九子の場合、深津九子の絶大な信用を得ている協力者の存在を感じるんですが、どうでしょう？　やはり、深津九子の身辺調査の枠を広げるのは急務だと感じます」

山下も事故の線は捨てているような口振りだった。

「わかりました。学校関係者の調査を進めましょう。それと施設関係者ももう一度洗い直しましょう。ということで、亀山さん、岩清水君は渡辺さんの下に異動して事件としての調べに加わってください。田所さん、遠山君、引き続き毒物関連から事故の線で調べを。他、何かありますか？」

調べは、事故よりも事件としての扱いに重きが置かれるようになってきた。

「杉内警視、深津九子の警視庁の呼び出しの件を……」

「わかっています、急務ですね。今日の会議で出たものを持って、もう一度、上をせっついてきます。それと、渡辺さん。マスコミ対策専任の人員を入れることにします。今回の件は、マスコミや世間の悪食をとても刺激するでしょうから。先手を打って、極秘事案扱いとし、特Aレベルの箝口令を通達したことは正解でしたね。みなさんも、良い意見、考えは私の裁量でどしどし採用していきますから、お願いします」

杉内は、ちょっと笑うと頭を下げ書類を畳んだ。


深津九子への警視庁からの呼び出しに、保護者である施設園長佐伯は承諾した。

杉内が上から取ってきた許可は、あくまでも任意の調査を前提とした呼び出しだったが、佐伯などの保護者的関係者を同席させない、という条件を付帯させたものだった。調査に当たって、取調室を使用するが、過剰な威圧を与えないように、取調室のドアは開放した状態で行うというものも付いてきていた。

初日、取調室内で杉内が深津九子と佐伯を前にして説明を行った。深津九子に嫌疑が掛かっていること、調べ中は、休憩を一時間のうち一〇分を取り、昼食は一時間として、調べ時間は一日最長五時間とする。その間、学校側に深津九子の出席停止願いを出し、出席停止中は施設内での保護者の監護を求めた。

嫌疑の内容は、リシンの不正使用によって二人が死亡したことに関して。ここで初めて、杉内によってトウゴマ毒がリシンという言葉に変わった。このときも無表情のまま椅子に座っていた深津九子からは簡単な返事しか聞かれなかった。

「深津さん、君に嫌疑が掛けられていることは伝えたね。こちら側からの質問に、いままでのような答えを繰り返していると、嫌疑はますます深まるんだからね。そのことをよく考えること。それと、君が嫌疑を晴らすには、亡くなった二人が事故であることを実証するような証言をしたり、事故であることを君が知っているなら、そのように質問に答えることだね」

渡辺は窓を背後にして九子に話しかけた。こうすれば渡辺の姿は逆光で表情が見えにくくなり、開放されたドアは九子の後ろになって見えなくなる。

「これからは調書を取らせてもらうからね。これは君が話したことを書き写し、それを読み聞かせ同意した場合には署名捺印（なついん）してもらうから」

山下は何も書かれていない調書用紙を見せながら言った。

「はい……」

返事をした九子には緊張した表情が見て取れた。

事件二〇日後

「ごくろうさま……」

施設に戻ると華蓮が眉間に皺を寄せていた。何と声を掛けていいのか困っている様子が九子には見て取れた。

「疲れたよ……質問されて、それに答えないって、こんなにつらいことだと思わなかった」

九子は頭を振ってみせた。

「自白を迫ってきてる？」

「それはない。さあ、自白しろって、怒鳴ってくるかと思ったけど、そんなことは、全然しない。でも、もう、完全に取調べに入ってる感じ。渡辺と山下で、私に嘘を言わせようとしているのよ」

「嘘を言わせる？」

「なるべく答えないようにしているんだけど、さすがに少しずつ喋らされることになることもあるんだ。知りません、わかりません、って言えないようなことを聞いてくるの、雑談とかもしてくるし」

「どんなこと？」

「例えば、お母さんの件を事故であると立証すれば、嫌疑が晴れるとか。私が事故であるように偽装したんだから、内容は全部知っているよね。だから、どうしても、渡辺の質問が私に不利になるようなことだったら、いくら、わかりません、と答えても、表情に出るんだって。そう言われたら気になって余計に顔に出ちゃう。それを、また、突っ込んでくる。それで仕方なく答えそうになる。それを我慢するの。聞こえているのに無反応ってすっごくストレスになるの」

「逮捕された被疑者の取り調べじゃないから、拘留期間が決まっているわけじゃないし」

華蓮も九子同様に取調べに関して相当に詳しくなっている。

「そう、次第に終わりがないみたいに感じてくるのよ」

「一〇月二二日・二三日のアリバイのことは訊いてくる？」

「うん。死亡推定時刻は一〇月二四日午前三時から午前七時頃と出てるから、そこから逆算して一〇月二三日の午後八時以前にリシンが身体に入ったって割り出してきてる」

「あんたアリバイは主張していないよね」

「それは大丈夫、憶えていないって答え続けているから。アリバイは警察側に調べさせて、埋め込んでおいた偽装のアリバイを掘り起こさせた方が真実味が増す、でしょう？　これは必死に自分に言い聞かせているから……」

調べ中は、何度も耳を塞ぎたくなった。瑠美子と洋一が死亡した時間を聞くと、現場写真の光景が頭の中に再生された。表情を変えるな、という方が無理な話だった。

事件二一日後

午前一〇時半、佐伯に付き添われ桜田門の警視庁に向かう。朝のラッシュが終わった地下鉄丸ノ内線の電車はがら空きだった。

「九子……今日の昼食は警視庁の食堂で食べることにしようか？」

佐伯は、事件の話をまるでしなくなった。何を訊いたらいいのかわからないのだろう。

「どこでもいいです……」

「行ってみようよ、九子。警視庁の職員用食堂は一般開放していないから、こんなときぐらいしか入れないんだよ。昨日は、食堂の受付で訊いたら、関係の警察官に頼めば便宜をはかってくれるそうだ」

佐伯は努めて楽しい声を出しているようだった。

「園長先生が行きたいんなら、私はそれでいいよ」

九子はそう答えて目を瞑(つむ)った。頭の中で調べに対しての様々なことを復誦(ふくしょう)していた。電車は進んで行く。駅の名前がアナウンスされ、霞ケ関駅が近付いて来るのを感じると、気が滅入ってくる。九子は、負けるな、負けるな、と呪文(じゅもん)のように頭の中で唱えていた。

事件二日後

渡辺は警視庁の職員食堂の端に追いやられた煙草(たばこ)の自動販売機の前に立った。少し考え、小銭を投入しボタンを押すと、成人識別ＩＣカードのタスポを翳(かざ)した。以前、一時的ではあったが、自販機の横にタスポが紐(ひも)でぶら下げられていたことがあった。

「あれ？　渡辺さん、禁煙はやっぱり難しいんですか？」

山下は少し笑っている。

「難しいことなんて何もない、禁煙なんて何度もやっているからね」

購入した煙草を持って、もっと追いやられた喫煙室に向かった。

ガラス張りの喫煙室の中に珍しい顔を認めた。深津九子の施設の園長である佐伯だった。一番最初に調査をした人物だが、深津九子の顔写真提出を頼んだところ強硬に拒否された。お陰で、深津九子の同級生の西野を騙すようにして写真を手に入れることになった。

「佐伯園長、ご苦労様です」

渡辺と山下は頭を下げた。佐伯は深津九子を朝一番で桜田門の警視庁まで送り届け、時間はまちまちだが夕方に深津九子を迎えに来る。

「うちの子は、まだ……」

佐伯は、NPO法人の人間などによく見られる思想的な偏りはないが、施設のような独立法人の組織の長としては珍しい国立大学の理工学部出身だった。化学・生命系学科を専攻していたので、もしや、深津九子の知識の源かとも疑ったが、佐伯の身辺調査をしたところはその可能性はとても低いと思われた。

「……ええ、ごくたまに、質問に一言二言答える、というぐらいで、完黙ではありませんが、黙秘の行使と言っていいでしょう」

渡辺は答えた。佐伯は申し訳なさそうに頭を下げた。

「刑事さん、九子は本当に？」

「それを現在調査していますんで……。佐伯園長、なかなかに深津さんは優秀な子のようですね。学校の成績はトップクラスで評判もいい。おまけに美人ときてる。学校側からの証言は、すこぶる好評価といってもいい。しかし、施設関係者、先生方、生徒さんたちからの証言が極端に少ない。これはどうしてなんでしょうね？」

渡辺は厭味（いやみ）にならないように雑談のように話した。取調室で話すより、オフレコで雑談しているときに、拾い物のような重要証言を得られることが多々ある。

「うちでは生徒と呼ばずに子どもたちと呼んでいます、それと九子はまだまだ子どもですんで美人とかいうのはあまり……。刑事さん、子どもたちは、他人のことはあまり語りたがらないでしょうねえ。やはり、人間関係、それも肉親との関係で問題があった子たちですから……九子自身も子どもたちに自分のことを話してはいないんじゃないかと思います」

「やっぱり、そういうところがあるんですか、深津さん級の可愛さで勉強もできるというのに、なんだか勿体ないことだな。やはり、子どもたちは変質しているんすかねえ？」

山下は煙草を銜えたまま訊いた。佐伯の顔がちょっとだけ引き攣った。渡辺は、こいつは状況把握に関して優秀だな、という目で山下を見た。

刑事は煙草を吸う職種である。やりたいことをやる、だから犯罪を犯した、という人間たちと向き合うとき、生半可な態度では舐められてしまう。配偶者の浅い情報に押し切られ、子どもに『お父さん、煙草やめて！』などと言われ、禁煙ビジネスの餌食になっている刑事など、犯罪者は鼻で笑うだろう。犯罪者の好きなことをやれ、嵌まるんじゃなくて悪いことを把握しろと山下には言っていた。山下は駄目な質問者を演じ、情報を引き出そうとしていた。

「刑事さん、私は四〇年以上、子どもたちと関わってきています。変わりませんよ、子どもたちは……子どもたちの根みたいものは変わっていない。変わっているのは商売、物を売っている環境が変わっているだけじゃないんでしょうかねえ。情報は変質してきてます。それは子どもたちに影響するというより、親たちに対して影響します」

佐伯が言った。山下は虚を突かれような顔をした。渡辺は「負けるな」という具合に肘で山下を押した。

「親たちに対する情報？　それはどういうことでしょう？　教えて頂けませんか？」

山下は訊いた。佐伯は深く煙草を吸い込むと大きな煙を吐いた。

「……昔から施設に保護されてくる子どもでおねしょが治っていない子が多いんです。夜尿症の最大原因はストレスです。虐待、家庭不和、いじめ、様々な問題が子どもたちにストレスを与えます。子どもが幼いほど、親からのストレスは強いと感じているんだと思います」

「親からのストレス？　それは？」

渡辺は訊いた。

「例えばですが、左利きの素因を持って生まれた子どもがいます。先天的な左利きは統計上には表れていませんが、右利きか左利きかは、六対四ないし七対三ぐらいのものなんじゃないかと私は思っています。しかし、どっちが利き手ですかという統計では九対一ぐらいの割合になります。自分の使いやすい左手から無理矢理右利きに矯正(きょうせい)されているんですよ。何故、右なんでしょう？　右利きの社会だから、行儀が悪く見えるから、親が躾(しつけ)をしていないと思われるから、様々な理由を付けて親は矯正します。これこそ、親たちに与えられた間違った情報でしょうね。まだ、幼児ぐらいですよ、判断なんてできません。右が良しで左が駄目の理由をわからないままに、毎日、親が使いにくい手を使うことを強制するんです。これはストレス以外の何ものでもない。利き手を強制されて、中学三年になっても夜尿症が治らない子なんてざらにいます」

佐伯は饒舌(じょうぜつ)になった。

「そういうもんですか……。左利きを矯正されるストレスでさえそれほどですか……虐待されるストレスは計り知れませんね」

渡辺は煙草の煙を佐伯に掛からないように顔を横に向けて吐いた。

「幼いときに、もっとも近い人間から理不尽な強制を受け続け、畏縮させられた子どもたちということです。様々な問題を抱えてしまいます」

「園長先生、やはり、瀬田華蓮さんも、その、何と言うか……家庭の問題が？　深津九子さんともっとも仲が良いと聞いていたのですが、まったく情報を得られませんでしたね」

山下は、瀬田華蓮のことが気にかかるようだ。瀬田華蓮は、薄倖の少女とか美人薄命などという言葉が似合いそうな物静かな美人だ。

「華蓮は九子の不利になりそうな行動はとらないでしょうし、何も喋りませんでしょう。哀音と同じようなものですから……。華蓮、九子、哀音と三人は同じように問題を抱えてます」

佐伯は煙草の火を消した。

「園長さんは、九子さんの母親、深津瑠美子さんとは、お会いになってはいないんでしたね？」

渡辺は引き止めるように話を振った。

「九子の母親は、一度たりとも施設に顔を見せませんでした。ただね、刑事さん。これは珍しいことではないんです。育児放棄、虐待を繰り返した末に、児童相談所に子どもを保護されるようなことをしでかす親ですから、まるで会いに来ないことはよくあります。反対に、異常に会いたがる親の中には、猫可愛がりというんでしょうか、最初はいいんですが、直ぐに虐待が始まってしまうんですね、子どもとの面会、通信を制限される親もいます」

佐伯は、ぎりぎりのところで身勝手な親たちを批判することを押止めているように見えた。

「確か、瑠美子さんが育児放棄で逮捕されたとき、九子さんは施設にいたわけですけど、九子さん側から会いにいくというようなことはされなかったんですか？」

渡辺はメモを開いた。

「警察から母親を逮捕したとの連絡が施設にありました。そのとき、私と警察と児童相談所の人間で話し合って、会わすには、まだ時期尚早である、となったんです。もし、あのとき、九子と母親を会わせていれば……と思うことがあります」

佐伯は沈痛な声になった。

「それは考え過ぎでしょう。刑事は事件を扱う職業ですが、園長先生のように、たら・ればを考えてしまうと捜査に支障をきたすんです。時間は戻すことはできません。事件は起こってしまった、これを検証することしかないんです」

渡辺は、そう言うしかなかった。

「刑事さん、九子の母親のことは調べられたんでしょう？　教えていただけませんか、深津瑠美子は、どんな人間だったんでしょうか？　よくあるとはさっき言いましたが、やはり、やむにやまれない事情で、子どもを施設に預けるしかなかった、という親もいるんです。しかし、九子の母親に関して、どういう事情なのかが、まったくわからない」

佐伯は母親のことを呼び捨てにした。

「園長先生と同じ気持ちなんです。私もどうも九子さんの母親のことが理解できない。捜査上のことは守秘義務が、と言いたいところですが、調べた情報をお教えしますよ」

「渡辺さん、それはまずいのでは……」

山下が驚いた顔を向けた。渡辺はメモを捲った。

「いや、いいんだ、山下。園長先生に聞いて貰おう。深津瑠美子さんは無職でした。若い頃に美容師の仕事をしていましたが結婚して辞めて以来、一度たりとも正業に就っいたことはないようです。ただ、配偶者は九子さんが二歳のときに死亡、そのあとも瑠美子さんは働いていないんです」

「……生活保護費を受給していたとは聞いていませんが、どうやって生活をしていたんでしょうか？」

「それが変わっているんです。配偶者深津誠一の死亡原因は自殺で、その保険金で生活していたんですね」

「自殺……それで保険金は降りるんでしょうか？」

「保険を掛けて三年以上経っている場合は保険金は支払われる、という契約の保険は多いんです。私たちは職業柄から、直ぐに保険金殺人なんてことを疑ってしまいましたが、当時の実況見分、調書、検死などの書類等を取り寄せて再検討しましたが、怪しいところはなかったですね。誠一には精神科の通院歴もありましたし。多額の生命保険金が支払われましたが、瑠美子は贅沢をするわけでもなく、同じような生活を続けています。まるで、旦那のいない専業主婦という感じと言ったらいいんでしょうかねえ……」

渡辺はメモを読んだ。

「働きたくない女性というのはいます。それは働くことで責任を負いたくないということのようです。虐待の報道がよくテレビのニュースに上りますが、報道ではある部分が表に出ていないことがあります。悲しいかな、先天的に障害のある子が虐待されるということも多いんです。これなどは、親が我が子に対して責任を持ちたくない、ということの表れなのではないでしょうか？」

佐伯は、また、煙草に火を点けた。火口が真っ赤になるほど吸い込むと、大きな煙を溜め息をするように吐いた。

「責任を持ちたくないから働かない……。我が子の責任さえも持ちたくない。当たり前のことができなくなっている人間はいるんですね」

渡辺も佐伯のように煙を大きく吐いた。

「動物園の動物は、人間の手によって何世代も飼育され続けると、子に乳を与えない親が現れてくる。これは生物が子孫繁栄するための本能を放棄した退化ではないかと……人間の世界でも同じです。私は虐待、育児放棄に関して一〇〇パーセント親が悪いと思っています」

佐伯は吐き捨てるように言った。

「育児放棄や虐待する親の子どもが、自分の子をまた同じような目に遭わせることがあるそうですね。それも園長先生の言う退化ということなんでしょうか？」

「そうとも言えるでしょうが、他にも育児放棄や虐待を起こしやすい要因として、親に養育の知識がなかったり、経済力が不足していたり、親が何かしらの疾患を抱えている、というケースがあります。九子の母親は逮捕時に精神鑑定を受けているんでしょうか？」

佐伯に訊かれ渡辺はメモをまた捲った。

「……受けていたようですが、診断結果として精神障害の疾患等は認められていません。しかし、予備診断として、自我の形成不全の徴候が見られる、とありますね」

「九子の特異な行動には、母親から受け継いだ要素はないんですか……」

佐伯は呟くように言った。

「疾患ではないようですね」

「親の身勝手で施設に保護された子どもが、親と同じような身勝手さで犯罪を犯したりすることが、とても辛いんですよ。負の連鎖を私たちが断ち切れなかったのか、と思い知らされてしまうんです。私は九子を救ってやりたい……」

佐伯はある部分で深津九子の行動を肯定していると思えた。施設関係者が深津九子に関して口を閉ざすのは、こういう部分もあるのだろう、と渡辺は思った。

第八章　協力者

事件二三日後

渡辺と山下は、善寺川学園から警視庁へと戻った。学校関係の聴取には、亀山と岩清水も加わり、警視庁での深津九子の調査と調整しながら進行していた。

「渡辺さん。学校関係から、今回の件が漏れている様子はありませんか？」

警視庁のエントランスを抜けたところで、マスコミ対策要員として加わった大塚が渡辺の姿を見つけて訊ねてきた。

「口止めはしているし、事件関係のことは一切伏せて、事故の調査としてしか話していないんだがな……後は深津九子自身が学校で話してしまっているのか、憶測が噂になっているか……。マスコミに流れているのは問題だな」

「確証はありませんが、記者クラブに加入していない週刊誌のフリー記者が、トウゴマ毒誤飲事故に関しての問い合わせをしてきた模様です」

大塚は声を潜(ひそ)めた。

「リシンという単語が出ていないなら大丈夫だろう。初動捜査時期の警察無線を不法傍受した情報じゃないのかな?」

渡辺も声のトーンを落とした。

「捜査本部が秘密裏に立ってからは、トウゴマ毒誤飲事故の名称は警察無線には上がっていませんからね。たぶん、その線だとは思うんですが、どう対応しましょうか?」

「大塚、おまえが担当なんだから、おまえがどう対応するかじゃないのか?」

山下が後輩を諭すように話に加わった。

「……私としては、呼び出して情報源を問いただしますね、そして、その件に関しては解決済みであると伝えます」

「駄目駄目、そんなんじゃ」

山下が鼻で笑った。

「じゃあ、山下さんだったら、どうするんですか?」

「呼び出したりしたんじゃ、反応のし過ぎだ。重要事件だと思われてしまう。次に、また、問い合わせをしてきたときには、おまえが対応して、トウゴマ毒誤飲事故に関しては現在捜査は継続中と答えるんだ。そして、このソースは発表していないから、知っているってことは警察無線を不法傍受している可能性がある。その可能性が認められたら、警視庁への出入りを禁止するぞって、それで、その情報を誰かに話したり、リークするかしたら電波法第一〇九条の二でしょっぴくぞ、と脅しとけばいいんだよ」

山下は淀（よど）みなく言った。山下は少年事件課にいるだけあって、情報の流出などの対応は万全のようだった。

「それが正解だな。大塚、慎重にな。リシンなんて言葉に一四歳の美少女がくっつくと、日本中がひっくり返るような騒動になるぞ」

渡辺は、一段と声を潜めながら言った。

「今日も、存分に虐（いじ）められた顔だね」

華蓮は施設に戻ってきた九子の顔を見ると頭を下げて見せた。心配そうな華蓮の顔には声なし笑いはなかった。

「毎日、毎日……どっかに逃げたくなる」

九子は吐き捨てるように言った。

「あんたが逃げたら、警察の思うつぼなんじゃない？　逃げたって、直ぐに見つけられるんだよ。まずいと思うから逃げるんであって、そこを突破口にして、どんどん中に入ってこられるんだよ。逃げるのは犯人であるって自分から認めてるようなもんだからね。警察は大喜びで追ってくるよ」

華蓮からやっと声なし笑いが出た。哀音が華蓮の膝の上で笑いに合わせて揺れている。哀音のように失声症になれば、何も答えなくてよくなるだろう。

「学校にも調べに行ってるんだよ……」

「それはしょうがないよ。でも、学校で知っている人間はいないんだから、無駄足になるだけじゃない。大丈夫、あんた強いんだから、切り抜けられるって」

華蓮は九子の肩を叩いた。

先生の川島が九子の名前を呼んだ。華蓮はすっと手を引っ込めた。井村さんが訪ねてきている、と川島は言った。川島は三〇代の独身の女で、今回の件をどこまで知らされているかはわからないが、九子に対して、腫れ物に触るような態度になっていた。

エントランスに向かうと里実が、壁に背を付けて待っていた。

「九子ちゃん、大変。学校にも刑事が来たよ。九子ちゃんのこと、いろいろと訊いていた」

里実は興奮した声を出していた。

「知ってる。それで、何を訊かれたの？」

里実の興奮を鎮めるように落ち着いた声を九子は出した。

「何も話さなかった。私、九子ちゃんの不利になるようなことは、何も話しませんって」

興奮した里実の声が鬱陶しく感じた。

「何言ってるの……私の不利って何？　私の何を知ってるの！」

九子は怒鳴っていた。

「……ごめん。疑われてるって……九子ちゃん、ごめん」

「疑われてるって、刑事がそんなこと言ったの？　あんたが勝手に言ってんじゃないの！」

抑えていたものが、九子の身体の中から飛びだした。里実は脅えた顔になった。

「ごめん……学校もずっと休みだし、学校辞めるんじゃないかって先生も言うし……」

「くだらない。大丈夫なんだよ、私は。勝手に心配なんかしないで、迷惑だよ」

「迷惑か……」

相当に言葉がこたえたのか里実は俯いた。その姿が、また、九子を苛つかせた。

「そう、迷惑。当たり前のお母さんがいる幸せな家に育った里実ちゃんに、私のことなんかわかるはずない！」

「そんな……」

里実が顔を上げた。いまにも泣きそうな顔だった。

「どんなに困っても、里実ちゃんに私を助けることなんてできないの。里実ちゃんは同情してるだけ、そんなの迷惑だから」

九子は言い放った。

「そんなことない！　私は九子ちゃんを助けることできるよ！　誕生日の……」

「誕生日なんて、もう終わったんだよ！　いい加減にして！」

九子は里実の声を遮ると里実に背を向けた。背中に視線を感じる。里実の泣き顔が浮かんだが、それを振りきるように九子は施設の中へ戻った。

事件二五日後

亀山が深津九子の調べ中に開け放たれたドアの向こうに姿を見せた。渡辺に視線を送ってきて小さく頭を下げた。渡辺は中座し、調べを山下に任せた。

「渡辺さん、来客が……深津九子の同級生、井村里実とその母親です。捜査本部横の応接室に通しています」

亀山は廊下で声を潜めた。

「……いったい、何しに来たんだ？」

井村里実は学校で調べたときに、感情を露にした女生徒だった。

「それが……深津九子は、二二日土曜日と二三日日曜日に井村里実と家にずっと一緒にいたんだと、里実の母親の晴子もそう言って来ているんです」

「何だって」

渡辺の声が廊下に反響した。渡辺は亀山と共に応接室に向かった。

「深津九子のアリバイの証言のようです。事件に関して、どこまで知っているかは不明ですが、学校の中でもっとも仲が良かったのが井村里実ですから……。一昨夜も、施設に深津九子を訪ねています」

亀山も井村里実を学校で調べている。

渡辺が応接室のドアを開けると、井村里実とその母親の晴子が立ち上がった。渡辺は挨拶をし二人を座らせた。里実は制服姿で晴子は至極真っ当な専業主婦といった感じだった。

「どういった話なのでしょうか？」

「実は、この子から深津さんの話を聞きまして、何かお役に立てるのではないかと思いまして伺ったんです」

「お母さん、深津さんの話とは？」

「捕まって取調べを受けているのでしょう？」

「まあ、そうですが……。井村里実さんだったね、君は深津さんの話はどこで知ったのかな?」

渡辺は晴子から里実に視線を移した。

里実はきつく拳を握って黙っていた。

「学校のみんなが、そう言ってたんだそうです。深津さんのお母さんが亡くなられたのは深津さんのせいだって、それで、二二日とか二三日に、深津さんが何処にいたかを刑事さんが訊いて回っているって、二二日と二三日は、深津さんは家に遊びにきてたのに、なんてことなの、と思いまして来たんです」

里実の代わりに晴子が話していた。

「学校のみんなって、具体的に誰が言ってたのかな?」

「里実が申しますに、先生とか、男子生徒さんとか、他にも女子の何人かが言っていたらしいですのよ」

またもや、晴子が先に話し始めた。

「それで井村さんは、一〇月二二日と二三日、深津さんは家に遊びに来ていたと話にきてくれた、ということですか。そのとき、お母さんも一緒におられたんですか?」

渡辺は晴子に視線を移した。

「はい、一緒に……。二人は里実の部屋で仲良く遊んでいましたよ」

「そうですか。では、お母さん。二人は何をして遊んでいましたか？」

「……何だったかしら、トランプとかしてたかしらねえ？」

晴子は里実を振り返った。里実の両掌は固く握られている。渡辺はメモを取り出して開くと、トランプと書いた。

「トランプですか……それで、お母さん。深津九子さんが家に遊びにきた二二日は何曜日でしたか？」

渡辺が訊いた瞬間、里実が晴子の膝に手をやった。

「土曜日です！　九子ちゃんは土曜日の朝から家に来ました」

里実は顔を伏せたまま言ったが、拳は白くなるほど握られていた。

「お母さん、いま、娘さんは深津九子さんが一〇月二二日土曜日の朝一番に遊びに来た、とおっしゃいました。それで、帰ったのは何時頃でしょうか？」

渡辺はメモを開きペンを片手に持ったまま、晴子に顔を向けた。

「さあ、ちょっとわからないのですけど、夕方ぐらいだったでしょうか……でもね、刑事さん、本当なんですよ」

「もっと、遅くまでいたよ……」

里実は目を伏せたまま言った。

「そうですか、それではアリバイは成立していますねえ」

渡辺は晴子に向かって言った。

「そうでしょう、信じてもらえて、これで疑いは晴れましたでしょう。深津さんが、そんなことするはずないって私は信じています。それもね、刑事さん、里実は深津さんと友だちになれて本当に明るくなったんですよ。深津さんにすごく良くしてもらって……。だから、深津さんは本当に良い子だと思っていたんですのよ」

「一応、参考にしますから、お母さんありがとうございます」

渡辺は頭を下げた。

「これで深津さんは学校に来られますね？　深津さんが、こんなことになって、里実がふさぎ込んで学校行かないなんて言いますでしょう。これで、もう、大丈夫ね」

晴子は里実の顔を覗き込んだ。

「娘のためを思って暴走してしまった母親という感じですかね？」

応接室から出て捜査本部に戻った山下が言った。

「そのようだが、里実が母親に頼んで言わせている、という線も捨てられないな」

渡辺は、井村母娘の話をメモに書き留めたものを確認していた。

「アリバイを証明しにきたというわけですか、わからないでもありませんが」

山下が捜査本部の中から隣の応接室を振り返るようにして言った。井村母娘は応接室に待たせている。

「これは、深津九子が頼んだことでしょうか？　昨夜、私と岩清水君とで学校の調査の帰りに施設に張り込みを掛けていたとき、井村里実が訪ねて来てましたから」

亀山もメモを開いていた。

「可能性はある。しかし、深津九子が頼んだにしては、話の作りが、お粗末すぎるな。しかも、井村里実は、嫌々連れて来られた、ということなのか、それとも、嘘を言うことに怯えて畏縮してしまっていたのか」

渡辺はメモに書かれた二二日、二三日についての九子の証言の部分を開いた。

「どうしますか？　参考意見として預かって、帰しましょうか？」

「いや、山下。あの井村母娘を使ってみるのも手かもしれない。取調室に井村母娘を……いや、それはまずいから、深津九子を応接室の井村母娘に会わせて話を訊く、というのはどう思う？　揺さぶりを掛けられそうだ」

「悪くないですね。やりましょう、渡辺さん」

山下は九子を連れに取調室に向かった。

応接室のドアがノックされ、渡辺は、どうぞ、と返事をした。

いつも無表情な九子でも、応接室に連れられて来て、井村母娘がそこに座っている

れた。のに対面したときは驚いた表情を見せた。九子は井村母娘の正面のソファーに座らさ

「大丈夫？　深津さん」

晴子が遠慮がちに訊いた。九子は、それに答えなかった。

「深津さん。井村さんたちは、一〇月二二日と二三日に君が何処にいたかを話にきてくれたんだ。君は一緒に過ごしたんだろう？」

渡辺の質問に九子は無言だった。前回も前々回も九子の答えは「憶えていません」だった。九子は様子を窺っているようだ。

「二二日と二三日は家に来たのよね。家に遊びに来たのよね、ね、本当だよね、深津さん。家で遊んだよね」

晴子が無言の九子に懇願するように話しかける。里実は俯いたままだった。九子はぎゅっと口を結んでいる。いつもの、憶えていません、を使うことさえも躊躇している様子だった。

「一〇月二三日は、深津九子さんの誕生日ですが、やはり、その誕生日会のようなものを行ったんですか？」

渡辺は母娘に向かって訊いた。

「そうよね、誕生日会をやったのよね、深津さん」

晴子が釣られて話に乗った。渡辺は問い質さなかった。九子は困った顔になり俯いた。

「井村里実さん、どんな誕生日会だったのか、教えてくれないかな？」

山下が里実に近付いて訊いた。学校での調べのとき、里実は山下に向かってしか答えなかった。山下のメモにはそのことが書かれてあるのだろう。

「……普通の誕生日会です」

里実は消え入るような小さな声になった。

「家で誕生日なんていいですねえ、お母さん。家族の祝いの日の催しは、やはり手作りのものが嬉しいもんですよね。二三日は何をお作りになられたんですか？」

渡辺は少し残酷な気分になってしまった。犯罪者や態度の悪い被疑者なら、どんなギミックを使ってでもいいから尋問し自白を引き出す。しかし、井村母娘は、被疑者ではなく、偽証をしているかもしれないが、深津九子を助けたいと思っている善意の第三者だった。

「何だったかしらねえ、深津さん？」

また、晴子は九子と里実を交互に見た。里実の拳は握られたままだった。一般社会で真っ当に暮らしている人間のほとんどは嘘が下手だ。晴子は嘘が下手な人間の典型のようだった。嘘を吐くことを嫌うのは、嘘を吐いて得をするかもしれないが、そのことで自己嫌悪に陥ってしまうからだろう。特に日本人はそんなふうにできていると感じる。

九子は晴子と視線を合わせず無言のままだったが、いままでの「憶えていません」と無表情に言っているときと明らかに表情が違っていた。

「誕生会ならちらし寿司とかじゃないのかな、ねえ、井村さん？」

山下が優しい声を出している。渡辺は山下の顔をまじまじと見た。嫌な男だな、と思ってしまった。

「……そうだったかしら……ねえ、深津さん。そう、ちらし寿司よね……深津さん」

晴子はすがるような思いなのだろう。嘘を吐くことで表情が強張っている。晴子は深津九子に対して自分の嘘に乗って嘘を吐いてくれ、と懇願しているようなものだった。

九子は、晴子の方を見ながら、小さくだが頷いたのを渡辺は見逃さなかった。渡辺は攻め時を感じた。

「ちらし寿司かあ、いいなあ、深津さん。俺はね、子どもの誕生日に一度、いいお父さんというのをやってみようと、見よう見まねでちらし寿司を作ってみたんだ。だけど、これがひどい代物で、子どもたちは、気を使って少しは食べたんだけど、ほとんど残ってしまったな。やはりちらし寿司は、お母さんが作るべきものだな。よかったね、深津さん。ちらし寿司のある楽しい誕生日なら憶えてるだろう？ 楽しい誕生日なんて、そんなことなかったから、記憶には残ってない、とこの前、言ってたから心配していたけど、いいじゃないか、ねえ、深津さん、手作りのちらし寿司食べたんだね」

渡辺は一気に喋った。

「……ええ、まあ……」

九子は、小さくだが、また、頷いた。

「認めたね。君は、井村家で母親の作ったちらし寿司を食べた」

渡辺は念を押して訊くと、九子の横で、メモに誕生日のちらし寿司、井村家にて、アリバイと書き入れた。まだ、警戒心は解いていないけれど、捕獲した野生の鷹の子にそろりと近付くことができたような感じだった。騙し討ちのようなやり方だが仕方がない、と渡辺は思った。

渡辺は深津九子を取調室に戻した。井村母娘には、大変参考になった、と礼を述べ帰らせた。九子はまた、無表情に戻っていた。しかし、もう、いままでと同じではいられない状況は、九子自身が作った。

「ちらし寿司は、錦糸卵がいっぱい掛かったのが好きなの、なんてことを言うおねえちゃんがいるけれど、本当のちらし寿司の真価を問うのは、すし飯なんだよね」

渡辺は雑談から入ったが、これは、九子の吐いた初めての嘘を確定するためだった。

九子は、まだ、無言で雑談には乗ってこない。

「すし飯ってね。酢を効かせないと美味しくない。でもね酢だけだと、食べられたもんじゃない。そこで、砂糖を大量に入れるんだよ。すし飯は砂糖の量で決まるんだ。君はすし飯を作ったことあるかい？」

渡辺は試しのように訊いてみた。九子は、これも小さかったが、首を横に振った。

「すし飯にはびっくりするぐらいの砂糖を入れるんだよ。初めて料理本を見ながら作る人間はその量に驚くんだ。でもね、寿司屋のようなプロのところだと、その料理本に書かれた砂糖の量より、もっと多いんだよ。すし飯というのは、砂糖の量から言えば米のケーキなんだね。酢を効かせるためには、甘みが必要で、甘過ぎるぐらい砂糖があって、それを酢で爽やかにしてんだな。深津さん、お母さんのちらし寿司が美味しいのは、寿司屋ぐらいに砂糖を入れるからなんだよ。俺の作ったちらし寿司は、砂糖の量にびびって減らしてしまったんだ。だから、食べると顎とエラが痛くなるような酸っぱいだけの代物だったな」

渡辺の話に九子は口角を上げて少しだけ笑ったようだった。

「深津さん、君のことを思ってくれている人たちだったね」

渡辺は静かな声で言った。九子は無言で、また、探るような視線を向けてきた。

「あのね、いろいろ調べていて、二二日、二三日、君が図書館で目撃されている証言を幾つも得ているんだ」

渡辺は、亀山に向いて促した。亀山は資料を手にした。

「一〇月二二日午前九時ごろ、杉並区〇〇図書館にて、深津九子は席を取っているのを目撃されています、証言者は〇〇図書館司書佐々木悟。次は一〇時二〇分、上東大学二年、栗林譲が自分の席の横に、深津九子らしき人間が座っているのを目撃、自分は午後二時まで図書館に滞在、その間、深津九子は図書館の出入りを繰り返したという証言です。井村里実に関しても目撃証言が上がっています。同じ制服を着た井村里実も図書館内で目撃されています……ただ、目撃者によっては、深津九子と井村里実を混同していると思われる証言もあります」

亀山の報告は、二三日まで仔細に行われた。九子は黙って亀山の報告を聞いていた。

「これだけの目撃証言なら、君が図書館に井村里実さんと別々の時間に行き、そして、井村家で二三日に誕生日会をしていたと言ってもおかしくない。でもね、図書館に君がいなかった時間が問題なんだ。亀山さん、続けて」

渡辺は九子に顔を近付けた。

「深津瑠美子さんの住む神奈川県川崎市中原区のＪＲ武蔵小杉駅の監視カメラに深津

九子と井村里実さんらしき人物の映像を確認しました。他に、武蔵小杉の商店街、図書館からもっとも近いJRの駅でも同時刻付近に確認しました……」

亀山の報告の間、九子は亀山を睨み付けていた。

「現在、全国の駅構内には、約七万台を超える監視カメラが設置されているんだ。当初は防犯目的という理由で設置されたものではあるけれど、もっとも有用な使用法は、犯罪の嫌疑が掛かっている被疑者の逃走経路の確認や推測、被疑者の身体的特徴、容疑関係者の人数の判断材料などに利用されているんだね。現在では映像を四〇〇〇万件近い顔のデータを使用して一秒で特定の人物の顔の検索ができる大規模監視カメラシステムが導入されているんだよ。そして、このシステムは、決して防犯でなく警察が捜査のために自由自在に使えるんだ」

渡辺は、亀山から受け取った数枚のプリントアウトした画像データを九子の前に並べた。最新型の監視カメラで撮影されたカラーで鮮明なものから、古いタイプのモノクロで画質の粗いものまで、数種類の画像データには深津九子らしき人物が映し出されている。

「それから、君と井村里実は似ているんだね。図書館での目撃証言とかでは、わからなくなる。特に後ろ姿は、僕らでも間違ってしまいそうだ。でも、大規模監視カメラシステムでの人物の顔の検索は、身体全体もあるが、顔の認証が優れているんだ。君と井村里実ではマスクをしていても目のバランスが違うと検索されるんだよ」

山下もプリントされた画像を一枚手にして机に置いた。

「これらは一部で、他にも証拠能力が十分にある画像データはあります」

亀山は、テーブルの上にもう三枚画像データをゆっくりと置いた。

「この画像データに映っているのは君なのか？　と訊いているんじゃないから返事はしなくていい。君であるかどうかの判断は警察がするものだからね。これは紛れもなく君だと我々は判断している。ということは、君が二三日に井村家にて、誕生会を開いてもらい、ちらし寿司を食べたというのは嘘ということになるね。君は中原区の駅にいるんだからね」

渡辺は画像データの一つを九子の方に押し出した。

「……………」

九子は無言だったが、もう、「知りません」「憶えていません」という台詞は出てこなかった。身体を固くして言葉が出そうになるのを抑えているかのようだった。

「三〇年近く刑事をやってきたから、数えきれない取調べをしたな。様々な嘘を目にしてきた。嘘は嫌だね。君はそう思わないかい？　嘘は自分が得することしか考えていない。保身のための嘘、他人の財産を奪うための嘘、口から出任せばかりで病的に嘘を吐いてしまう人間の嘘なんて寂しいよ、止められないんだからね。聞いているこっちの気が滅入ってしまう。犯罪者は嘘を吐くんだ。嘘は犯罪者のもっとも特徴的なことなんだ。しかし、日本に住んでいる大方の人間、真っ当に暮らしている人間は、嘘を吐かないようにしている、何故だかわかるかい？」

渡辺が訊くと、九子は無言で小さくだが首を横に振った。捕獲した野生の幼い鷹が、少しだけこちらの餌に興味を示してくれた、そんな感じだった。

「嘘を吐くとね、罪悪感に囚われてしまうんだよ。だから、嘘を吐かないようにしようと心掛ける。井村里実さんのお母さんは、いま、帰りの電車の中で、いままで味わったことのないような罪悪感に囚われているんだろうね。晴子さんの嘘は、娘のために吐いた嘘なんだろう。唯一の友だちの窮地を助けようと、必死に考えた嘘なんだよ。全部、自分の利益のためなんかじゃない誰かのためにだ。それでも罪悪感は残るんだよ。あの親子はいい人たちだね。でも、君は犯罪者ではないあの二人に嘘を吐かせたんだ。君が頼んだわけでもない、でも、君が吐かせたんだよ、嘘を」

九子の眉間に皺が寄った。頭の中に記憶された映像が蘇っているのだろう、渡辺は、それを覗きたくて仕方がなかった。もう少しで落ちそうだ、しかし、九子は踏み止まっている。

「君は人に嘘を吐かせたことを後悔しているようだ。それは、君が吐かせた嘘に、君自身が嘘を重ねるからだよ。これはあの二人にあの場所で悲しい思いをさせたくなかったからじゃないのか？」

渡辺は訊いた。九子は拳を握っていた。それは井村里実が持っていた嘘を吐くときの癖とは違い、口に出てしまいそうな言葉を必死に押し止めている姿のように見えた。

犯罪を暴くときの訊問テクニックに、被疑者に嘘を吐かせる、というのがある。嘘を認めさせるために嘘が必要となる。嘘は連鎖して広がる。嘘を言っていることに反証せずに嘘を溜めて、一つの嘘を徹底的に調べて暴く、すると、嘘は一気に雪崩を打って崩れていき、被疑者の作った供述が破綻するのである。

「君は井村家でちらし寿司を食べた、と嘘を言ったね。君は夕方には井村家には行ってない。そうだね」

渡辺は、静かな声で訊いた。九子は大きな目でじっと渡辺を見ていた。渡辺は待っている、それは野生の幼い鷹が、初めて手から餌を啄む姿になるだろう。渡辺はじっと待っていた。

「井村家には行ってません……って言ってしまった、とうとうね。でも、あいつ、ひどいよ」

九子は溜め息を吐くように言った。悔しくて堪らない、

「渡辺か……でも、九子に嘘を吐かせたのは里実の母親だね」

華蓮は残念で仕方がない、という顔をしていた。

「仕方ないよ……。あの場所に、里実ちゃんとお母さんを連れてくるなんて、卑怯だよ」

「卑怯かな？　話を聞いていると、里実と母親は、自分の意思でやってきて、それを渡辺が使ったってことじゃない？」

「まあ、そうだよね、問題は、あのお粗末なアリバイ証明だよ。何であんなことしようと思ったんだろう。もしかしたら、渡辺が里実ちゃんたちを警視庁に呼び付けて、こう言えああ言えってやらせたんじゃないかな？」

「それはないと思うな。警察が一般市民を呼び出して、嘘の証言をすることを頼むなんてことがバレたら大変なことになる。それに、里実と母親だったら、そんな要望は断るよ。だって、九子の不利になることだってわかるじゃん。私は、里実と母親は、あんたを助けたい一心でやったことだと思う。直ぐ嘘だとわかるぐだぐだのアリバイ証明だけどね」

華蓮は声なく笑っていた。

「前の日に里実ちゃんにきついこと言ったから、がんばっちゃったんだな……。それにしても本当にお粗末だよ。誕生日会？　はあ？　何言い出してんの？　って感じだよ、急にちらし寿司の話なんて始めちゃって。食べてねえよ、ちらし寿司なんて！

そもそも、里実ちゃんちでご飯食べたことないしね。ぐだぐだで浅い考えでさ、警視庁にまでやってきて！　ちらし寿司って！　馬鹿じゃないの……」

急に身体の芯が引きつるように痛くなった。

「どうしたの、九子？　泣きそうなの」

華蓮は声なしで笑うから、その声はしゃくり上げているように聞こえた。

心が引き千切られそうに痛んでいた。里実と母親の前で、家になんか行ってない、ちらし寿司なんか食べてない、ってハッキリ言えばよかった。でも言えなかった。嬉しくてしようがなかった。浅はかでまったく認められないような証言をしてくれている姿を見て、ちらし寿司なんか食べてない、と九子は言えなかった。

「だって……笑えるくらい一生懸命に……私を助けるって。あんなの、里実ちゃんの勝手なわがままなんだよ。でもあのお母さんは、そんな馬鹿な話に、付き合わされてるのに、あんなに必死に……子どものためにって！　馬鹿みたい！　子どものことを馬鹿みたいに考えてんだよ！」

「……九子の母親では考えられないね」

「そうだよ……私だってあんなお母さんが欲しかったよ！」

九子は咆哮するように叫び声をあげた。華蓮に抱かれた哀音が驚き、九子の代わりのように泣き始めた。九子は歯を食いしばって泣くのを堪えた。ここで泣いたら負けなんだ、と何度も怒鳴っていた。華蓮はそれをじっと見ていた。

「泣いたら負け」

華蓮は哀音をあやすときと同じような柔らかい表情になった。

「……うん」

まだ心の芯の痛みは残っている。

「馬鹿さ加減では、瑠美子も里実の母親も一緒。でもね、どっちが自分の母親になるかなんて決められないんだよ。泣いたら駄目だからね。非情になりなよ。あんたは自分の母親を殺した冷酷な犯罪者なんだよ。非情にならないと、負けちゃうよ」

華蓮の表情が険しくなった。

「……わかってる」

「本当にわかってる？　これから取調べが変わるんだ。あんたが一つの嘘を認めたからね。向こうは、どんどん押してくるんだよ。嘘をいっぱい言わされて、それをどんどん反証されて、あんたの心を折るんだよ。向こうが欲しいのは、私がやりました、というその一言なんだからね。これさえ、言わなければいい。嘘を見抜かれたって、踏み止まればいいんだからね」

華蓮は真正面から九子の顔を覗き込んだ。

「わかった」

九子は拳を強く握った。

事件二六日後

渡辺は取調べの方法を変えた。一つの嘘を吐かせ、その嘘を認めさせてから、深津九子が、どうにか口を開くようになった。

このまま深津九子は陥落するかと思われたが、踏み止まって自白には至っていない。少年事件課で扱う事件の場合、素行不良少年などは、どれほど調べ中に反抗しようとも、一つでも心が折れるようなことが起これば陥落し泣いてしまい、本来の子どもの姿を現してしまう。それから自白へと誘うのは難しいことではなかった。しかし、深津九子は、この場に踏み止まっていた。

渡辺は、亀山がプリントアウトされた画像データを一枚ずつ並べていくのを見ていた。駅の監視カメラの画像とは違い商店街や住宅の玄関に設置された監視カメラの感度は悪かった。

「深津さん、これは二三日の午後五時頃の深津瑠美子さんの自宅付近の商店街で記録されたものよ。これはあなたよね。ほら、見てください」

亀山が一枚の画像データを手にし、九子に渡した。

「私じゃないです」

「あなたでしょう、よく見て。帽子とマスクで見えにくくなっているけど、これは間違いなくあなたよ。認めなさい！」

亀山の語気が荒くなるのは仕方がない。画像データを前にした亀山との取調べに深津九子は動じていなかった。

「私が認めようと認めまいと、判断するのは警察なんでしょう。渡辺さんが、そう言ってました」

九子は亀山を睨んだ。

「そうだね。この画像データの人物を君だと警察は判断している。だから、君が認めようが認めまいが、これは証拠として残す。言うなれば認定するということだね」

渡辺は言い切った。亀山に訊問させ、九子に反証させ、それをもう一度、引っくり返す。亀山には悪いが、年が若い亀山に向けて大口を叩かせるのも一つの方法だった。

「……認定しても構いません。でも、私は認めません」

九子は拳を握って渡辺を睨んだ。

「では、二三日は深津瑠美子さんの自宅へ行った、とこれでいいね？　認めるね？」

渡辺は訊いた。山下が後ろで調書を作っている。九子は、そちらに視線を送った。

「認めません。私はお母さんの家には行ってません」

「深津さん、こうやって証拠があるのよ。当日、図書館から井村家には行かずに、深津瑠美子さんの家に行ったんでしょう!」

亀山は苛ついている。

「駅から商店街までは行ったけど、引き返しました」

九子は意志の強そうな目で亀山を睨んでいる。

「嘘でしょう!　なぜ、わざわざ商店街まで行って、戻っているの?　おかしいじゃない。夕方過ぎにもあなたは見られているのよ。マスクして制服着ている姿とパンツに帽子姿のところと、長い時間、あなたは武蔵小杉駅付近に滞在して、母親の瑠美子さんの家に寄っていないなんて、考えられないでしょう!」

亀山の興奮した声が取調室に響く。

「二三日は、お母さんの家には入っていません」

亀山が訊問しなくても九子の言い返す言葉は同じなのだろう。家に来たと証言できる二人は死んでいる。殺人事件の難しいのは、最も重要な証言ができる人間の口が塞がれているというところだ。必ず、事件の核心に近付くと停滞する。やはり、自白に勝るものはない。被疑者の頭の中に真実が幾つも埋蔵されている。自白でしか、その事実は表に出てこない。

杉内は警察庁生活安全局の局長室の長ソファーに座っていた。隣には杉内の直属の上司である警視庁生活安全部部長の遠城寺警視長が座っている。

警察庁は警視庁の隣にある中央合同庁舎第二号館にあり、生活安全局は一八階にある。杉内と遠城寺は警視庁所属で、警察庁庁舎に入るのは余程のことでないとない。

しかし、深津九子の件は、その余程のことであった。

局長室のデスクには警視監の定岡が座っている。今回の件でいち早く、箝口令を敷くことと、特Aレベルの機密事項にすることを示唆したのは定岡で、遠城寺が警視庁及び神奈川県警に対して特命を出した。

「その少女を警視庁に呼び出して取調べをする許可を出したのは、遠城寺君だったな？」

定岡は、遠城寺の同窓の先輩であり、今回の件の相談に乗ってもらっている。杉内にとって定岡は三階級上である。

「はい。まだ逮捕には至っていません」

遠城寺は苦い顔をしていた。

「時間が掛かり過ぎているようだが……杉内、おまえは何をしているんだ？」

定岡は、次期か、その次の警察庁長官になるだろうと言われていた。

「深津九子は現在一四歳でありまして、事件当時に触法少年だった可能性があります。

事件の期日が一三歳と一四歳の境目にあり、慎重にやらざるをえません」

　杉内は背筋を伸ばして言った。

「箝口令は機能しているのか？」

「それは、いまのところ機能していますが、人心というのはこのような件に下世話な興味の食指を動かしたがります。警察庁として、どう思われますか？」

　特命を出した本人の遠城寺が答えた。

「警察庁としての考えなど、ここでは答えられない。警視庁が受け持った一事案であるわけだからな。ただ、私の一個人、一警察官としての意見を話すのであれば、期限を決めて捜査に当たること、もしも、期限内に逮捕できない場合は、すっぱりと、嫌疑不十分で、この事案を消滅せしめる、ということだ。杉内、君にとっては腹立たしいことだろうが、全体を見ろ、ということだ。警察全体のことを考えた場合の選択をすることも必要だ。私としては、今の段階でも、言葉は悪いが、この件は闇に葬る、ということも考えられる」

「定岡警視監、それでは、あまりにも……」

「最後まで聞きなさい。一年間の不慮の事故による死者数は平成八年から二〇年まで、三万七〇〇〇人台から四万人台で推移している。その人数を全国の警察官が調べているが、一〇〇パーセントではないだろう？　杉内」

「何がでしょうか？」

「不慮の事故での死者数四万人が、一〇〇パーセント犯罪によって死んでいるわけではない、ということだよ。〇・一パーセントでも四〇人ということになる。去年の検察庁終局処理人員は、一五〇万人弱、そのうち、嫌疑を掛けられ不起訴処分処遇は七万人だ。どうだろう、この数字の中に、この事案を入れてしまっても総体的な数字の問題はないといえないだろうか？」

定岡は警察官僚の顔をしていた。それは有無を言わさない固い顔だ。

「しかし、この事案は、重大事件の可能性が……」

「それもわかっている。もし、その少女が触法少年の時期に事件を起こしていたとしたら罰せない。一四歳の未成年でも不起訴処分ならどうだ？　その少女にとっては、同じことじゃないのか？　もしも、触法少年で事件を、ということが立証された場合の社会的混乱、いや、起こるであろう騒動を考えているんだ」

「定岡警視監、私の部下の古参刑事の信条は、疑わしきは罰せず、は裁判所の話。刑事は疑わしきはどんなことでもすべて調べろだ、と言っています。警察はやはり、ここで臭いものに蓋（ふた）のようなことでは……」

杉内は食い下がろうとしたが、遠城寺が言葉を遮（さえぎ）った。

「杉内、わからないことではない。しかしな……」

遠城寺は困った顔だった。

「警察庁の仕事は事件の捜査ではない。警察庁は、警察機構を潤滑に機能させ、一般市民を守るということが使命なんだ。大多数の人間を生かして、少数は捨ておくしかない選択をしなければならないときもある。君の言わんとすることはわかる。しかし、私が言えるのは、全体を見て選択をするのが、警察機構の上層部の正しい考え方なのだということだ」

定岡は言い終えると参考資料を机の上でトンと音を鳴らして揃えた。その音は、もう話は終わりだ、帰りなさい、と言っているように聞こえた。

捜査本部内で渡辺は杉内の話を聞いていた。

「闇に葬るなんて、あんまりな話じゃないですか！　そんなこと、警察官として聞きたくないし、心が寒くなります！」

もっとも反応して声を上げたのは亀山だった。

「亀山さん、闇に葬るというのは、あくまでも比喩であって、そうしろという命令ではないのですから」

杉内はすべてを話してはいないだろう、と渡辺は思った。縦型のヒエラルヒーの組織で生きている人間が理不尽な思いをさせられるのは日常茶飯事だ。それは定岡警視監も同じ経験を積んでいるのだろう。

「執行事務を一元的に担う都道府県警察に対し、国の機関である警察庁は、警察制度の企画立案のほか、国の公安に係る事案についての警察運営、警察活動の基盤である教養、通信、鑑識等に関する事務、警察行政に関する調整等を行う役割を担っている。つまり、警察の基盤を作る機関である、と警察庁の要綱にあります。定岡警視監の考えは警察庁的な思考から来ているんですよ。警視庁の刑事とは違います」

山下は警察庁の冊子を手にしていた。

「そうですね。意見の相違はあります。私は定岡警視監に尻を叩かれたと思っているからこそ、私はその示唆をみなさんに伝えたんです。要は、早く逮捕しろ、ということだと解釈しました。さあ、捜査を進めましょう。どしどし、意見を出してください、採用しますよ」

杉内は怒っているのだ、と渡辺は思った。表情にはまったく出ていないが、定岡警視監の示唆、いや意見は、杉内の直属の上司である遠城寺も賛同していることだと思えた。遠城寺の判断によって、捜査本部の解散は考えられることだ。

「杉内警視、遠城寺部長が期限を切ったと思いますけど、それはいつでしょうか?」

遠城寺という名前を出すと、杉内は表情を変えた。

「近日中だと思われます。定岡警視監は三日と、しかし、部長はプラス二日と考えているのでは、と私は見ています」

「そんなところかな。杉内さん、俺はちょっとした飛び道具の案があるんだけど、聞いてくれませんか？」

「いいですよ、どしどし」

「瀬田華蓮を警視庁に呼び出したいんです」

「施設内で二回調べましたけど、しゃべることができないじゃないですか！　失語症でしたっけ、瀬田華蓮は」

最初に声を上げたのは山下だった。

「失声症だ。失語症は脳の特定な部位の損傷によって起こるもので、失声症とは違う」

渡辺はメモを開いた。

「瀬田華蓮がいつも抱いている幼児も失声症で喋れなかったんじゃ？　確か、朝倉哀音、四歳でしたね。ここでも失語症に×を入れて失声症と書き入れてました」

山下もメモを開いた。山下は自分に教え込むように、何度も失声症と呟いた。

「やはり瀬田華蓮に関しての疑念があるので、昨日、施設に勤務している心理カウンセラーに失声症に関して聞いたことを書いています。失声症は、声帯を振動させて声を出すことができない病的状態。原因として、ストレスや心的外傷などによる心因性のもの。声帯に腫瘍などができて発声が困難になったもの、である。失語症は、脳の大脳皮質の言語野の物理的な障害による疾患。運動性失語症は、言語理解は可能であるが、自発的に言語を表現し得ない。感覚的失語症は、音は聞こえるが言語として理解ができない、とあるんだ。失声症と失語症の違いは、筆談に応じられるか否かのようだ」

渡辺はメモを読み上げた。

「僕は失声症と失語症を完全に取り違えていました。筆談は可能だったのか、そういえば瀬田華蓮は調べのとき、メモ用紙とペンを携えていましたが、一度も、ペンを握らなかった。それは失声症というよりは拒否の姿勢だったんですね」

山下が悔しそうな声を出した。

「いま考えれば、瀬田華蓮を調べたとき、まんまと騙されていたともいえる、筆談ならできるんだからな。深津九子の調べの最初の頃、完黙に近い姿勢を見せていたんで、冗談まじりに、『君ねえ、完黙っていうのは、職業的犯罪者や思想犯なんかがやることなんだけどね。誰からの示唆なんだい？　完黙なんてのは、組織の中で上の者が完全黙秘の方法を教えているんだけど、君の場合は、あの瀬田華蓮さんに完黙しろとでも言われたのかい？』と言ったんだ。それは失声症の瀬田華蓮ありきの皮肉のつもりだったんだな。しかし、これは実際に起こりえることだったんだな」

「それを渡辺さんが言ったときのこと憶えています。僕は、皮肉きついなあって思ったんですけど、深津九子は、表情も変えずに『違います』と答えたんです」

山下はより、悔しそうな声を出した。

「完黙は崩れたが、深津九子は大きくは崩れない。これは、信望者の存在を臭わせると思っていたんだ。組織暴力団なら親分や兄貴分、極左集団なら主宰者や同志、それらの人物に罪が及ばないように防波堤になるために完黙することがある。しかし、それは命令や強制によってはなしえないことだ。そこにあるのは両者の信頼関係や下のものから上の人間に対しての信望だ。深津九子と瀬田華蓮の間に音としての言葉はなくても、それは存在していたんじゃないかと思う。杉内警視、瀬田華蓮を呼び出しましょう」

「そうですね。もし、渡辺さんの意見が正しいのであるならば、深津九子と瀬田華蓮を結ぶ線を断ち切ることが、今、必要なことですね。早速、呼び出しましょう」

杉内は相変わらず冷静な顔のままだった。

「杉内警視、ここは一気にやりませんか？　深津九子を自白させて逮捕ではなく、逮捕して自白させる。逮捕すれば家宅捜索もできます。そのときに、もし、瀬田華蓮との筆談のメモが残されていれば、物的証拠となります。現状を打破するには強行手段しかない。どうでしょう、杉内警視」

「逮捕ですか……これが成人の通常逮捕なら時期尚早とは思いません。これだけの状況証拠は揃っているのですから、しかし、やはり、深津九子が触法少年であるか否かは、大きな問題です。逮捕するとなると、記者クラブに発表しなければなりません。未成年者ということで強い報道規制はかけられますが、逮捕は周知の事実となって記者クラブ外に漏れていきます……」

杉内は珍しく顔を曇らせた。

「何言ってるんですか、杉内警視！　深津九子を逮捕して、自白させられなかったら捜査本部の大失態になる。これは誰かが責任を負うしかない。自分が負うしかないでしょう」

渡辺が真っ直ぐに杉内を見た。杉内は三〇代中盤で、渡辺より遥か上の地位にいる。キャリアという権利を有するには過酷な時期——高い学力の大学に入学し、国家試験を突破するという——を経ている。それ故の権利なのだ。だが、高い地位には、責任を負うということも含まれている。杉内は黙って考えている。自分なりに作り上げた経験則に照らし合わせて考えている、上層部との兼ね合い、部下のこと、そして、被疑者のことを。渡辺とその場にいる刑事たちは杉内が口を開くのを待った。

「わかりました……。ただしかし、一つだけワンクッションを入れさせてください。瀬田華蓮を呼び出します、早急に、いまからでも結構です。瀬田華蓮の取調べによって、深津九子の逮捕を考えるというのが、ワンクッションです。勿論、逮捕した場合、その後に起こることは、不肖杉内がすべての責任を負うことにします。どうでしょう？」

杉内は刑事たちを見回した。

「やりましょう」

渡辺の言葉にその場の刑事たちが同調した。

「私にはこのワンクッションはとても必要なことだと思えるんです。渡辺さんが刑事の勘、とするならば、私の場合は、官僚の経験則とでもいうんでしょうか」

杉内は渡辺を真っ直ぐに見ながら言った。

杉内の決断のすぐ後、瀬田華蓮の警視庁への任意同行が実施された。深津九子の取調べは亀山と岩清水に任せられ、瀬田華蓮は別室の取調室において、渡辺と山下による任意の取調べが始まった。

瀬田華蓮の座った机の上には、用紙とペンが用意された。

「聞こえているね？　今回のことで瀬田華蓮さんが罹病（りびょう）している失声症と失語症の違いに関していろいろと調べたんだけどね。筆談は可能だということだったんだね。前回までの取調べでは、そのことがわからなかったけれど、もう、書けないふりは通用しないから、そのつもりで。まずは、君の姓名と生年月日を書いてくれるかな」

渡辺が言うと、華蓮は最初躊躇しているようだったが、渡辺と山下が促すと観念したようにペンを取った。丁寧な文字だった。

（九子は自白したの？）

「いや、まだ、自白には至っていない」

渡辺の言葉に華蓮は、片頬上げて笑った。その笑い方は特徴的で人を嘲（あざけ）っているような表情だった。大きな切れ長の目は深津九子に似ていて美人なのだが、笑うと冷酷そうに見えた。

「君が深津九子に完黙を示唆していたと我々は思っているんだが」

山下が強い声を出した。

（ありえない。それより、手で書くの　かったるい）

「かったるい？　他に筆談の方法はないだろう。それで黙秘するつもりなのか？」

山下は華蓮が一八歳というので強く出ている。

（けーたい。漢字がめんどい）

「携帯か、その手があったか、そっちの方がイマドキの子は早いかもしれないな」

山下は少しばかり華蓮に翻弄（ほんろう）されている。渡辺は机の下で山下の脛（すね）を蹴（け）った。

「君には、共犯の嫌疑も掛かっているんだよ」

渡辺が言い終わると直ぐに華蓮は携帯を打った。静かな取調室に乾いた連打音が微かに響いた。

(私、ぜんぜん関係ない。九子がそんなことやってないのに、共犯ってない話)

華蓮は携帯の画面を渡辺と山下に見せた。

「山下、おまえのタブレットはメール受信できたな。小さい画面をいちいち読むのはかったるいから、そっちで受信して読めるように設定してくれ」

渡辺は、華蓮のメールを記録できるようにした。山下が華蓮から携帯を借り設定を始めた。山下はちらっと渡辺を見た。もしも、九子とこの方法で、話していたとしたら、記録が残っているかもしれない。

「では、瀬田華蓮さん。改めて聞くけれど、リシンというものを知っていますか?」

山下はいきなり訊いた。華蓮の黒い瞳が一瞬泳いだように見えた。

(リシン?　何ですか?　聞いたことないです)

渡辺はわざと声に出してタブレットの画面に並んだ文字を読んだ。

「本当に聞いたことがない?　深津九子の口から聞いたことない?」

(聞いたことないです。一体何なんですか、それ。私にはわかりません)

「瀬田さんは、深津九子ともっとも仲の良い友だちと聞いているんだけど、君は失声症だから声は出ないんだろうけど、どういう形式で会話しているのかな?」

渡辺は直ぐさま質問を変えた。

（このごろ、あんまり話できてないけど、前は、私がメモか携帯で伝えて、九子は話してました）

文章が長くなるにつれて言葉が丁寧になってきた。最初は捜査を攪乱でもしようとしたのか、どこか無理していた感があったが、実際には丁寧な物言いの人間のように思えた。

「話していない？　社会福祉法人有逢園の先生たちの話とはちょっと違うね……。深津九子と君、そして、朝倉哀音の三人は、いつも一緒にいた、という証言があるんだけれどね。一緒にいて会話がない、というのはおかしくないかな？」

（人にはそれぞれの付き合い方があると思います。九子と私は黙っていてもいい関係です）

「深津九子とは話していない、だからリシンという言葉も知らないか……ねえ、瀬田さん、もう、そういう嘘はやめにしないか？」

（嘘？　何が嘘なんですか？）

渡辺は画面をタッチしてスクロールした。

「これを見てくれるか？　『リシン？　何ですか？　聞いたことないです』と君が答えた文章だ。山下が君に訊いたときは音声の情報でしかなかった。普通、聞き慣れない言葉を音声だけで聞いたらひらがなで書くんじゃないか？　しかし、君の打った文字は、ひらがなの「りしん」ではなく、カタカナの「リシン」で表記されている。おかしいじゃないか？　リシンがカタカナであることを知っていたんじゃないのか？」

　渡辺は語気を強めた。華蓮が即答するように携帯を打った。

（偶然ということが、あると思うんですけど）

「偶然？　それは難しいね。リシンという言葉はとても珍しい言葉だよ。君の携帯で一度でもひらがなのりしんをカタカナのリシンに変換していて、変換予測のトップにカタカナのリシンがあって勝手に変換してしまったか、それとも、君の記憶の中に、リシンはカタカナとして認識されていて、意図的に変換したんじゃないだろうか？　君は、深津九子からリシンという言葉を聞いて、カタカナのリシンという文字情報で記憶しているね？」

　華蓮は無言だった。携帯で文字を打つことさえできず無音になった。渡辺は観察していた。華蓮は返答できないでいる。取調べの方法として、被疑者の心を折る、というのがある。華蓮は任意同行だが共犯の嫌疑の掛かった被疑者である。早目に心を折って取調べを優位に動かさなければならない。

（九子は、毎日、こんな取調べを受けているんですか？）

　華蓮は答えずに話を変えてきた。

「深津九子は、毎日、こういう取調べをやり続けている。刑事たちとの脳味噌の勝負であり、心の揺さぶりあいでもあるな」

答えていないことについて渡辺はスルーして泳がせた。

(九子は何もやっていません。そんなひどい取調べはやめにしてもらえませんか)

「それは無理だね。君、これを見てくれるかい?」

渡辺は山下に捜査資料を出させた。十数センチの分厚い資料が机の上に載った。山下は九子の画像データやリシンの毒性の解析図などを資料から抜き取って並べながら説明した。華蓮は資料をじっと見つめている。

「もう、ここまで調べはついている。深津九子の嫌疑は、トウゴマよりリシンを精製し、深津瑠美子、澤村洋一に猛毒であるリシンを飲ませ死亡させた。リシンを飲ませた経緯については、現場には様々な作為的な物証もあり、計画的な犯行であると思われる、ということだな。もうね、これだけ調べられている」

山下は資料を両手でちょっとだけ持ち上げ、重い音を鳴らして降ろした。華蓮はその音に顔をしかめた。

「瀬田華蓮さん、君は、お母さんのちらし寿司って食べたことはあるかな?」

渡辺は、また、話を変えた。華蓮は怪訝(けげん)な顔を向けてきたが、携帯を打ち始めた。

(どういうことでしょうか。意味がわかりません。どうしてそんなことを訊くんですか？）

　華蓮の顔が強張って見えた。渡辺は資料の中から供述調書を一枚取り出して華蓮の前に置いた。

「これは深津九子が初めて嘘を吐いたことを認めたときのことだ。一〇月二三日、井村里実の家で、里実の母親の作ったちらし寿司を食べた、という嘘だな。まあ、署名捺印はないが、言葉では、本当は食べていないと嘘を認めた。深津九子は、自分の母親が誕生日にちらし寿司を作って貰えたのかなと思ってね。それで、君もどうなんだろうって」

（私も九子と一緒で、そんなもの食べたことがありません）

「そうか、そういうことがなかったか……。君のその足は、親の虐待によってと記録にあるけれど、深津九子が児童相談所に保護されたときの記録にも傷害の記録がある。君らは、とても似た境遇であるんだね。本件で、深津九子の母親である瑠美子さんのこともいろいろと調べたんだが……なんともはや、俺にも子どもがいるからなんだろう、親側から見て、よくそんなことができるもんだと思ってしまう。心が冷えきってしまうというのかな……。幼い子どもが薄暗いところで泣いている情景を思い浮かべるだけで、胸を搔き毟られる気持ちになる……」

　渡辺は本当の気持ちだった。華蓮は渡辺の次の言葉を待っているように視線を外さなかった。

「……刑事として、こんなこと言うのもはばかられるんだが、君も、深津九子のように母親を殺したい、と思ったことはあるんじゃないのかな？」

華蓮は一生残るほどの傷を虐待によって受けた。親を拒絶する気持ちがあってもおかしくはない。

（九子は悪くない）

それだけが書かれてあった。文字であるにもかかわらず、それは華蓮が絞り出した声のように聞こえた。

渡辺と山下が車で施設まで華蓮を送った。警察官は通常では参考人等を送り迎えはしないのだが、華蓮の足のことと、施設の心理療法担当職員の石橋と面談の約束を取り付けてもいることから特例措置になった。面談内容は施設内での深津九子と瀬田華蓮の状態を訊くためだった。

心理療法士の石橋は、四〇代の女性で、以前に施設での簡単な面談のときと同じように心理療法室に通された。

「瀬田華蓮さんは、詐病ということは考えられませんか？」

渡辺は訊いた。石橋はカルテのような資料を開いていた。

「何をもってして詐病というか難しいところですが、瀬田華蓮は現在一八歳、一〇歳の頃にこの施設に収容されてから、一言も言葉を発していません。しかし、失声症は解離性運動障害の一つで、心理的要因が大きいものなのです。その心理的なものを除いてやれば、比較的短期間で治る疾患と言えます。長くて一年ほど掛かるものもありますが、一週間ほどで治る場合も多いんです。瀬田華蓮の場合はおよそ八年と、とても長いです。鬱病など同時に発症すると長引くという例もあり、長いからといって詐病であると簡単には言えません」

石橋は参考書籍を書架から抜き出し、ページを捲った。

「特定の人間とだけは話せるということもある、と聞きましたが」

「場面失声といい、親しい人間との場合は声が出るけれど、それ以外の場合には声が出ない、という症状です。初めて聞かれると、何とまあ都合の良い病気だ、と思われ、それこそ、詐病扱いされかねませんが、解離性運動障害の失声症の場合は、本人の意思とは関係なく、運動機能を止めてしまうんで、とてもつらいことなんです」

「では、瀬田華蓮さんは深津九子とだけは話している、という可能性はあるんですね」

「ありえなくはないです。しかし、私は、施設内で観察していますが、瀬田華蓮が誰かとだけ話している場面を見たことはありません。八年間もの長い間、一言も言葉を発していないんです。解離性運動障害としての失声症の原因は心的ストレスであるわけで、そのストレスが八年もの間、取り除かれていない、ということでもあります。私は心理療法士であって精神科医ではないので、医学的な診断はできませんが、瀬田華蓮にとって義足の音が昔の過酷な状況を思い浮かばせているのでは、と思います」

「それはつらいなあ」

山下が声を上げた。

「つらいですねえ。ここに収容されている子どもたちは様々な家庭環境や事情がストレスになっているんでしょう。失声症を発症する子はたくさんいます。ただ、刑事さん。失声症はあくまでＰＴＳＤのような後遺症的な精神疾患であって、ここに収容される前までの状況は計り知れないほど過酷だったと思います。それと、これは参考になるのかわかりませんが、深津九子も最初にここに収容されたときは失声症を患っていましたけど、二週間ほどで声は出るようになりました」

石橋は過去の資料を開いて言った。

「深津九子もですか……」

渡辺の頭の中には、「九子は悪くない」という華蓮の文章が声ではない声として響いていた。

事件二七日後

午前中から渡辺と山下による瀬田華蓮の調べが続いていた。深津九子の調べは亀山と岩清水が担当していた。

「自白がなくても、深津九子を逮捕することはできるんだよ」

渡辺が言った言葉に華蓮は驚きの顔を示した。

（そんなことできるんですか？）

「昨日、資料を見せた通り、状況証拠だが多くのものは集まっている。一〇月二二日・二三日のアリバイも、自白がないだけで、ほとんど崩れている。しかし、深津九子が一四歳ということは大きい。重大事件であることで、慎重になっているということだ」

（足踏みしているということですね。でも、逮捕は免れないということなんでしょうか？）

華蓮は真剣な顔だった。昨日の反抗的な態度はすっかり影をひそめていた。

「免れることはないだろうね。容疑は固まっている。君が、二二日・二三日に深津九子が母親の自宅に行っていない、という証明ができればだが、それは無理だろう」

（九子はやったとは自白していないけれど、状況証拠は揃っているということです

ね）

「そうだね。ここから真犯人が現れる、というようなことがない限り、回避はできないだろう」

（自白して逮捕されるのと、自白がないまま逮捕されるのでは、どう違うんですか？）

「今回の件は重大犯罪として扱われるだろう。しかし深津九子は一四歳ということで、逮捕されたとして検察官から家庭裁判所へ送られ審判が行われる。ここで、自白による逮捕か、自白なしでの逮捕かでは変わってくる。家庭裁判所では未成年者の家庭環境、犯罪傾向、未成年者性格、反省の情などを考慮して家裁内で審判を決定するか、検察官に逆送致するかどうかが決まる」

（逆送致？　何ですかそれは）

「家庭裁判所の審判によって、これは凶悪事件だから、家裁の手には負えません、是非、大人のきつい罰を与えてください、というようなものだ。家裁が検察に、被疑者を差し戻すという審判を下すんだ。逆送致された場合は、大人に対してとられる刑事手続と同じ手続を経て、通常裁判が行われ刑罰が下されるということだ。この違いは大きい」

（未成年者として扱わないということですか？）

「未成年者としては扱うけれど、大人と同じ裁判を受けさせられるということだ。裁判所も家裁ではないから、刑罰も成人と同じで、殺人罪は適用され、死刑又は無期若しくは五年以上の懲役となることも考えられる。自白あり、自白なしは逆送致になるかどうかの分かれ目となるだろう。家裁の審判でも、自白による逮捕であるかないか、心証は大きく違うんだ」

華蓮は眉間に深い皺を寄せた。

（逆送致されずに家庭裁判所で審判された場合は、どうなるのでしょうか？）

「まずは、保護観察処分だな。一定期間を地域の保護司の指導監督に付するという決定だ。あるいは、少年院送致処分、少年院に収容するというものだ。ずいぶん違うな」

（相当違いますね）

華蓮はそう返すと大きく溜め息を吐いた。

「君をここに呼んだのは、いまや、深津九子の犯罪を立証し逮捕するためだけじゃなくなっている。君に、深津九子のために、自白を促して欲しいんだ、どうだろう？」

（どうして、渡辺さんは、そう考えてくれたんですか？）

華蓮は真っ直ぐな視線を渡辺に向けてきた。

「殺していい人間なんてこの世にはいない。しかし、殺してしまいたくなる人間はい

るものだ、と思っている。君が昨日、九子は悪くない、と書いた言葉が心に残ってい
る」
　渡辺は刑事らしからぬ発言をしてしまった、と思ったが、渡辺の本当の気持ちだっ
た。山下も同じ気持ちだったのか、隣で頷いていた。
　華蓮は俯いた。考えているようだ。渡辺は、携帯を打ち始めるのを静かに待った。
（渡辺さん、もしも、私がやらせた、私が示唆したとしたら、九子の刑罰は軽減され
るのでしょうか？）
　随分と時間が掛かったが、華蓮はようやく携帯を打った。
「君が深津九子をそそのかして、殺させたとしたら深津九子に情状酌量の余地が生じ
ることはあるだろう。しかし、君がそう主張したとしても、君に深津九子の母親を殺
したいという動機を見いだせない、となるだろうな。君には深津瑠美子が死んだとし
ても、何の利益もない。しかも、君は会ったこともないだろう？　君が深津九子を助
けたい一心で、ということになるだろう。深津九子を助けたいのなら、やはり自白を
促すに尽きると思うがな……」
　また、華蓮は考え込んだ。携帯の画面を見つめ続けている。
（わかりました。いまから九子に会わせてくれませんか）
　ゆっくりと打った文字が画面に表示された。

「よし、行くとするか」

渡辺は立ち上がった。


取調室に入ってきた瀬田華蓮を見て、深津九子は少し動揺したようだった。亀山と岩清水を開放されたままのドアから出し、渡辺と山下が替わった。

「何をしたいんですか?」

九子は渡辺を睨み付けている。

「何がしたい、ということでもないんだが……」

渡辺にも華蓮が何をしようとしているのかわからなかった。机を間にして華蓮と九子は向き合っている。

「華蓮さん、この人たちの話に騙されちゃ駄目だよ」

九子は渡辺と山下を見回しながら言った。華蓮は無言で頷いている。

山下の携帯のバイブが小さくなった、山下が失礼と言って立ち上がると、携帯を取り出し開いた。山下は無言で渡辺に開いた携帯を見せた。渡辺も立つと取調室の入口付近に移動した。

(二人だけにしてくれませんか。それで、足音を消してこっそり戻ってください)

と華蓮からのメールの文章があった。渡辺は山下と顔を見合わせた。

被疑者とその共犯の嫌疑が掛かった人間を、取調室で二人きりにすることは危険である。取調官が目を離した隙に起こる事故はいろいろと考えられた。

九子の斜め横の顔は微動だにしていない。うなじと細い首に乗った横顔は、鼻がつんと上がったきれいなラインをしていた。華蓮の横顔も窓からの逆光を浴び、くっきりとしたラインを描いている。対峙した二人の横顔はどこか似ているように感じた。

華蓮は渡辺に向け強い視線を送っているのが見て取れた。

華蓮を信用するしかなかった。華蓮が訴えようとしている真意はわからなかったが、華蓮は、九子を助けたいと願っていることは感じられた。華蓮の申し出に乗ってみるか、と渡辺は山下に目配せした。

「緊急の連絡のようだな……」

渡辺は山下の携帯を閉じて渡した。

「行った方が良さそうですね」

山下は渡辺を見ながら頷くと携帯を受け取った。

「申し訳ないが、緊急なことで席を外すことになった。二人とも椅子から立たないで待っていてくれ」

渡辺は言い、開放されたドアから廊下に出た。山下も後ろに続いた。渡辺は大仰に革靴の足音を鳴らして歩く、山下も、その子どもじみた芝居に同調した。

しばらく廊下を行ったところで足音を小さくしていった。音を立てないように革靴を脱ぎ手に持った。取調室へと足音を消して近付くと、取調室から僅かに声が漏れ聞こえて来る。渡辺は開け放たれたドアのすぐ脇に張り付いた。

「……九子、負けちゃ駄目！　がんばりなさい。どうにか最後まで自白しないこと、それが大事」

「華蓮さん、やっぱり、騙されてなかったんだね」

「当たり前でしょう、九子。向こうは二二日か二三日かさえもわかっていないの、ここは自白しちゃ駄目、あんたなら逃げ通せるから、がんばるしかないのよ」

渡辺と山下は息を詰めて会話を聞いた。

「……何てことだ、これは……」

渡辺から掠(かす)れるほど小さな声が漏れた。山下も驚きの顔で渡辺を見詰めた。

「華蓮さんが呼ばれて、まずいと思ってたけれど、大丈夫だね」

声は続いている。渡辺はそっと開いたドアから取調室の中を覗いた。向かい合った九子と華蓮の横顔が見えた。華蓮は渡辺に気付き、顔を動かさずに大きな黒い瞳だけを渡辺に向けてきた。

「九子、大丈夫、私はあんたを助けにきたんだから……」

華蓮は無表情のままだった。渡辺は逆光の中、目を凝らして華蓮を見た。華蓮の口は動いていない。華蓮の言葉として喋っている声の主は深津九子だった。

渡辺は、取調室に入った。声が止まった。

「君が喋っていたのか……」

渡辺が九子に顔を近付けて言った。九子は不思議そうに渡辺を見ていた。

「どうしたんですか？」

九子は言った。誤魔化そうとしているふうには見えなかった。

「瀬田華蓮と会話していたんじゃなくて、君が一人で会話をしてたのか……」

渡辺は九子の肩を掴んでいた。

「何を言ってるんですか？　意味がわからない」

九子は渡辺の手を払い除けた。

「まさか……君はわかっていないのか？　君は、いま、瀬田華蓮になって喋っていたんだ」

見上げている九子の顔を渡辺は凝視していた。

「馬鹿なこと言わないでください！　他の人が来たから、華蓮さんは黙っただけでしょう。華蓮さんは、私としか話さないんだよ！」

九子は声を上げて立ち上がった。事態が一気に強い力で動かされるのを渡辺は感じた。華蓮が携帯を机の上に出し打ち始めた。山下はタブレットを出して電源を入れた。

「君は一人で喋っていたんだ……君には、その自覚がないのか？」

渡辺は九子を無理矢理座らせた。

（九子、落ち着いて、渡辺さんの言っていることは本当のことなの）

山下が華蓮の送ってきたメールをタブレットの画面に大映しにして、九子の顔の前に差し出した。

「華蓮さん、何でこんなことするの！　いつもみたいに喋ってよ！」

九子は混乱している。華蓮は直ぐさま携帯を打った。

（九子、本当のこと。あんたはいつも一人で喋ってた。私の分まで。本当のことなの）

タブレットを見つめている九子の身体が小さく震えていた。

「もし、そうだったら、私、おかしくなってるじゃん。嘘だよね、華蓮さん！」

九子は華蓮の身体を揺さぶった。華蓮はされるがままに揺らされた。

（嘘じゃない。私は九子の前で、一言も喋ったことはない。ごめん）

「嘘だよ……」

様々な光景が、九子の脳裏に浮かんでフラッシュバックされているのか、瞼（まぶた）が何度も開け閉めされた。

（本当のこと。ごめん、もっと早く、どうにかしてればよかった。本当にごめん）

の鷹が鳴くように甲高い音だった。

「嘘だよ！　そんなの嘘だ！」

九子の身体が大きく震え立ち上がると、九子は天井に向けて咆哮（ほうこう）した。まるで野生の鷹が鳴くように甲高い音だった。


（もう、がんばるのはよそうよ、九子。私も疲れたよ）

華蓮の一文が、九子の身体の力を抜いたようだった。取調べは、華蓮を含めて続けられた。

すべてが違う方向に流れていく。深津九子はぎりぎりの精神力で持ち堪（こた）えていたのだろう。

取調べでは、一つの嘘を認めてしまったことから、自白に導ける。深津九子の嘘をすべて吐き出させ、それを裏で調べ、嘘がすべて出尽くした頃に、渡辺はこれでもかと反証をした。九子は抵抗を続けた。抵抗を続けられたのは、やはり、華蓮の存在が大きかったのだと思えた。しかし、その存在が、自分が作ってしまった幻影であったことがわかったときに、深津九子の心の平衡が大きく乱れ、抵抗する姿勢は一気に崩れ去った。訊問に対して抵抗する力は残り少なくなっていった。もう、九子には強い視線はなかった。

「深津瑠美子さんの家の台所にあったカレンダーには、二二日に丸が書かれてあった。

君が二三日ではなく、二二日に行ったのではないか、と思わせた。この日なら、君はまだ一三歳、触法少年であるわけだ。君にとっても大きな問題ではあるけれど、警察にとっても捜査の根幹に関わる問題だった。しかし、どれほど監視カメラの映像を探しても二二日に君は駅付近のカメラに納まってはいない。二三日には駅と駅付近の映像データは残っている。君は駅には行ったが母親の家に行っていないとして主張していた。では、ここで、また改めて訊くよ。君は二二日は駅に行かなかったね？」

渡辺は、九子の顔を真っ直ぐに見た。九子の隣に華蓮が座っている。九子は華蓮の顔を見た。華蓮はゆっくりと首を縦に振った。

「二二日には駅には行ってません」

九子は答えた。

「それは二二日に、君は母親である深津瑠美子さんの家に行っていない、ということだね」

「……はい」

九子は言った。これで、深津九子が触法少年である可能性は消えた。

「二三日に、君は母親である深津瑠美子さんの家に行ったね？」

「行きました……」

深津九子をとうとう追い詰めた。心は完全に折れたようだった。華蓮はいたたまれないのか下を向いた。

「深津九子さん、君は一〇月二三日日曜日、深津瑠美子さん宅にて深津瑠美子さん、澤村洋一さんをリシンを飲ませたことによって殺害したことを認めますね」

渡辺はゆっくりと訊ねた。

「……認めます」

小さな声だった。

「もう一度、訊くよ。君がやったんだね」

深津九子は顔を上げ渡辺に向かって小さく頭を下げた。

「私がやりました」

九子は背筋を伸ばして言った。

透き通った淀みのない声で、九子が一四歳であることを思い起こさせるような幼い声に聞こえた。華蓮から小さな嗚咽が漏れてきた。

「深津九子、君を深津瑠美子・澤村洋一殺害の被疑者として緊急逮捕します。逮捕時刻一一月一九日一九時三四分、逮捕」

渡辺は、山下が手錠を取り出そうとするのを制した。深津九子には、逃走する恐れはないだろう。暴れ出すことも自傷行為の可能性も少ないということと、肉親と同等なほどに近い関係の瀬田華蓮の心情に配慮してのことだった。

逮捕時の被疑者に対する権利の告知を行い、渡辺は立ち上がった。緊急逮捕後には逮捕状の請求を迅速に行わなければならない。

渡辺は開け放たれたドアから廊下に出た。そこには杉内警視以下捜査本部の人間たちがすべて集まっていた。杉内が大きく頷いた。

「被疑者自白しました。逮捕状の請求をお願いします」

渡辺の言葉に、その場にいる人間たちから一斉に息が漏れた。そのとき、背後で金属が激しくぶつかる音が響いた。それに続いて……。

「駄目！　やめて！」

悲鳴が上がった。渡辺と山下は取調室に飛び込んだ。九子と華蓮が揉み合っている。九子の右掌が強く握られ、その手首を華蓮が両手で摑んでいる。山下が二人に飛び掛かった。

「山下！　手を押さえろ！」

山下が九子の右腕を取り身体を押さえ込むと動きを止めた。渡辺は華蓮を引き離し、九子の手首を捻って掌を開かせる。九子の声と共に掌が次第に開いた。二つのカプセルが床へと転がり落ちた。九子は身体を動かそうと激しく抵抗した。

華蓮が前に立ち、九子の頰を平手で打った。乾いた音が響き、取調室が静かになった。九子は荒い息を吐いていたが、次第に身体の力が抜けていくのが、渡辺の手に伝わってきた。

深津九子の手に握られていたものは、隠し持っていたリシンのカプセルだった。

九子は自殺の恐れありということで、警視庁内の女子留置施設に最長で七二時間、監視態勢のもと、身柄を拘束されることになった。

深津九子の逮捕に伴い、渡辺は瀬田華蓮に任意の事情聴取を行うことにした。深津九子には刑事訴訟法上の精神鑑定の必要ありとして、要請を出す必要があるだろう。華蓮の事情聴取はその準備としても必要なことだった。

(これから九子はどうなるんでしょう?)

華蓮は、まだ、心配げな表情で携帯を打ち、山下のタブレットに送信した。

「これから四八時間内に警視庁内で改めて供述調書が作られたのち、検察に送られ二四時間以内に、検察から家庭裁判所へと通達されるという流れになる。家裁で審議され、ここで検察へ逆送致されるかどうかが決まる。自白が取れていることだし、供述調書での心証は悪くないと思う」

渡辺は華蓮を見た。華蓮は渡辺に向かって頷いてみせた。

(九子をお願いします)

「わかっている。逆送致されないよう、できる限りの努力をするつもりだ」

渡辺が言うと華蓮は何度も頭を下げた。

「……華蓮さん。ちょっと聞きたいことがあるんだけど、いいかな？」

（何ですか？）

「聞き間違いかも知れないんだけれど……君の悲鳴というか声が聞こえたように思うんだけれど、どうだろう？」

山下も同じ疑問を持っていたのだろう、隣で「僕も聞こえたように思います」と付け加えた。

（声が出てましたか。私は八年前に失声症と診断されてから、一生、声を発するのをよそう、と決めました。でも、悲鳴と一緒に声が出たのかも……。もしかすると失声症は完治しているのかもしれませんね）

華蓮の口角が上がった。笑っているように見えたが笑い声は聞こえなかった。

「何故、声を出すことをやめたんですか？」

（怯えていたんです、話すことに。自分から話して、何一つ良いことがなかった。だから、もう話すまい、と決めたんです）

「……そういうことか。深津九子とはどういう経緯で？」

（あの子も最初は失声症を患っていました。だから、入所当時は仲良くなれませんでしたが、喋らない同士でも意思の疎通が行えるんです。次第に仲良くなりました。九子は声が出せるようになり、いろいろと話し掛けてくるようになりました。私は返事をしませんが、頷いたり、首を振ったりしていました)

「いつ頃から、深津九子は一人で会話するようになったのかな?」

(九子が小学校の高学年になった頃です。最初は九子が考えた遊びだったんです。私の気持ちを読んで九子が話す、というただの遊び。でも、あの子、人の心を読むのがうまくて)

「心を読むのがか……大人の、母親の顔色を見続けていたからなのだろうな」

(恐い大人のそばで、大人の顔色を見ることをずっとやるしかなくて、畏縮して暮らしていたんですよ、私たちは)

華蓮は、また、笑う表情を見せたが、それは声がなく無声映画のシーンのようにも見えた。

「そうか……。その遊びが変質したということなのかな?」

(そうだと思います。この遊びは私たちだけの秘密にしようって、それで続いたんです。そして、九子は中学にあがる頃から、学校の友だちにひどいことをするようになりました)

「ひどいことというのは、例えば、どんなこと?」

(男子生徒なんかを騙して、九子の意のままに扱うんです。あの子は、下僕にする、と言ってましたね。先生までも、自分の言いなりだって。あの子、美人だから、男は言い寄ってくる生き物だって思っているみたい。それで、女の子の場合には、心酔者にしてたみたいです）

「美人で、人の気持ち、心を読むのがうまけりゃ、相手をうまく騙せるというのはわかるが、先生までとはな。それは三塚とかいう担任の教師かな？」

（そんな名前だったと思います。とても馬鹿にしてました）

山下が華蓮のタブレットの文字を読んで「あれは駄目教師そうだったな」と笑った。

（人を騙して操り下僕にしていくのが面白いようで、段々エスカレートしていきました。三塚も下僕にしようとしていました。それは、自分が母親という大人から、下僕にされていたからだと思います）

「下僕というのは、勝手な振る舞いをする主人に傅く召し使いという意味でとらえていいのかな」

（それでいいと思います。そんなことをしたがるなんて嫌な人間ですよね。九子は面白そうにやっていました、その嫌なことを。でも、それは私という九子の行動を肯定する人間がいたからなんでしょう。肯定とは言っても、九子が、私の口を借りて自分自身を肯定していたんですけど）

「しかし、君は声は出せずとも、否定することはできたんじゃないか？」

（できました。でも、私は、それをやりませんでした。私は、九子のやることを心の中では肯定していたからなんだと思います）

「今回の事件に関しても、深津九子と君との会話というか、九子一人の喋りはあったのかな？」

（特に多くなりました。毎日、何時間も話し合いました。あの子は、自分の口で母親のことを話すときは必ず「お母さん」と言って、私の口を借りたときは「瑠美子」と呼び捨てるんです。それは、私の口を借りて喋る言葉は、九子の心の中にある悪い九子なんですね。他にも、疲れたときや計画がうまくいかないときに自分自身を叱咤激励する心の中の強い九子だったりもしました）

渡辺は華蓮が「話し合いました」と書いた文字が二人の関係を表している、と思った。

「華蓮さん、それって、頭の上に、天使と悪魔が現れて戦うってやつみたいなもんですよね？」

山下が訊いた。

（九子をそそのかす悪魔の役をやらされているみたいなもんでしたけど、私は決して嫌ではなかったんです。九子が母親を殺したくなったときも、九子は私の口を借りて「殺せば」と言いましたが、私は否定しませんでした。もし、九子が私を使って、罪悪感を薄れさせていたとしても、私は嫌には思いません。それは、私も同じ気持ちだったからなんでしょう。私は九子のやっていることを応援して、計画が進んでいくことにワクワクしていました)

「しかし、君は深津瑠美子さんには、会ったこともないんだろう」

(会ってはいません。でも、九子からいろいろと話を聞いて、身勝手な人間として、私の親とダブらせていました。渡辺さんは言いましたよね？　『殺していい人間なんてこの世にはいない。しかし、殺してしまいたくなる人間はいるものだ』って。私にとって、殺されても仕方がないような人間が九子の母親です)

「そうか……。君の気持ちはわからないでもないが、やはり、殺していい人間なんてこの世にはいないとだけしかいえない……。殺したいと思ったとしても実行しないのが通常の人間だ」

(九子も私も通常な人間じゃないんですよ、育った環境は)

華蓮は声なく笑っている。

「……その点については頷くしかないな。なあ、華蓮さん、今日のこと諸々(もろもろ)に関して、お礼を言い忘れていたから、いま言っとく。ありがとう」

(渡辺さん、何に対してのありがとうなんですか？)

「我々にとってとても大事な被疑者の命を救ってくれた。被疑者の身体の安全を警察官は考えなければならないからね。華蓮さん、深津九子がリシンのカプセルを忍ばせていたことを知っていたのかな？」

（以前に聞いてましたが、そのときは、カプセルのことを次に進める道具だとか言ってたので、次に毒殺する人間のためなのかと思って、すっかり忘れてました。私は九子の自白の瞬間にいてよかったと思っています。リシンは解毒剤が存在しない毒物と言われてるけど、飲んでから七時間以上掛かって薬効が出るんです。だから、飲んで直ぐに胃洗浄すれば問題はなかったから、私が九子の命を救ったとは言えません）

「結果論だな、華蓮さん。それは深津九子の運だ。逮捕されれば、身体検査が行われる。リシンを飲むには、あのタイミングしかなかった。もしも、君がいなくて、こっそり飲まれていたら、助けようはなかっただろう。それにしても君はリシンに関して詳しいな」

渡辺は笑ってみせた。

（当たり前でしょう。毎日だったんです。九子がリシンを作っている話に付き合って、一喜一憂し、リシンに関していろんなことを憶（おぼ）えました。渡辺さんは、違うと言うんでしょうけど、やっぱり、私は九子の共犯者だと思います）

「君は共犯者ではない」

（共犯者じゃないとしたら、私は九子の協力者か、自分のできないことをやってくれ

る九子に憧れる心酔者であるかもしれませんね）
瀬田華蓮は、掠れた息を吐きながら笑っていた。
渡辺は、声なき笑い声を聞いていた。深津九子と瀬田華蓮、重なりあう二人は身体の部分が結合した双生児のようだ、と思った。

第九章　十三の罪

事件三〇日後

深津九子が逮捕され六〇時間が過ぎた。九子の警察での取調べは一旦終了し、現在、検察庁の検事による調べが進んでいた。

「渡辺さん、ちょっと、いいですか？」

家裁へ提出する資料を整理していた渡辺に、困惑した表情の亀山が声を掛けて来た。

渡辺は嫌な予感がした。警視庁内での嫌な予感は高い確率で当たる、と実しやかに刑事たちの中で語られている。

「どうした？」

「来客なんですが……それが、井村里実と母親の晴美が、どうしても渡辺さんに話があると言って来庁しているんですが」

亀山が申し訳なさそうに言った。

「あの親子が？　また来たってことは、ぐだぐだのアリバイですか？」

山下が資料を手にしたまま笑った。渡辺は、応接室に通せ、と言って資料を置くと立ち上がった。


井村里実が、ポケットから小さなパケ袋を出してテーブルにゆっくりと置いた。

渡辺はパケ袋に目を近付けた。

「これはいったい？」

「リシンです」

里実は答えた。

「これは……深津九子から預かっているものなのかい？　君の家も家宅捜索の対象になっていて、君の部屋から深津九子に関連するものは、何も出なかったはずだが……これは忘れ物なのかい？」

渡辺は、深津九子の供述通り里実の部屋、施設、公園等を捜索したが、リシン製造の実験道具などは九子の手によってすべて処分されていた。

「いいえ、九子ちゃんが作っていたリシンを私がこっそり分けてとっておいたものです。九子ちゃんは知りません」

渡辺はパケ袋をハンカチで包むと亀山に「至急、科捜研に行ってこれを検査だ」と渡した。

「もし、これが本物なら、とても危険なものだと知っているのかい?」

「知ってます……」

「井村さん、いったい、どういうことなのか、説明してもらえるかな?」

「九子ちゃんのお母さんと澤村さんは、私が殺したんです。だから、九子ちゃんを早く出してあげてください」

井村里実は平然とした顔で言った。

「ねえ、刑事さん。困ってるんですよ。深津さんが逮捕されたと聞いてから、こんなことを言い始めまして、今日も随分止めたんですけど、どうしても、刑事さんにって……」

里実の母親晴子の表情は困惑そのものだった。

「君ねえ、前にもそんな作り話をして、捜査を攪乱させようとしたのを忘れたのか!今度は、偽証罪で罰を受けることになるかもしれないぞ」

山下は語気を荒らげた。

「刑事さん、偽証罪は、公判などで法律により宣誓した証人が、虚偽の陳述をしたときに適用される法律です。刑事さんの言ってることの方が嘘です。それに私は本当のことを言っています」

里実は言ってのけた。山下は気勢をそがれ、返答に困っていた。渡辺は里実の部屋を家宅捜索したときに、書架に法律関係の本が並んでいるのを思い出していた。渡辺には、まだ嫌な予感が続いていた。

「よく勉強しているね。では、本当は君が殺したというなら、それなりの事柄を示さなければならない。君は『秘密の暴露』というのを知っているかい？」

「知ってます。真犯人しか知りえない事実のことです」

「では、その事実を教えてもらえるかな？」

まさか、という気持ちと嫌な予感が、渡辺の中でない交ぜになっていた。

「九子ちゃんのお母さんの家には、ジンジャエールの瓶がありました。それと私の家に預けてあったひまし油も台所にありました。事件の当日のことです」

「ジンジャエールか……本数は何本？」

現場検証の写真にジンジャエールの瓶は映っていた。

「二本か三本で正確には憶えていません。他には、台所に付箋がいっぱい貼ってあるひまし油ダイエットの本が、開かれて置いてありました」

里実は少し上を向き自分の記憶を辿るように言った。「秘密の暴露」と言っていいだろう。二三日の現場の状況と里実の話は一致している。殺したかどうかは、まだ、わからない。新発売のジンジャエールを初めて瑠美子の家に持って行って、それにリシンを混ぜたと深津九子の証言にはある。瑠美子の部屋には二三日にしかジンジャエールは存在していない。よって、井村里実が以前に瑠美子宅に行ったときに見た光景を話した可能性はなくなる。井村里実が現場にいたか、それとも、深津九子に現場の情報を聞いたかは確実のようだ。

「いったい、何をしたいんだ？」

「九子ちゃんは間違っています。私はさっき検査に出したリシンで、本当に二人を殺したんです」

「里実ちゃん！　あんた気でも変になったの！　何言ってるの！　いい加減にしなさい！」

晴子が里実の肩を乱暴に揺すった。娘から聞いたことのない言葉がいくつも飛び出しているのだ。混乱してしまうのも無理はないだろう。

「……わかった。お母さんは、ちょっと、ここでお待ちください。井村里実さんは、一緒にきてください」

渡辺は立ち上がった。さらに大きな不安にかられた晴子が追いすがるのを、山下が制し無理矢理座らせた。

どうにか終息に近付いた事件が、また、急展開をし始めた。

取調室に座った井村里実は違って見えた。

最初は学校での任意の調査、深津九子の偽のアリバイを主張しに警視庁に来たとき、家宅捜索のとき、それらのどのときよりも落ち着いて見えた。それは覚悟を決めてきたからなのか……。その落ち着きは井村里実の自白の真実味を増して見せていた。

「ということは、君は二二日に深津九子の母、瑠美子さんの自宅に行ったということだね」

「いいえ、違います。二二日じゃなくて、二三日の九子ちゃんの誕生日です」

里実は渡辺の引っ掛けを真摯な態度で軽く躱した。

「……そうか。では、二三日は深津九子と一緒に深津瑠美子さんの家に行ったのか？」

「一緒ではありません。私は一人で行きました」

椅子に座った里実は足をきっちりと揃え、腿の上に手を重ねていた。

「二三日、一緒ではないと……。深津九子は、二三日に瑠美子と洋一を殺害したことを自白し、供述調書に署名捺印しているんだ。しかし、いま、君は自分が殺したんだ、と自首してきた。これではどちらかが嘘を吐いている、ということになるんだが」

「誰も嘘は言ってません。九子ちゃんは、私がやったことを知らないだけです」

里実は言った。そのとき、亀山が検査結果のデータを持って科捜研から戻ってきた。

荒い息を吐き走ってきたようだ。

「リシンでした」

亀山は紙片を渡辺に渡した。渡辺は溜め息を吐き、山下からは唸り声が出た。

「リシンは、深津九子の持っていたものから、君がこっそり分けとったと言っていたけれど、それは本当のことなのか！　深津九子に渡されたものじゃないのか！　リシンを渡され、こう言えと命令された、ということじゃないのか！　ちゃんと説明しなさい！」

山下はたまらず声を荒らげた。渡辺も怒鳴りたい気持ちだった。

「二人は、九子ちゃんが飲ませたリシンで死んだんじゃなくて、私の持ってきたリシンで死んだんです」

「ふざけるな、何を言ってるんだ！」

山下は立ち上がりながら怒鳴った。

「山下、落ち着け……。もしかして、君、それは時間差ということではないのかな？」

渡辺は訊いた。

「時間差って、どういうことですか？」

「死亡推定時刻は一〇月二四日午前三時から午前七時頃だ。時刻の算定に幅があったのは仕方がない。しかし、深津九子がリシンを飲ませたとする二三日午前一一時付近から、リシンが効くまでの最短時間を七時間として一八時。ここにずれがあることが気になっていたんだ」

渡辺は言った。深津九子がリシンを飲ませたのが二三日午前一一時付近とわかったのは、自白の後で、正確な時間は昨日わかったのだった。

「しかし、リシンにはデータが少なく死後経過がわかりにくいこともあって、死亡推定時刻のずれは仕方がないのでは？」

山下は資料を手にした。

「君、深津九子の後に被害者宅へ行ったんだね。それは何時頃？」

渡辺は山下の持っていた資料を覗いた。

「夜の九時ぐらいです」

「……うーん、時間的にはしっくりいくな」

渡辺の頭の奥底に引っ掛かっていた言葉が、じわりと鎌首をもたげるように出てきた。渡辺は、資料の束の中から監察医による司法解剖の所見を取り出した。

渡辺は山下の肘を摑むと、亀山を残して取調室の端へと引っ張っていった。

「どうしたんです、渡辺さん」

渡辺は司法解剖の所見の中から注射器という言葉を探しだした。

「注射器という言葉があったな」

それは、瑠美子の喉にだけだが、鋭利なものによってできた切創あり、というものだった。傷つけたものの可能性として、細い錐状のもの、注射針などと書いてある。しかし、切創内には毒物等の残量物は見つからず、喉に毒物を注射した可能性は低いとあった。

「僕も思い出しました。注射した痕を隠すために喉の奥や、肛門の中などに針を刺すことはある、と話してましたね。しかし、瑠美子にあって、洋一にはないので、注射したとする線は消えたんでした」

山下は声を潜めた。亀山も資料を持って部屋の端に来た。三人とも、ちらちらと里実の様子に気を配った。まだ、里実の身体検査はしていない。

「注射器で吹きつける、噴霧する、というのだったら、どうでしょう？　リシンを注射していないのだったら、注射針の切創が瑠美子にあって、洋一にないというのにも説明がつきませんか？　吹きつけたのであれば、嚥下され吸収されるので、喉付近にリシンの残留物がない、というのは説明がつきます」

亀山は、表紙にリシン関連と書かれた資料を手にしていた。注射器という言葉が俄然強い存在感を見せた。

「深津九子の供述調書には、計画当初はリシンを筋肉注射することを考えて注射器を購入した、とあります。致死量を調べるために西野勇大が飼っていたアロワナには使用したものの、注射には針状痕や部分変色などが起こる可能性があり証拠が残りやすいと考え、注射器による殺害は断念した、となってますね。確か、深津九子は注射器やリシン抽出の道具は、二人の死亡を確認して処分したと供述していますが、注射器は見つかっていません」

山下も資料を開いている。渡辺は取調室の空気が凍り付いていくように感じた。

「リシンの噴霧によっての殺害効果は？」

渡辺の問いに亀山のページを捲るスピードが速くなった。

「ありました。リシンはエアゾルの形のもの、或いは、注射器状のもので噴射、吹き掛けるなどして生物兵器として使われた。その場合、濃度の高いリシンを使う、とありますね。噴霧は効果的なんですね……あっ……」

亀山が甲高い驚きの声を漏らした。

「どうした？」

「科捜研で言われたんですが、今回、井村里実の持ってきたリシンは、深津九子が精製したリシンと同一のものであると結果は出ています。しかし、ひとつ違いがあると。それは純度らしいんです。定量分析の結果リシンの純度が明らかに違う。それも、深津九子から押収されたリシンより、井村里実が持ってきたリシンの方が純度が高かったんです。普通、こっそり分けとったものの方が薄くなりませんか？　違法ドラッグなどの薬物事案なら、生産元から卸、中間、売人へと流れていくと、利益を出すために混ぜ物をして、ドラッグの純度は下がっていきますよね。渡辺さん、これは……」

亀山は興奮を抑えながら声を低くして答えた。渡辺がリシンの検査結果をもう一度取り出した。

「繋がるな……」

渡辺は振り返って里実に視線を送った。里実は視線を返さなかった。

「注射器ですか？」

山下は一段と声を落とした。

渡辺は山下に向かって小さく頷いた。渡辺の覚えた嫌な予感は、ざらついた違和感だったのだ、と気付いた。

事件の詳細は深津九子の自白によって、全てが白日の下に曝された。その自白に嘘も作為もない、と思えた。しかし、解剖結果の中にそのざらついたものは混在していた。被害者二人の死際の大量の出血は、被疑者の深津九子さえも驚かすほどの大量さだったが、そのことに関しての解明はなかった。喉の針状の痕跡も深津九子からの証言はなかった。そのときははっきりとおかしいとは感じずに、渡辺の中にざらついた違和感として残っていた。

いま、それらが井村里実の言葉によって露（あらわ）になり始めた。

「井村さん……。ちょっと訊くんだけれどいいかな？　君は注射器を使ったんじゃないのかね？」

渡辺が里実に身体を向けた。

「はい。注射器を使いました」

里実は即答した。取調室の空気が、またすっと冷えていく。里実の身体（からだ）が小刻みに震え始めた。亀山が近付き里実の肩に手を添えた。

「君が持ってきたリシンと深津九子から押収したリシンとでは純度が違う。しかも君の持ってきたものの方が純度が高いという結果が出ているんだが、なぜなんだろうか？」

渡辺の中で混在していたものが繋がっていく。

「それは、九子ちゃんの持っていたリシンから三分の二を抜き取って……色とかが似てた片栗粉（かたくりこ）を混ぜたんです、だからだと思います」

里実の身体が小さく震えていた。

「なぜ、君は、そんなことをしたんだい？」

「九子ちゃんに、殺人犯になってほしくなかったんです。だから、私が、こっそり、リシンを薄くして、二人が死なないようにしたんです」

　里実は渡辺を見ていた。

「それで、君が被害者の深津瑠美子さんと澤村洋一さんを……」

　渡辺はそこで言葉を区切り、里実から出る言葉を待った。

「私が殺したんです。九子ちゃんじゃありません。私が注射器に入れたリシンを喉の奥に吹きつけたことで二人は死んだんです」

　里実は表情を変えずに言った。瀬田華蓮とは違う協力者が、また、ここに存在していた。

「これは、本物だったな……」

　渡辺は呟くように言った。渡辺の覚えた嫌な予感は、真ん真ん中を射貫いたようだった。


　井村里実の供述調書が作られていく。

　自首して来たんだから嘘は吐きません。本当のことを全部話します、と前置きしただけあって、里実は犯行の詳細を話し、調書作成はスムーズに行われた。

「物的証拠も状況証拠もある。証拠は裏を取れば立証されるだろう。井村さん、君が本当に犯行を行ったようだね。だが、しかし、どうも納得のいかない部分があるんだ。

君は深津九子を殺人犯にしたくない、と言ったが、そんな理由で二人もの人間を殺すかな？」

犯罪には動機があるが、その動機がよく見えない、と渡辺は思っていた。

「やっぱり、深津九子にそそのかされたんじゃないのか？」

山下が詰め寄るように訊いた。

「九子ちゃんはまったく知らないことです」

里実はきっぱりと言った。

「どうして、君が深津九子のために殺人を起こすんだ？」

渡辺が言うと里実は小さく頷いた。

「九子ちゃんは、私にとって神なんです」

里実は真っ直ぐに渡辺を見て強い物言いだった。

「深津九子が神様仏様の神ということかな？」

渡辺は訊いた。

「渡辺さん、神と言っても、近頃、若者の中で流行（はや）っている、あれですよ。カタカナのネに十二支の申をくっつけて神とか安易に使ってるパターンでしょう」

山下は小馬鹿にしたような口調になったが里実は表情を変えなかった。

「ネ申の神かもしれないけど、私にとっては、現実に見ることができて、話すことも触ることもできる神なんです、九子ちゃんは」

里実はちょっとはにかんだように笑った。

「神か……そうか、とても特別な存在なんだな」

渡辺は否定も肯定もしなかった。

「善寺川学園の入学式の日に九子ちゃんを初めて見て私は衝撃を受けたんです。こんなきれいな子がいるなんて……切れ長の大きな目や桜色の唇は完璧だったけど、私が一番驚いたのは、九子ちゃんの肌でした。ミルクで出来た石鹸みたいで、新入生が大勢いる中で、九子ちゃんの顔だけが、まるで肌質が違ってたんです。周りの光を吸収しているみたいに輝いて、九子ちゃんの顔だけが浮いているように私には見えました。九子ちゃんとはクラスも違ったし私のことなんか知らなかったんですけど、あの日以来、私はずっと九子ちゃんを見続けていました。そして、中学の二年にクラスが一緒になって、私は九子ちゃんから話しかけられるのをずっと待ってました。それでやっと九子ちゃんから話しかけられたときは、嬉し過ぎてうまく返事ができませんでした。九子ちゃんは学年でトップクラスに勉強ができて、きれいなのにすっごく強くて、私にできないことを楽々にやってのける。とにかく私とはまるで違うんです。無理だとは思うけど、九子ちゃんみたいになりたいって思ってました。ひどい目に遭わされてきたのに、九子ちゃんは負けてない。あんな子が私と話してくれるだけで、すごいって思ってました。私はお母さんにいっぱい自慢していました。こんなにすごい子なんだって。一緒に遊んでいると、九子ちゃんのことがいっぱい知りたくなって、九子ちゃんが家にきて、いろいろやってることを、こっそり見るようになったんです。九子ちゃんのフォルダーをＰＣの中に作ってあげて暗証番号を設定したから、九子ちゃんは見られないと思ったみたいだけど、日記もあったし、トウゴマとかリシンとか、いろいろと調べているのも残っていました」

「そうやって深津九子の頭の中を覗（のぞ）いていたようなものか……」

　里実が、自分の中にあるものをすべて吐き出し、白日の下に曝す。自分の思いを誰かに聞いてもらいたい、一気に吐き出したいのだろう、と感じた。

「覗いていたんです……。九子ちゃんの全部が知りたくて、堪らなかった。それで、ずっと覗いているうちに、九子ちゃんがリシンを作り始めたのは、お母さんを殺すためなんだってわかったんです。私は九子ちゃんのことを手伝いたかった。九子ちゃんが協力してくれる？　って訊いてくるのを、ずっと、待ってたんだけど、九子ちゃんは一人でやりたいみたいでした。でも、九子ちゃんが実行するんだったら、何か協力したい、九子ちゃんを助けたいって思い続けていました。私、ずっと、リシンができるの待ってたんです。すごい武器なんだリシンって、と思ってました。武器を持てば人間は強くなれる。九子ちゃんが武器を手に入れ強くなったら、思いを遂げられる。

そう思って、リシンができたとき、私は勝手に一人で飛び上がるほど喜びました。一気に九子ちゃんの計画が進むのも嬉しくて、九子ちゃんが、私に預けたリシンに関するものも、みんな調べました。私、九子ちゃんの手伝いがしたくてしょうがなかったんです。リシンがやっとできて、九子ちゃんが致死量を算出するのに苦労していたのもわかってました。私は西野か西野の飼っている犬で生体実験すればいいってずっと思ってて、でも、もし九子ちゃんが生体実験してバレそうになったり失敗しそうになったら、絶対に九子ちゃんを庇おうって……心に決めたんです。西野の身体がおかしくなったって、私が食中毒を起こすようなものをあげたって言えばいいんだし……」

「西野君で人体実験しようとしていたのか？」

渡辺はまじまじと里実の顔を見た。

「あんな馬鹿男、死んでも構わないし、私がやってあげようと思ったけど、あの足の悪いお姉さんが止めたみたいで、あの大きな魚になったんです。九子ちゃんは、あの人の言うことばっかり聞くのも嫌でした」

里実は静かに話し続けていたが華蓮の話になったときに少し感情が昂ったように見えた。

「施設の華蓮さんのことか、深津九子があの子の話だけはちゃんと聞くというのには、それなりの理由があるのだけどな……」

渡辺は、華蓮と九子の特殊な関係を里実に話すべきではないと思った。

「あの人がいなければ、私は九子ちゃんの一番になれるのに……あの人って、歩けないから九子ちゃんのために働けないのに……西野の人体実験する勇気もないのに……」

里実に悔しそうな顔が表れたとき、「神」という言葉がしっくりいくように渡辺は感じた。

「深津九子の一番になりたい。深津九子を助けたいか……触法少年の話は、君が深津九子に教えたんだね」

渡辺は静かな声で言った。里実は表情を変えなかった。

「そうです。一三歳の触法少年だったら、もし、捕まっても罪には問われないって、九子ちゃんに知ってほしいと思ったから、その頃の遊びでやってたクイズにして教えました。九子ちゃんは反応はしなかったけれど、わかってくれたからこそ、決行日を誕生日の前の日の二二日にしたんだと思います……。でも九子ちゃんは、二二日に私の家に来ても、リシンを持っていかない。どうしたんだろうって。二二日にやらないと一四歳になっちゃう……。二二日は、私、九子ちゃんをこっそり尾行しました。浮かない顔で何かあったに違いないって。そしたら、ケーキ屋さんに入って、二二日の誕生日ケーキの予約を二三日に変更したんです。やっぱりなんかあって、二三日になったんだ。それじゃあ、一四歳になっちゃう。でも、誕生日ケーキは関係なくて、夜に決行するのかもって、私、九子ちゃんがリシンを取りにくるのを、夜中の一二時まで待ち続けたんです。でも、九子ちゃんはリシンを取りにこない。九子ちゃんは一四歳になってしまった……。あんなにがんばってリシン作ったんだから、絶対にやるはずだって思って、私、九子ちゃんのこと考え続けて、もしも、九子ちゃんが捕まっても、罪が軽くなるように、リシンを薄めることを考えたんです。私、リシンの致死量も知ってるから、九子ちゃんにわからないように、片栗粉で調整しました。それで、私が九子ちゃんの代わりに、とどめをさしてやろうと思ったんです」

「二三日になって、そこで、君は二人を殺すことを考えたのか……」

山下は呟くように言った。

「九子ちゃんは触法少年じゃなくなった。もし、見つかったら大きな罪になる。絶対に九子ちゃんに罰を負わせたくない。だから、殺させちゃいけないんだって……。二三日の朝、九子ちゃんは、私が薄めたリシンを持っていったんです。九子ちゃんが苦労して突き止めた致死量は、私が薄めたことで、三分の一以下になってる。九子ちゃんの持って行ったリシンじゃ殺せない。だから、私は注射器で、九子ちゃんの持ってたよりも、うんと殺す力の強いもので、と思ったんです。もし、二人がぴんぴんしていたら、注射器なら突き刺したりすることもできる。意識がなくて倒れていたら、注射器で口の中に入れることもできるだろうって……」

「深津九子のリシンによって弱っていた二人は、君が、時間差で純度の高いリシンを噴射したことによって、急激な中毒症状を起こしたということだな」

山下は納得したように言った。

「そうです」

「……井村さん。君が深津九子を守りたかったというのなら、二人にとどめを刺す必要はなかったんじゃないかな？　薄まったリシンなら死ぬことはなかったんだろうから」

渡辺には、まだ、納得のいかないことがあった。里実の自白で事件は解決したようなものだが、感情の部分では、まだ、足りていなかった。

「二人が生き残ってしまうと、九子ちゃんがリシンを飲ませたことがわかってしまうから……それと九子ちゃんには、二人を殺せた、と思ってほしかったんです……」

里実は拳を握った。渡辺は、その動作を見逃さなかった。二人の人間を殺害してしまったときの光景が頭の中に蘇っているのでは、と思った。自白が進んでいる取調室ではよくあることだった。それは罪の意識に打ち震えるというよりも、自らが起こした惨劇の風景が、音と臭いを伴って再生され、恐ろしさがぶり返してしまう。

「君は本当のことを全部話します、と言ったね？」

「はい……」

「深津瑠美子、澤村洋一の二人をそれだけの理由で殺そうとするだろうか？　人が人を殺す理由はいろいろある。憤怒、尊厳を傷つけられて激情したり、深く恨んだ末の怨恨(えんこん)だったり、男女間の揉(も)め事で起こる痴情だったり……金銭が絡んだ私利私欲というのもある。君の理由だけでは、人を殺せるだろうか、という疑問が浮かぶんだが……どうかな？　教えてくれないかな？」

渡辺は首を傾(かし)げた。捜査第一課時代、何人もの殺人を犯した人間を見てきた。殺人犯は特異ではあるが、必ず人を殺す理由を持っている。

「ヒラメって……。九子ちゃんのお母さんは、私に、陰でヒラメってあだ名を付けていたんです。私の顔がひらべったいからだろうけど、私、そんなあだ名付けられたこと初めてで、それに、九子ちゃんのお母さんは、洋一さんと二人で、顔を見合わせてクスクス笑ってたんです。それが許せなかった。あだ名ぐらいって思うけど、でも、あの女は、心の底が腐っているんです。私は、あの人大嫌いでした。全然、いい人じゃないし、だから、九子ちゃんが計画しているとき、一緒の気持ちで殺したいって思ってました。だって、あんな人、死んだっていいと思ってたんです。あの女が、九子ちゃんにしたこと、私は許せないんです」

里実は吐き棄てるように、あの女と言い始めた。

「たかが、あだ名じゃないか……。滅多なことで、女の子に、あだ名を付けちゃいけないんだな」

山下から呆れたような声が出た。

「山下さん、それって違うと思います！」

亀山が突然、声を荒らげた。

「どうした？　何かまずいことでも言ったのか？」

山下は亀山の引き攣った顔を見ながら訊いた。

「ひどいあだ名だからってことじゃないと思います。私、今回の事件を担当して、ずっと心の中がもやもやしてたんです。自分の母親は勿論ですけど、他人の母親であっても、母親というのは、ちゃんとした存在でいてほしいと思うんです。陰で嫌なあだ名を付けて愛人と笑うなんて……それを親友の母親にやられるなんて……辛いことだと思います。死者に鞭打つようで絶対口に出すまいと思ってたんですが……私も井村さんと同じ気持ちです。私の母親も井村さんのお母さんと同じような世間知らずのごく一般的な母親だと思います。深津九子の母親は、いい人なんかじゃない。子どもなら誰もが持っている、お母さんという優しくてかけがえのない存在を汚してしまうような人間だと思うんです。それは私のお母さんまでも汚してしまう、そう感じてしまうんです」

亀山は身体を硬くしたまま絞り出すよう言った。里実は口を噤んで俯いていたが、亀山を見て一度だけ頷いた。

「死者を鞭打っちゃいけないんですか？　私も同じ気持ちがありました。あの女は私のお母さんとまったく違う最低の人間です。私、九子ちゃんがあの女の言いなりになっているのが悔しくてしょうがなかった。あの女がしたことも許せない、あんな女が九子ちゃんの母親だなんて、私は認めたくない。九子ちゃんが殺したかったように私も殺したかった。それと……」

里実は口ごもり、微かに震え始めていた。大きく感情が昂っているのを必死に抑えているようだった。

「それと……とは何が続くんだい？」

渡辺は声を掛けると、人を殺してしまった後悔が涙を押し出そうとしているのだろうか、里実の握られたままの拳は力が入って白くなった。

「井村さん、話せばすっきりするのよ」

亀山が里実の横に立つと肩に手を掛け促した。里実は口を堅く結んだまま亀山を見上げる。

「大丈夫だから、何でも思っていることを言っていいんだ」

渡辺は静かな声で言った。里実は、小さく息を吸って渡辺に視線を返した。

「私が二人を殺したのは、九子ちゃんへの、お誕生日プレゼントなんです」

きっぱりとした口調で里実は言った。

取調室にいる人間の誰もが、表情をなくして里実の顔を凝視してしまっていた。

里実の目を見ていて渡辺は違和感を覚えた。大人しい中学生の里実の姿から皮を一枚剝ぐと、凶々しい顔が現れてしまったようだった。

「誕生日プレゼント……なのか？」

山下が思わずなのだろう、気の抜けた声で聞き返していた。渡辺にも予想もしない答えだった。

「九子ちゃんの誕生日だったし、丁度良かったから」

里実の拳は開き震えは止まっていた。

「深津九子が、もっとも欲しがっていると思われるものを、誕生日のプレゼントで贈ったというわけか……」

渡辺は溜め息を吐くように呟いた。様々な日時の偶然が重なり合い、里実の背中を押してしまったように思えた。

「そうです。これで、私は九子ちゃんの一番になれると思ったんです」

里実は本当に言いたかったことを吐き出したようだった。

「いま、君は一三歳だったね」

渡辺は改めて訊いた。

「一二月六日に一四歳になります」

里実は顔を上げるとはっきりとした口調で言った。

「触法少年ということだね……」

渡辺は念を押すように訊いた。里実は大きく頷いて見せた。

「九子ちゃんは、あの二人を殺せていません。二人を殺したのは私です」

里実は、はっきりとした声だった。一三歳の幼い考えを実行し達成させてしまった。

里実は神と崇めた九子に貢ぎ物を捧げた達成感を覚えているようだった。

人を殺してしまった後に来る悩みなど、いまの里実にはわからないことだろう。殺してしまいたくなる人間はいるものだ。しかし、殺していい人間なんてこの世にはいない。里実を見ながら、その思いが再び渡辺の脳裏を巡っていた。

里実が俯いたまま、何かを喋っているのに気付いた。渡辺は耳を澄ませた。取調室の誰もが気付いたようで部屋は静かになった。

里実の掠れた小さな声が聞こえてきた。

里実は、誕生日ケーキの蠟燭を吹き消す前に歌われるハッピーバースデートゥーユーの歌を口遊んでいた。

第十章　十四の罰

事件一カ月と一〇日後

渡辺は深津九子の正面に座っていた。九子は、検察庁の検事による取調べの途中に、警視庁に呼び戻されていた。

　山下が里実の供述調書をすべて読み終えた。

「誕生日の次の日に、神がどうのって、知らないアドレスでメールが届いていました。直ぐに捨てたけど、あれは里実ちゃんだったんですね……」

　九子は溜め息とともにそう言った。

「そうだろうね。内容は憶えているかい？」

　渡辺が家宅捜索として九子や里実のメールを調べたが、神という文字があるのは記憶になかった。

「意味不明なメールだな、ってぐらいだけで……」

「井村里実に何か声を掛けたいことはあるか？」

渡辺は訊いてみた。

「里実ちゃんに会いたいです。何て声を掛ければいいのか、ありがとう、でもない。馬鹿、でもないな……。たぶん、ごめんね、なんだろうと思います。里実ちゃんに対して、いろんなことが、ごめんね、だったから……」

九子は小さく頷いていた。

「そうか、君は周りの人間を巻き込んでしまったんだな……。瀬田華蓮は、君の陰の協力者であり、井村里実は君のためにと暴走してしまった。誰も君のことを止めることはできなかったのが、残念に思う」

「みんなに申し訳なかったと思います」

「また、君が殺していないという、供述調書を新しく作らなければならなくなった」

「はい……」

「里実ちゃんは、いま、どうなってるんですか？」

「井村里実は、君と違って児童福祉法の範疇になる。警察と検察の手を離れ、児童相談所経由で家庭裁判所の審判になるだろう」

渡辺が言った。

「法律はちゃんと機能して、触法少年として扱われるんですね？」

九子が喜んだ顔になった。

「そうだ」

渡辺はそう言うしかなかった。

「法律は機能しているんですね」

「馬鹿野郎！　そんな言い方をするもんじゃない！」

渡辺は怒鳴ってしまった。初めてのことだった。隣に座った山下も驚いた顔を渡辺に向けていた。

「すいません……でも、何で怒ってるんですか？　里実ちゃんは、ちゃんとした家で親もちゃんとしているから保護観察、私は逆送されるかどうかの瀬戸際なんでしょう？」

九子はしおらしく謝った。随分と慣れて渡辺に心を開くようになっていた。

「それは家裁の判断だからわからない。ただ、そういうことじゃないんだよ、君。そんなことじゃない……」

九子は不思議そうに渡辺を見ていた。

「何が、あったんですか？　渡辺さん」

九子の表情が変わった。

「今朝、生命保険会社から警視庁に問い合わせが来たんだ」

「生命保険？」

「ああ、君のお母さん深津瑠美子さんが掛かっていた生命保険会社から事件の詳細を聞きたいというものだった」

「何でそんなこと訊いてくるんですか？」

「深津瑠美子さんの死亡受取人が君になっているそうだ。生命保険会社もどう対処したらいいか困っていたんだそうだ」

「お母さんが……私を？」

九子の大きな目がより開かれるのがスローモーションのように見えた。

「君が殺したかどうかが、問題になっているんだろう。だから、答えておいた。致命傷は与えていない。よって深津九子は母親を殺していないんだ、とね」

渡辺は真っ直ぐに九子を見ていた。

「……はい」

「保険会社の人間が教えてくれたんだが……。受取り人の変更が行われて君になったようだけど、その期日が、君と瑠美子さんが四年ぶりに再会した翌日だったんだそうだ」

娘の誕生日さえ憶えていない母親が、と渡辺は思った。しかし、亡くなっているので瑠美子の意図したことは明確にはわからない。ただ、人間は、やはり複雑にできているものだ、と感じてしまった。

「そういうことをしてたんですね……」

九子の目が大きく見開かれた。瑠美子の行為を九子や里実が事前に知っていたとしても、二人が瑠美子を殺そうとする行為を留める抑止力になることはなかっただろう。

「そうだな……。人間はいろんなことを考えるもんだ」

ずっといい人で通せる人間がいないように、悪いだけの人間などいない。単純な勧善懲悪で物事を判断して行動してしまった九子や里実が、瑠美子の行為をどう受け取るかわからない。ただ、人間の複雑さが棘のように心に刺さり後悔が残るのであればいい、と渡辺は思った。

「ひどい母親のままで死んだ方が、私は楽だったかも……」

九子は、じっと大きな切れ長の目で渡辺を見ていた。

「殺してしまいたくなる人間はいるものだ。しかし、殺していい人間なんてこの世にはいない。人間はそう簡単には判断できないもんだな」

渡辺は自分自身に問いかけるように呟いた。

九子は口をぎゅっと閉じている。眉毛が僅かに八の字になった。

渡辺が生涯見たこともないようなでっかい涙が、九子の下瞼に溜まり、それが頬を転がり落ちていった。

九子は微動だにしない。しかし、涙は溢(あふ)れてくるのか、次々に目から落ちていった。

「泣いていい。君には、いま、泣くことしかないだろう」

渡辺はそう言うしかなかった。九子は無言のまま頷くこともなく、でっかい涙を落とし続けた。

この子の大きな目は、いままで何を見てきたのだろう、心をえぐるような光景が幾つも刻まれているのかもしれない。涙はその光景を洗い流してはくれないだろうが、渡辺にとって九子が涙を流してくれることだけでも、救いのような気がした。

愛情表現と巷(ちまた)では言うが、そういうものが欠落した人間はいる。深津九子と瑠美子は、その典型なんだろう、と渡辺は思った。

エピローグ

事件一年後

深津九子
家庭裁判所での審判は傷害罪を問われ、関東医療少年院に保護入院措置となった。家庭裁判所から検察庁への逆送致は行われなかった。

瀬田華蓮
失声症の再治療中、施設で暮らしている。

井村里実
本事案により補導。児童相談所から家庭裁判所へ送られた。触法少年として刑罰は問われず、保護観察処分となった。善寺川学園を自主退学し、瀬田華蓮と同じ通信制高校に入学が決まった。

解説——少女A、あるいはそれ未満

村上貴史
（ミステリ書評家）

■十三歳

元ヤクザや殺し屋などを中心に据(す)えた小説、あるいは青春や粋(いき)を題材とした小説などを、コンスタントに書き続けてきたヒキタクニオ。彼の最新作『触法少女』は、実に良質のミステリであった。物語として読み応(ごた)えがあり、しかも意外な結末が待ち受けている。そんな一冊だったのだ。

ちなみに〝触法少年〟とは、十四歳に満たないで刑罰法令に触れる犯罪を犯した少年のことをいう。刑法では、十四歳に満たない者には刑罰を科さないのだ。そして、本書の中心人物は、まもなく十四歳になろうとする十三歳の少女である。報道で〝少女A〟として実名を伏せられるだけか、あるいは刑罰を科されない〝触法少女〟か、その端境期(はざかいき)にある少女なのだ。

■十四歳

渋谷の路上で検挙された愛美という十七歳の少女が、取り調べの結果、覚醒剤所持で緊急逮捕される場面で、第一章は始まる。駆けつけた母親は、「うちの子に限って」と叫ぶ。まず一つの母子像がここで提示されるのだ。

その上で著者のヒキタクニオは本当の物語を開始する。愛美の取り調べにあたっていた警視庁生活安全部少年事件課の渡辺と山下に緊急連絡が入り、彼らは別の事件に駆り出されるのだ。人が死んだ事案である。殺人かどうかは、その時点では判明していない。警察にとってこの事案がやっかいなのは、鍵を握る人物は未成年の少女であること。慎重な対応が必要なのだ。警察庁は、この事案を極秘として扱うことを決めた。徹底的な箝口令（かんこうれい）のもと、渡辺と山下はそのキーパースンとの会話を始める。児童養護施設で暮らす十四歳の中学生、深津九子と。

第二章では、その三ヶ月ほど前の様子が、当時まだ十三歳の九子の視点で描かれる。抜群の美貌を備え、成績も優秀な九子が、学校で特定の男性教師や男子生徒、あるいは女子生徒を下僕として支配下に置いていく様が、極めてクールに語られるのだ。読者の感情移入を許さないほど冷たい語りだ――だが、実に生々しい。母親に虐待され、挙げ句の果てには棄てられた九子は、教師や生徒の愚かさ、あるいは脆さなどを、容赦せずに、しかもしたたかに利用していく。その愚かさや脆さ、それと対照的なしたたかさが生々しくリアルであり、読者の心に刺さってくる。だからページをめくる手は止まらない。視点人物である九子の思考や行動には共感できないまま、ただしその冷たいロジックの説得力に圧倒されつつ、物語に引きずり込まれてしまう。なんとも得がたいスリルを味わえるのだ。

その後、九子は母親を捜し始める。捜して、殺意を抱く。その十三歳の殺意が具体的な計画として磨かれていく様子を、ヒキタクニオは丁寧かつ丹念に描く。未成年の少女であるが故の制約や、施設で暮らしているが故の制約を含め、とことんリアルに、そして緻密に描いていくのだ。そしてそのリアルさと緻密さは、殺意の具体化というインモラルな行為ではあるものの、自分に出来る精一杯を追求していく九子という少女に対して、読者に共感を生じさせてしまう効果を持つ。そう、読者としてはついつい九子を応援してしまうのだ。

その事件に向かう九子の姿、つまりは過去の姿に、ときおり事件後の九子の姿が挟み込まれる。渡辺と山下を中心とした警察の面々にあれこれ質問され、心を揺さぶられる九子の姿だ。読者は、九子の過去と現在を並行して読みながら、一体九子の計画が具体的にはどんな内容で、何歳で実行され、そしてどんな結末に至ったのかを、徐々に知っていくことになるのだ。なんとなく想像は出来るものの、全体像が判らないまま、ただしなにか大変なことが起こったことだけを知らされて読み進むという読書体験である。ページをめくる手を止められるわけがない。しかも、前述のように九子を応援する気持ちになっているから、なおさらだ。

事件の形が明確になっていくさなかで、九子の母との関係もくっきりと見えてくる。それも、冒頭の愛美と母との関係や、あるいは九子のクラスメイトの男女の母親との関係と対比されるかたちで、だ。様々な愚かさを読み取ることのできるその母子関係のなかで（これ自体も読みどころだ）、やはり九子への共感は強まっていく。

そして結末付近では衝撃が連続する。それまで夢中になって読んできた物語の背後にあった真実が、読者を打ちのめす。まさに衝撃としかいいようがない。なんと巧みに作られた一冊であったことか。アクロバティックであり大胆であり、しかしながら本書のあちこちにちりばめられた伏線としっかりした人物造形が、その曲芸を力強く支えているのである。

いわゆる謎解きや犯人当てというタイプの小説ではない。しかしながら本書では、良質の本格ミステリが備えている「あの台詞にあんな意味があったのか」「あのときの一言はこんな影響を及ぼしていたのか」といった〝驚かされる愉しみ〟を、十分な納得とともに堪能できる。近年の作家でいえば、道尾秀介の小説を読んで驚いて納得する感覚に近いといえよう。

そして、その超絶技巧に支えられた衝撃と人物造形の力強さの相乗効果がもたらす余韻は、実に奥深い。ヒキタクニオの筆致は、十二分に冷静である。事務的で淡々としているとさえいえる。だが、九子や他の主要人物に関するラストの語りは、それでもなおじんわりと読み手の胸に沁み込んでくるのである。ハッピーエンドともバッドエンドとも決めつけにくいが、現実感に富み、なおかつこの物語にとってベストと思われるエンディングである。是非じっくりとかみしめて戴きたい。

■十五年

ヒキタクニオは二〇〇三年『消し屋A』をはじめ、その続篇であり大藪春彦賞を受賞した『遠くて浅い海』（〇五年）、さらにその後八年が経過して刊行された続篇『裸色の月』（一三年）などで消し屋（殺すだけでなく生きてきた痕跡も消すのだ）を主役に据えてきた。それらの作品では、殺しのプロならではの下準備や実行の様子を描いて来たヒキタクニオは、この『触法少女』においては、十三歳の少女なりのそれらを描いた。その匙加減は絶妙。プロが十三歳の少女のような行動をとることもなければ、十三歳がプロのような行動をとることもない。それぞれが、きっちりとそれぞれに相応しく動くのだ。しかも、各自なりのレベルで、出来うる準備はすべて行うのである。その両者のリアリティを、是非読み比べてみて戴きたい。

　ちなみに『遠くて浅い海』では、十三歳で学校に通っていない少女や、施設で育った青年の十三歳の頃の模様なども描かれているので、その観点でも『触法少女』の読者は興味深く読めるだろう。

「消し屋」のシリーズに加えて、二〇〇二年の『ベリィ・タルト』にも着目しておきたい。同書の中心の題材でこそないが、リンという少女を母親との関係で語る場面も登場しているからだ。母と娘が離別した理由は異なるものの、いずれも母親の側に主な原因がある。そしてそんな母親が娘との間で築く人間関係や、娘の名前の付け方などにも共通点がある。ヒキタクニオが十七歳のリンをどう描いたか、こちらも是非読んでみて戴きたい。

　それらを読めば、二〇〇〇年に『凶気の桜』で小説家としての第一歩を踏み出したヒキタクニオが、十五年の作家経験を活かし、この『触法少女』でまた新たな一歩を踏み出したことを体感できるだろう。たっぷりの刺激と衝撃と満足感とともに。

二〇一五年二月

この作品は徳間文庫のために書下されました。
なお本作品はフィクションであり実在の個人・団体などとは一切関係がありません。

徳間文庫

触法少女（しょくほうしょうじょ）

2015年4月15日 初刷
2015年7月10日 6刷

著者 ヒキタクニオ
発行者 平野健一
発行所 東京都港区芝大門二—二—二〒105—8055
株式会社 徳間書店
電話 編集〇三(五四〇三)四三四九
販売〇四八(四五一)五九六〇
振替 〇〇一四〇—〇—四四三九二
印刷 株式会社 廣済堂
製本 株式会社宮本製本所

ISBN978-4-19-893959-5 （乱丁、落丁本はお取りかえいたします）